大 地 文 学

（卷十七）

中国国土资源报社
中国国土资源作家协会　编

海洋出版社

2013年8月·北京

图书在版编目（CIP）数据

大地文学. 第17卷 / 中国国土资源报社, 中国国土资源作家协会编. -- 北京 : 海洋出版社, 2013.8

ISBN 978-7-5027-8632-8

Ⅰ. ①大… Ⅱ. ①中… ②中… Ⅲ. ①中国文学 - 当代文学 - 作品综合集 Ⅳ. ①I217.1

中国版本图书馆 CIP 数据核字（2013）第 186645 号

责任编辑：鹿 源
责任印刷：赵麟苏
海洋出版社 出版发行
http://www.oceanpress.com.cn
北京市海淀区大慧寺路 8 号 邮编：100081
北京睿特印刷厂大兴一分厂印刷 新华书店北京发行所经销
2013 年 8 月第 1 版 2013 年 8 月第 1 次印刷
开本：787mm × 1092mm 1/16 印张：10
字数：230 千字 定价：25.00 元
发行部：62132549 邮购部：68038093 总编室：62114335

大地文学（卷十七）编委会

目 录

深度纪实

本期推荐

小说麦田

随笔天下

诗行大地

评论言说

投稿信箱:dadiwenxue@126.com 联系电话:010-66557885

悠悠赣南红土情

——国土资源部 26 年赣南定点扶贫纪实

■陈国栋　晨　光

原以为前行的足迹已被岁月的尘埃所埋没，蓦然回首，却依然清晰可寻。

——题记

春暖花开走赣南

4 月 9 日下午，中国报告文学学会采风团成员在首都机场会齐后，乘班机飞往江西赣州。两个小时后，走下飞机，天蓝地绿，风清气爽，满眼春色，一冬天的压抑感顿觉消失。

从赣州黄金机场到赣南宾馆约 30 公里，两边是绿树长廊，中间是修剪整齐的花坛，车在绿廊中疾驶，我们享受着绿色的检阅。赣州，一座生态森林化城市，国家级生态文明城!

在赣南宾馆安顿好后，我们走出宾馆，行走在长街上，去亲近赣州这座城市，聆听她的心跳。长街上熙熙攘攘，行人脚步匆匆，人们脸上荡漾着一种喜悦，一种从心头发出的喜悦，从嘴角绽到眉梢。人们喜在哪里? 不敢贸然相问，只能在长街上寻觅着答案。

在前方路口，我们看到了一幅提神的标语，上面写着：春暖赣南苏区，播种振兴希望。在一个候车亭里，市民们三三两两，谈论着国发 21 号文件给古城赣州带来的发展机遇。

猛抬头，惊见前方一风华正茂的古榕树，高大挺拔，婀娜多姿，枝叶繁茂。据说榕树是赣州的市树，我们坚信这枝叶繁茂的榕树预示着赣州的明天。

从首届赣南扶贫工作团成员，到国家发改委主任——徐绍史

从北京到赣州，再从赣州到赣南 18 个市、县。

长长的扶贫路。

时间过去了 26 年，扶贫的路还在延伸。

早在 1986 年，党中央就发出了扶贫老区的号令，地质矿产部一马当先，1987 年选定赣

南这块红土地定点帮扶。1998 年,国务院进行机构体制改革,地质矿产部与国家土地管理局撤销,组建国土资源部,但赣南扶贫工作依旧进行。从 1987 年起,赣南扶贫队员换了一茬又一茬,到 2013 年赴赣南扶贫的干部达 172 人次,部系统参与扶贫达 3000 多人次。

1987 年首批赣南扶贫工作团成员徐绍史,如今已走上国家发改委主任岗位。2007 年,徐绍史上任国土资源部部长后,更是对赣南红土地情有独钟,他把自己深入学习贯彻落实科学发展观实践活动的联系点选在了赣南。当部长 5 年多,他 5 次去赣南。赣县江口镇旱塘村,就是徐绍史任部长后第一次到赣南调研时确定的帮扶重点村。

山路弯弯。采风团到达旱塘村的时候,是 4 月 11 日下午 3 点。

旱塘村是江口镇中一个较大的村子,全村 11 个组,共 2650 人,44 位党员,5 个党小组。1932 年,中央苏区江口会议就在该村召开,江口战役就在这里打响。这次战役仅江口籍战士就牺牲了 928 人,其中旱塘村 42 人牺牲在战场上。村中修葺一新的纪念馆,详细地记载了江口战役和 928 位烈士的英名。

由于国土资源部赣南老区扶贫开发中心书记罗洪林提前通知,我们的车子一到村委会,村党支部书记彭伦球、村委会主任刘财福、镇驻村干部刘诗崎等已在门前等候。

我们走进宽敞明亮的村委会办公室,听他们讲国土资源部在这里扶贫的故事。他们表示,徐绍史部长两次来村指导工作,使旱塘村的发展步入了快车道。徐绍史的做事风格也给他们留下了深刻的印象。

村委会主任刘财福说:“2008 年 11 月 18 日,我们这里的晚稻还没有开镰收割,徐部长就从北京风尘仆仆地过来了,他把这里当成扶贫联系点,跟我们谈心,指导工作,一点架子都没有,就像我们在座的老表。当年他来的时候,村中的路还是泥巴路,他把车子停放到村外,踏着泥泞的小路走进旱塘村。不过 2012 年 1 月 15 日,徐部长再来村里指导工作时,通往村里 15 公里的水泥路全修好了。这 15 公里的路,也是国土资源部出钱帮助修的。他还专门到老红军刘光登、贫困户刘春生家嘘寒问暖、送上慰问金。根据我们这些贫困乡村的实际,注重试点示范,把扶贫开发与新农村建设、土地整理结合起来,以田、水、路、林、村综合整治为重点,突出抓好村级公路、国土整治、农村危房改造、改厕改卫、沼气池、安全饮水等基础设施。我们旱塘及周围 6 村,整理土地 372 公顷,国土资源部又拿出 1090 万元。如今我们已成了示范村,远近闻名,前来参观的人员应接不暇。”

走进旱塘村,只见依山傍水,绿树环绕,可谓“榆柳荫后檐,桃李罗堂前”,一派迷人的田园风光。8 个建设点首尾相连形成一个数公里的大循环,农产品种植基地、香樟园、义竹苑、感恩亭等园林特色明显,让人恍若置身于旅游景点。

站在村中和谐广场的高台上,眺望着水塘里的太空莲试验种植地,百亩莲塘,小荷刚露尖尖角。我们见到了太空莲养殖基地的老总,是一位年轻人,他说这太空莲名副其实,种子是在卫星太空舱繁育,先期种植 115 亩,近期规划种植 500 亩。

我们行走到感恩亭旁,站在亭台向远方眺望,一条条水泥道连通家家户户,一幢幢房屋掩映在翠绿修竹中,老村落重新焕发青春。刘财富告诉我们:2008 年年底,旱塘村以“田、水、路、林、村”整村推进的土地整理项目,被列入了国土资源部扶贫支持赣县的 8 个项目之一,从而形成土地整理与新农村建设,特别是产业建设同步走的新格局。在土地整理中,旱塘结合近四成耕地是易涝低产地的实际,规划发展水面养殖 120 亩,甜叶菊 200 亩,达到治水、清淤、洁净和造地目的；另外，加大荒山荒坡治理力度，积极发展现代农业，规划加工橙、油茶基地 4000 亩；树立惜地如金的理念，引导农户发展庭院经济，发展小菜园、小果园、小苗圃等 100 余个；修通堵塞多年的水沟，解决了近 500 亩稻田的灌溉问题；依托加工等产业基地，组建了旱塘新农民股份制农场；还建立土地管理台账，做到流转有序、消长协调，确保长效，为经济可持续发展提供了土地保障。

破立之间，旱塘村注重节约集约土地资源，实行一户一宅和宅基地流转，突出旧房改造与集中建设推广新户型相结合。在民主决策的基础上，村里拆除空心房 3 万多平方米，硬化主干道近 15 公里，规划新户型示范点 3 个。在旱塘垇子下安置点，新户型建房已基本成型，欧式联排别墅更令城里人艳羡。

村里还整合了医疗、幼儿园、便民商店、农家书屋、远程教育、体育健身、村公所文化活动室等资源，为农民在家门口实现城乡一体化搭建平台。在旱塘村明德小学的门口，还挂着“赣县江口镇旱塘村‘三网合一’农民培训学校”的牌子，农民培训网、农村党员培训网、农村中小学教育网“三网合一”，形成一个大讲堂，学校老师有农技专家，也有致富模范，还有村民身边的道德楷模。

旱塘人，正以自己的智慧，底气十足地建设了一个新型农村社区。

当我们离开旱塘村时，村党支部书记彭伦球让我们捎话给徐部长，我们说徐绍史部长已离开国土资源部，到国家发改委当主任了。彭伦球说，这样的好干部该重用！

从国土资源部扶贫领导小组组长，到江西省省长——鹿心社

山道弯弯，引导我们的车子继续前行。

车进宁都，山越来越高。远处的山，有的像骏马，有的像飞鸟，有的像驼峰……

赣南的风，赣南的雨，赣南的红土地，我们的眼中也映出一片红色。红色在我们眼中升腾。

我们到达宁都县东山坝国土资源希望小学时，是在落霞的傍晚。

走进国土资源希望小学的大门，身为国土人的我们，感到了一种扶贫的光荣。

学校坐北朝南，占地 20 亩，在校学生 1050 人。这在“八山半水一分田，半分道路和庄园”的赣南来说，是何等的宽阔啊！

国土资源希望小学的“希望楼”居校内院中央，当地政府建设的感恩楼、励志楼，像两个卫士，分立两旁。三座楼共 4700 平方米，前面是一个宽敞的大操场。操场中有篮球场和足球场，一些学生正在篮球场练投篮。

据东山坝镇陈晓义书记介绍，学校四周是他们从湖南买来的 99 棵古樟树，树上已抽出新枝和绿叶，预示学校美好的明天。黄琳校长也介绍了学校教学质量，以文化引领学校发展，以素质提升教育内涵，在宁都县当属一流水平。

跟随我们采访的部赣南扶贫中心书记罗洪林说：像这样的希望小学，我们国土资源部援建、联建了 10 所。扶贫 26 年来，我们先后出资 70 多万元，扶助宁都县东山坝国土资源希望小学、湛田乡小学校舍建设、竹笮乡新街小学自来水项目建设、黄陂镇杨屋村小学建设等 4 个项目，使数万名学生受益。此外，我们还派出 12 名部机关公务员到贫困中小学对口支教，

开展了“1+1”结对扶贫助学；主动与清华大学联系，为赣县、兴国两县建立了“清华大学教育扶贫远程教学站”，提高了贫困地区人民群众的素质，提高了扶贫对象的自我发展能力。

罗洪林是江西省地矿局赣南地质大队副调研员，部赣南老区扶贫中心工作人员基本来自赣南地质大队。26 年来，为部里的扶贫工作做好服务保障成了赣南地质大队的一项重要工作。领导班子更迭调整一届又一届，但赣南地质大队对扶贫工作倾情付出始终未变。

另外，罗洪林还特别提到，国土资源部扶贫领导小组组长、鹿心社副部长赶往赣南调研时，确定帮扶项目，看望老区人民，并把部机关和直属单位职工捐赠的 25.5 万元慰问金，亲手送到他们手中。

2005 年 1 月 16 日，鹿心社一行踏着泥泞的山路，来到东山坝国土资源希望小学，送来了慰问金、书包、文具等用品。在校园的广场上，全校师生列队举行了捐赠和升旗仪式。迎着丽日，鹿心社戴着红领巾，并上台讲了话，一番鼓励，一番心意，点燃了师生们心中的希望之火。听说有新毕业的大学生在学校任教。鹿心社又主动前往住所看望他们，仔细询问了生活、学习情况，并为他们送去了生活日用品……

鹿心社一行为国土资源希望小学雪中送炭后，又走访了希望小学周边村庄的贫困户。他要求到最困难的人家去走访。

那是一家老红军，老人当年作战负伤，身上还留有敌人的子弹。当鹿心社走近他、并为老人献上慰问金的时候，老人高呼共产党万岁！并说北京的亲人来了，为我们送来了春节前的温暖，这个年就好过了！

鹿心社望着老人屋内，家徒四壁，没有一样值钱的家具，心里一阵酸楚，他告诉老人：“扶贫就是为共和国还债！”

从学校到农户，从农家座谈会到土地整理现场，在赣南的短短 3 天中，鹿心社一行走了 1000 多公里，走访了 3 个县。鹿心社还专门看望了赣南地调队的职工，为生活困难的职工送去温暖，当他离开赣南时，衣兜里已无分文。

校长黄琳还告诉我们说，鹿心社担任江西省省长后，去年隆冬季节，率团来宁都县调研工作，他虽然没有时间没再来我们学校，但向当地政府询问了希望小学，并说教育是大事，是希望，这令我校师生着实感动。

数学老师李立民介绍说，自已当年就是亲历者，现在回想起来仍然感动。鹿心社个子不高，口才很好，讲话很有气魄。没想到，他又调到了我们江西省当省长。他了解江西老表，这也是我们的缘分。我们希望小学师生祝福他，把我们江西省和革命老区的发展再推进一步。

从第六届赣南扶贫团工作成员，到海南省副省长——冀文林

山路弯弯，扶贫路长长。

车过连心桥时，只见桥头立有一块水泥牌，上书：“国土资源部扶贫中心捐修”字样。罗洪林书记告诉我们说：26 年来，像这样的扶贫捐赠，就达 5263 万元，实施扶贫项目 360 多项。虽然杯水车薪，但是给赣南人民的出行方便打下了一定基础。所谓“连心桥”，它连着扶贫团与赣南人的心。

离开连心桥继续前行，约半个小时的工夫，我们便看到了一个烟波浩渺的大水库，顿时让人心旷神怡。车在水库南边的一片脐橙林前停了下来。

一边是水库，一边是脐橙园，引水灌溉果园，果园结出脐橙，二者相得益彰。

中午的阳光照射着偌大的果园，脐橙树已长到一人多高，叶子墨绿墨绿的，细看叶子下面已经挂果，叶子反射着阳光，熠熠生辉。

“赣南脐橙”作为世界三大脐橙品牌之一，如今已是赣州人的“摇钱树”，这与国土资源部的定点扶贫密不可分。上世纪 90 年代初，为了帮助赣州实施果业发展战略，地矿部拨出 100 万元专款，在全市范围内进行了航空遥感地质综合调查，圈出了 125 万亩适宜果业发展的区域，建立了宜烟、宜茶区地质环境模型和综合地质环境信息库，成为赣州各县(市、区)农产品种植开发的依据。

罗洪林书记手指果园告诉我们说：这是赣南有名的脐橙园，叫做定南县礼亨水库五型果园。为啥有名？一是果园占地面积大；二是脐橙果大圆润，口感纯正绵甜，是目前市场的抢手货。吃果不忘种果人。要问这脐橙是谁种的？就是现任海南省副省长——冀文林！说起话长，当初冀文林也是第六届赣南扶贫团的成员。那时他大学毕业，参加工作不久，就来到了赣南，而这片果园也是扶贫团与当地老表合办的果园。应该说，冀文林在这里洒下了共建的汗水和心血。

说起五型果园，我们问哪五型？罗书记回答：所谓五型果园，就是要达到五项指标，即扶贫目的、商品意义、生态意义、科技意义、综合高效意义。

穿过灌溉果园的蓄水池，沿着铺设的引水管道，我们攀登上山。站在山顶，眺望果园，再看远方水库，一览众山小。这时一阵清风吹拂，绿海扬波，蜂飞蝶舞，鸟语花香。

听到我们的说笑声，隐在林中的小平房门“吱呀”一声开了，看园人从房中蹒跚地走了出来。他是一位老者，一口客家话。他告诉我们，去年脐橙挂果率最高，收成最好，价钱也比别的地方高，已经抢占了北京、上海、广东市场，香港也能看到我们赣南的脐橙。他特别强调礼亨水库的脐橙，个大汁浓，甜感适度，甘美如饴，因为这里的土壤里富硒含量大。我们问老人家，你是怎么知道的？老者讲，是赣南扶贫团朱耀琪团长告诉我的。老者说，当年扶贫团还派飞机在我们赣南遥测过，花费了 100 万元呢。

那是扶贫团来赣南的第二年，赣南的航测遥感飞行任务分两次完成：1988 年先完成会昌至南康以北 2 万平方公里的调查；1990 年又完成南部 2.7 万平方公里的调查。至此，整个赣南 4.7 万平方公里的航测遥感工作全部完成，共拍彩色红外航片 1900 张，由此进行科学分析并制定了种植规划，圈定出赣南适于种植脐橙的土地为 250 万亩。

毫不夸张地说，《江西赣州地区卫星影像图》是赣南大地的信息库，且是“孤本”。这张 1：20 万的影像图问世后，前来借用者不绝如缕：农业局借去搞土壤普查，林业局借去搞森林调查，城建局借去搞卫星城建设规划，水利局要了解水库下游植被情况和进行第一期治理规划……甚至，赣州地区科委在申报德援项目——小流域治理时，也是以这份卫星影像图为依据的。

赣州行署专员刘祖三对这一科技扶贫成果评价极高，“它带来的经济效益不是一两亿元，而是几亿、几十亿元，功德无量”，“比给我们几百万元扶贫资金作用还大”！

正因为如此，这一科技扶贫成果问世后，很快成为赣南地区“在山上再造一个赣南”的依据。凡是卫星影像图“榜上有名”的地方，老表们发展果业的积极性更高了；凡是“榜上无名”

的，都改弦更张打消了发展果业的念头。于都县宽田乡党委书记深有感触地说："以前我一直为本乡水果品位不高纳闷，没想到毛病出在土壤上。幸亏搞了科学研究，说明我们乡不适宜种脐橙，才使我们避免了跟风的大损失！"

从1992年开始，赣州地区做出了为期3年种植125万亩果园的规划，其果园布点都以《赣州地区果业基地成土母岩——土壤环境优选评价》的文本为依据，而且要求各县也按此操作。定南县礼亨水库脐橙果园就是根据这个评价建的。

我们问赣南扶贫团的同志工作怎么样？看果园的老者忙说：好啊，就像当年的老红军、老八路，一心一意为人民。最后我们问老者：你认识不认识当年扶贫团的冀文林？老者说他不但认识，还说他现住的小平房，就是小冀和扶贫团队员亲手搭建的。他们那一期扶贫队员总共10人，看样子小冀年龄是最小的，个头高高的，瘦瘦的，鼻梁上架着一副眼镜，说话斯斯文文的。与我们合办果园的时候，是扶贫团出资，我们村出人，共同管理。现在好了，脐橙挂果了，我们脱了贫，他们又去帮助别的村，真让老表们感动啊！

我们告诉他说：冀文林已不是你认识的那个小冀了，他现在已是海南省的副省长了！

"小冀当省长了？"老人很激动，说："我们这红土地养人啊，解放后，从我们赣南红土地走出去的将军、省长、市长，是数不清的。"最后他很幽默地说："如果我们礼亨的脐橙再滞销的话，我们就去海南找冀省长去！"说得大家都哈哈大笑起来。

从礼亨果园走出去，我们又电话采访了第六届赣南扶贫团的副团长贾其海先生。

贾其海已退休在京，接到赣南的电话，他很激动。他说，1992年我们第六届赣南扶贫团，不光合办礼亨水库脐橙园，还在上犹县社溪乡搞了800多个沼气池，在留龙金矿搞智力扶持，等等。这些工作，冀文林都参加了。应该说，他是我们那一届的优秀成员。我们这一届扶贫团与往届不同的是，注重自身的思想建设，利用苏区的革命传统和精神富矿，加强了自我教育。从扶贫开始的第一天，我们就到瑞金红井旁宣誓，到最后离开赣南，无不受到苏区革命传统的教育。说起冀文林的进步，不能不说有一定的关系。

国土资源部副部长寿嘉华，结对帮扶寒门学子开花结果

山路弯弯，弯弯的山路，引领我们来到了会昌城。

在途中，罗洪林又向我们讲起了国土资源部副部长寿嘉华的扶贫情结来。

寿嘉华像儿女那样，时刻关注贫困地区父老的遭遇和命运。1998年扶贫调研期间，她向一位孤苦无依的赣南母亲奉献爱心，却永远失去了见自己母亲最后一面的机会。

1998年9月18日午夜，寿嘉华取道湘西到达沅水上游的山城——沅陵县。她此行是以国务院扶贫领导小组成员身份前来调研的，本次调研的地区还有赣南。

调研开始后，她时而水路，时而陆路，舟车兼程数千公里，其艰苦不言而喻。

到达赣南后，鉴于当地实际情况，寿嘉华把注意力更多地放到了偏僻、需要"攻坚"的村庄，意在不把一个贫困"死角"带进新世纪。正是基于这样的考虑，在赣南"将军县"——兴国调研期间，她向陪同的县政府领导人提出到最闭塞、最贫困的村庄看看。于是，被带往江背镇水沟村，一个不通公路的山村。

在步行前往途中，县领导告诉她，这里就是原江西省委书记杨尚奎的家乡。杨尚奎当年治赣有方，三年困难时期，江西是全国少有的未发生粮荒的省份，还曾两次调拨粮食12亿斤支援受灾省份；杨尚奎的廉洁自律也是出了名的，当年家乡人请求他拨款修一条通往山外的公路，他答复说："我是江西的书记，不是江背的书记，不能只为自己的家乡谋福利。"如今，尽管时过境迁，但当地群众仍苦苦盼着修一条通往山外的公路。

杨尚奎同志的高风亮节，当地群众的出行苦衷，深深触动着寿嘉华，特别是当她在路上见到许多农民捆着鸡鸭、抬着生猪，气喘吁吁地到山外赶墟的情景时，心头再一次受到强烈震动。

进村后，寿嘉华提出到本村最贫困的人家看看。

村干部带她来到一位卧病在床的孤老太婆家中。老太婆唯一的儿子外出打工长期不归。进屋后，她放眼四顾，这是怎样的一个家啊，家中几乎没有像样的东西，连床上唯一的棉被也已千疮百孔，甚至连一条可坐的凳子也没有，只能站着说话。县领导人告诉老人："北京的女部长来看望你了！"寿嘉华俯身到床前握住了老人的手，难过得竟一句话也说不出来。她下意识地从身上摸出仅有的300元钱，塞到老人手中，红着眼圈说，这是我的一点心意……

就在寿嘉华向一位非亲非故的赣南母亲奉献爱心时，极少有人知道，她远在浙江温州老家的母亲正在等待她。

寿嘉华这次离开北京时已得知母亲病倒，原计划调研工作结束后即刻转赴温州看望母亲，谁料她离开湖南沅陵刚刚到达赣南，母亲竟已病危。当她从电话中得知母亲已经难以进食时，心如刀绞。但为了工作，她只能把对母亲的刻骨思念强压在心底。陪同她调研的同志得知这一消息后，劝她提前结束调研，尽快去温州见母亲一面，以缓解心中的悲痛。但她谢绝了大家的好意，表示一定要按原计划完成调研，做到善始善终。

9月29日，在圆满完成对江西赣南的调研后，寿嘉华立即乘飞机到达温州。然而，当她刚刚走下飞机，迎接她的却是一个不幸的消息：母亲已在4小时前去世！

车到会昌县城的时候，时至中午。我们采访了当年亲历寿嘉华来赣南调研的柯艾华。当年他是中村乡乡长，如今是会昌县工会副主席。柯艾华说，寿部长不光来我们这里调研，扶贫团还与我们中村乡中心小学结对帮扶，共结对34名贫困学生。其中，寿部长认领的是黄秋花，是中心小学一年级学生，家中父母生病，无力供养两个学生。从那一年起，寿部长每年送钱，直到黄秋花大学毕业。现在，黄秋花已在赣南地调大队工作。

4月12日上午，在赣南宾馆的1312房间，我们见到了寿嘉华帮扶的黄秋花同学。当年脸色蜡黄的"丑小鸭"，如今已是亭亭玉立的"白天鹅"。黄秋花穿着时髦，打扮漂亮。她告诉我们，当年寿奶奶认领她时，她还不到9岁。就在这个宾馆，寿奶奶两次看望她，给她送来了钱物，每年还专门派人到学校看望她。她说，现在我已工作了，我很想念大恩人寿奶奶，你们回京时能否给我捎封信给寿奶奶？我们答应了她的要求。她笑了，脸上如同一朵绽开的红山茶花，带有几分羞涩。

这封信代表着一份真情、一份深深的情谊！经得她的同意，我们摘抄其中一段：

敬爱的寿奶奶：您好！

我很想念奶奶。

在这几年里，让我感觉到没有阳光就没有日子的温暖；没有雨露就没有五谷的丰登；没有水源就没有生命。如果当初没有您的帮助，就没有如今完成大学梦想的我。是您在我最最需要帮助的时候伸出援手，雪中送炭给了我温暖和力量，如今的我才有机会从那祖祖辈辈生活的小山沟里走出来！

我会加倍努力工作，不辜负奶奶对我的期望！

……

您的孙女：黄秋花

2013年4月13日赣州

第五届赣南扶贫团长朱耀琪，荣当“全国十大扶贫状元”

行走在赣南的山山水水间，如同徜徉在红色历史的长廊，我们的心灵得以净化，赣南扶贫这项事业在我们心中也愈发神圣、愈发庄严起来。

4月12日下午，我们从会昌回到赣南宾馆，当晚，罗洪林书记接受了我们的专访。

罗洪林高高的个子，说起话来慢条斯理，办起事来极为认真。他说：26年来，国土资源部累计派出扶贫工作干部173人，部系统参与扶贫3000多人次。国土资源部在项目、资金、政策方面给予赣州重点倾斜和优先扶持，累计投入了6.8亿元扶贫资金，实施近千个扶贫项目，通过各种帮扶形式帮助20.7万贫困群众走上了致富道路，为赣州的发展注入了强大动力。可以说，赣州26年来的每一步发展，都凝结着国土资源部领导的心血和汗水；老区的每一个细微变化，都镌刻着国土资源部干部职工倾力倾情的深深足印。

从1987年开始，地矿部每年选派一批部机关干部，由司局长带队，深入赣南开展扶贫活动。1993年起，部党组将“扶贫团”改为“扶贫开发中心”，作为事业实体，常年保持7人至10人驻扎赣州，而部机关干部锻炼则实行轮换制。

在罗洪林的记忆中，当年与他打交道最多的，是“全国十大扶贫状元”——国家机关扶贫中唯一获状元称号的朱耀琪。

朱耀琪是原地矿部政策法规研究中心副主任，部扶贫领导小组办公室主任、研究员，享受政府特殊津贴的专家。1991年，朱耀琪担任第五届地矿部赣南扶贫团团长，一年间跑遍了18个县（市）的56个扶贫点，对赣南地区进行认真调研；赣南老表习惯称他“朱司长”。

赣南扶贫中心成立后，部领导考虑到方便下乡，准备给他配一辆车。可朱耀琪却要求买辆农用车。理由挺简单，既能爬山路，又能给老表捎些急需的物资。于是，他戴着草帽，背着水壶，穿着解放鞋，坐着农用车，跑遍了148个贫困乡的山山水水。一次，上犹县社溪镇乌溪村的老表听说北京来的司长要到村里扶贫，早早地就到村口等着看北京大官的风采，可等到中午也没见司长的车队过来。后来才知道，先前坐着农用车过来，给每人发了一支烟，聊了会儿天的人就是朱司长。

“嘿，北京来的大官真没架子，看上去，和我们农民没有两样嘛！”

朱耀琪的质朴不仅拉近了与江西老表的距离，更获得了认可和信任。

1991 年的金秋，对于瑞金老表而言是一个有色彩的金秋。

伴随着沙洲坝“新红井”建成出水以及大丰收的喜悦，他们又迎来渴望已久的盛大节日——中央革命根据地创建暨中华苏维埃共和国临时中央政府成立 60 周年。庆祝活动在瑞金举行。原临时中央政府在叶坪、沙洲坝、云石山的旧址以及原苏区大礼堂都被装饰一新，方圆几十里的村庄彩旗飘飘，笙歌阵阵，抒发着老区人的自豪和欢乐。

11 月 12 日那天，披红挂彩的少男少女载歌载舞，迎来了以陈锡联为团长的中央代表团以及来自全国各地的贵宾。

地矿部第五届赣南扶贫团长朱耀琪也出现在贵宾台上，与他比肩而坐的是江西省地矿局局长陈达孝。朱耀琪一生有过不少荣誉，出席过不少庆典，但对能够出席这次庆典感到尤其难能可贵，因为他第一次见到如此之多的老红军、老干部和烈士家属，人生能有几次这样的机会啊！

庆祝大会结束后，中共赣州地委邀请有关方面举行座谈，其中包括中央代表团中的部分赣南籍老红军、老干部以及驻赣南的中央和省属单位负责人等，全国多家新闻单位到现场采访。座谈会的气氛欢快、亲切而热烈，当赣州行署专员刘祖三汇报了全区的工农业生产情况和未来的发展规划后，地委书记黄明鑫点名要朱耀琪发言。

这是朱耀琪和老红军、老干部们第一次面对面的感情交流，他不禁想得很多很多。苏区时代金戈铁马的场面逼真地出现在眼前。他依稀看到红军战士饮马赣江、浴血突围的一幕幕悲壮图景，他甚至开始理解一些文学作品对赣南红土地浪漫的夸张，譬如说红土地是烈士鲜血染成的。“当年老战士，今有几人存？新生千百万，浩荡慰忠魂”，作为后来人，理应以扶贫告慰先烈啊！

崇高而神圣的感情支配着他，他讲起地矿部历届扶贫团的业绩如数家珍，接着又谈到本届扶贫团的思路及目前的扶贫情况。

坐在他身边的陈达孝局长不时插话、补充。

听着朱耀琪对赣南老区状况的条分缕析，老表们直纳闷：这位来自北京的大官，从哪里掌握了那么多的第一手材料？老表们从他的身上看到了当年红军亲人的影子。

朱耀琪不曾想到，他的即席发言收到了意想不到的效果。座谈会结束，他和陈达孝走出会场时，一位女工作人员追了过来，说有两位老红军点名要见见他。

他立刻返回会场，两位身穿中山服的老者走上前来，向他行了个标准的军礼：“我们以瑞金籍的老表身份谢谢你！”

朱耀琪和陈达孝不知道这两位老者姓甚名谁。

工作人员指着年纪稍长的一位介绍说：“这是钟辉将军，原炮兵副司令员。”又指着另一位介绍：“杨力将军，原北海舰队司令员。”

两位老将军亲切地询问起朱耀琪的籍贯、年龄等情况，和他聊起了家常来。朱耀琪对眼前的两位老将军知之不多，但通过聊天很快知道钟辉将军 77 岁，杨力将军 73 岁，分别出生于 1914 年和 1918 年，堪称他的父辈。算起来，两位将军都是血气方刚、青春年少时便投身革命，仅此，便足以令他肃然起敬！

钟辉将军余兴未尽，逐一询问扶贫细节，之后说：“你们的扶贫工作实实在在，不做表面文章，老表欢迎这样的扶贫。”

“首长过奖了,不敢当。”

“怎么说是过奖呢,实事求是么。”

是的,不为巧合,胜过巧合。就在这次庆典前夕,传来了一些扶贫项目使当地老表受益的喜讯,也是钟辉将军要讲的。

其一是在兴国县进行的杂交水稻秋季制种试验成功。扶贫团按照与赣州农科所的协议,于芒种节气前投入1万元,资助兴国城岗、方太两个特困村的443户农民育种1018亩,到秋分节气前后已收获优质杂交稻种和父本稻15万余公斤,创产值82.8万元,比过去种大田稻纯增收入44.13万元,其投入与产出比为1∶44,开创了低投入高产出的范例,走出了一条科技扶贫之路,户均增收996元。两个特困村成为种稻专业村,不少农户依靠种稻脱贫。

其二是为于都县禾丰盆地找到新水源并打成三眼水井。禾丰是一个石灰岩盆地,因地表缺水,再加上十年九旱,每年的晚稻常常是有禾难丰。为此,扶贫团在畲族聚居的隘下村打成一眼水井,接着又在黄田村、禾丰村各打一眼井,每眼井的日出水量都在1200吨以上,老表们站在井旁欢呼,称是“第二次解放”。禾丰盆地从此名副其实,将成为真正的聚宝盆了。

此外,果业基地成土母岩的研究外业已经完成,内业也接近完成,赣南的果业大发展指日可待。

朱耀琪还告诉两位老将军:扶贫团队中的后备干部在赣南这块红土地上受到了熏陶和锻炼,青年人普遍坚定了共产主义信仰,有的人还提出了入党申请。

两位老将军高兴地连连点头。

朱耀琪通过艰苦细致的考察调研,加之呕心沥血探索提出的“两次扶贫变法”,不仅加速了扶贫的进程,而且创新了扶贫的模式。为了变“输血”为“造血”,他提出了三变:一变地勘扶贫为全方位扶贫,特别是农业综合开发;二变扶贫资金的无偿“输血”为有偿“造血”,实现滚动式发展;三变区域经济开发为直接扶贫到户,直到贫困户脱贫。

1991年,朱耀琪通过一年的扶贫实践,以一位共产党员的责任感向部党组建议:把一年一届的赣南扶贫团,改为赣南老区扶贫中心,作为常设机构并给予法人资格,使扶贫工作具有连续性,有利于增强责任感及资金的合理使用,并自荐担任扶贫中心主任。

朱耀琪就任赣南扶贫中心主任,一干就是11年。

“两次变法”,朱耀琪捧出的是当赣南赤子的拳拳之心。

11年的扶贫工作,朱耀琪把赣南当做第二故乡。他说:“即使回到北京,每天看天气预报,总要看看赣南的天气,这已经形成了习惯;看报纸也特别注意看赣南的消息,每每心里就有一种亲切感。”平淡的话语,透出的是对老区人民的一往情深。

这位有着“全国扶贫十大状元”之誉的功臣,如今虽已退休回到北京,但心仍系赣南,把赣南视为自己的第二故乡。他常会带着老伴回来,看看他扶助过的老表和土地。用他的话来说,这就叫感情,不回来还想。后来,朱耀琪在中国国土资源报社接受我们采访时说:扶贫首先要带感情,没有感情是做不好扶贫工作的;其次要当好“五大员”,即为组织员、调研员、宣传员、技术员、信息员。这二者缺一不可。

在我们厚厚的采访本上,记录着无数国土资源部扶贫团感人的人物和故事:有为贫困农户引进罗氏沼虾四处奔波,累得头晕呕吐高烧不止,仍坚持在工作岗位并火线入党的龙传欧;有为挽救病重女孩谢二招,千方百计募集资金联系医院,被老表称为“救命菩萨”的高怀世；有为使辍学儿童重回校园，解囊捐款的沈学军；还有刚参加工作不久的大学生宋全祥，来到赣南扶贫后，心灵受到深深的震撼，在第一线写下了入党申请书……

他们都有一个共同的名字：扶贫团。

他们都有一个美好的心愿：让老区人民脱贫致富。

谢承祥和他的伙伴，已从赣南红土地走上了领导岗位

在采访中，我们得知地矿部扶贫领导小组，在赣南扶贫的第11个年头——1997年，为了锻炼青年干部，曾派出过12名青年公务员赴赣南支教。应该说，这是赣南扶贫史上的又一“大手笔”，亦称“绝唱”。

1996年年底，这12位青年公务员通过公开招考被地矿部机关录用。当时报考人数之多，应是千里挑一，称他们是当代青年中的佼佼者也不过分。12人有11人是中共党员，12人的学历都在大学本科以上，分别来自人民大学、南开大学、北京师范大学、北京科技大学、北京外国语大学、中国地质大学共6所大学，其中硕士学历6人，双学历2人；年龄最大者33岁，最小者23岁。

赣南老区教育落后，需要高素质的教师；国家机关青年公务员也需要认识历史和认识社会，而赣南有浴血的历史和得天独厚的苏区文化。正是在这一契合点上，有了地矿部党组派青年公务员到赣南支教的战略决策。12名青年公务员的生命史上，也因此有了一段难忘的赣南扶贫支教的青春岁月。

1997年8月25日，这12名青年公务员从北京来到赣州。

赣州地委和有关部门非常欢迎和重视，希望将他们充实到各重点中学，但扶贫中心根据部党组有关精神，即支教与扶贫相结合，支教与培养青年干部相结合，与有关方面协商的结果，最后将他们安排到了与扶贫有关的三所学校：兴国职校、赣县湖江中学、于都小溪中学。这三所学校均在山沟里，由于没通电，晚7点后便黑灯瞎火，生活条件可想而知。

出发之前，部扶贫中心组织他们到赣南教育学院听了《教育心理学》和《教育学》讲座。这12人中，除来自部办公厅的谢承祥，留在部扶贫中心办公室工作，其余11人都于1997年9月1日，新学年开始时到达赣南扶贫支教第一线。

兴国是有名的“将军县”，62名将军从这里走出。将军多，红军多，烈士多，因而革命后代也多。兴国职校的两位副校长陈祚兴和邓希谨的祖父都是当年的老红军。其中陈祚兴的祖父在一次战斗中因负重伤被动员离队返乡，劫后余生，至今仍在家乡享受老红军待遇。

汪志强4人到兴国职校不久，即到革命烈士纪念馆参观，亲眼见到当地儿童由家长带领，在刻着数十万烈士姓名的纪念碑前寻找自家先人的名字。浓烈的苏区氛围感染了他们，使他们一踏上兴国的土地便产生了神圣的使命感。

赣县湖江中学是所乡办中学。这所乡办中学有个好传统，即每周一都要举行庄严的升国旗仪式，还要由教师轮流发表爱国主义主题演讲。杨永刚、宋鹏、刘欣三人到校后，每当轮到他们演讲，他们都提前准备，精彩的演讲，博得学生们一阵阵掌声。这还不算，为了将新文明之风带进这所贫困乡中学，他们每天进教室授课前都西装革履，打好领带，不敢有半点马虎。

像兴国职校、湖江中学的支教老师一样,沈廷霞、李帮等4人在小溪中学的支教也干得风生水起。

开学不久,担任初三语文课的李帮便以极大的勇气做了一次公开课,生动活泼地讲解了毛泽东的《沁园春·雪》。那天,全校教师以及扶贫中心的部分人员都被请来听课,效果很好。应该说是他支教的第一课,亦是他人生的第一课。

同是担任初二英语教学的沈廷霞和袁薇也很活跃。该校英语教师的最高学历是大学专科,而她俩均是大学本科毕业,其中袁薇的英语水平已经通过8级。俩人积极参加英语教研组的活动,在活动中,针对部分教师口语发音不准的问题,她们一一进行矫正,受到教师们的普遍称赞。后来,袁薇为全年级各班轮流开了讲座,既矫正学生发音,也想法提高学生的听、说能力,以弥补乡村中学英语教学的先天不足。

因国务院机构体制改革,地矿部改组为国土资源部。1998年6月,在赣南支教将满一年的青年公务员被通知提前返京。支教老师奉命离校时,所在的三所学校都出现了挥泪相送、一如当年"十送红军"的动人场面。深情的话,深情的歌,听得支教的年轻教师泪流满面。

这12人中,谢承祥虽然没有下到基层执掌教鞭,但他作为部扶贫中心专司支教的工作人员,为三所学校的支教人员做了大量的后勤保障工作,包括给每个支教点换煤气之类的事,都是他一手张罗的。此外,在扶贫中心日常繁杂的事务中,比如养鱼、养猪、帮助老表们脱贫外,谢承祥还参与编辑了每月一期的《信息扶贫》,国务院扶贫办与《经济日报》每天定时通过亚太一号卫星发布扶贫信息,约3000条,30余万字;扶贫中心于1997年花5万元建立了卫星信息接收站,以便及时接收扶贫中心信息。

谢承祥到部扶贫中心办公室工作后,与会计罗洪林一起,共同承担了筛选信息和编辑《信息扶贫》的任务,无偿地向地、县(市)领导和17个有关部门、360个乡镇寄送,工作量巨大,到1998年5月,已出版6期。支教工作结束后,谢承祥和宋鹏一样,除了个人总结,还积极为赣南脱贫献计献策,写出了《推动农业产业化,加速赣南苏区扶贫的几点思考》的长篇论文,受到了当地好评。

12名青年公务员的事迹写在赣南的教育史上,也保留在国土资源部的人事档案里。赣南支教既使当地教育事业广为受益,又使青年公务员接受了革命传统教育。

如今16年过去了,这些青年人已变成了中年人,他们怎么样呢?带着这个问号我们走访了部扶贫领导小组办公室主任刘晞同志。他高兴地告诉说:这12人,其中升为处级干部的9人,升为司局级干部3人,他们都是各事业单位的中坚力量,挑起了大梁。其中,谢承祥已是国土资源部中央地勘基金中心副主任、副书记,现在湖北省黄石市担任常务副市长职务。我们与谢承祥通了电话,电话中他接受了我们的专访。

我们在刘晞的办公室里还得到了不少信息:赣南扶贫26年来,国土资源部共有55个单位参与扶贫,有173名国土资源部干部到了赣南,又从赣南红土地回到工作岗位。如今26年过去了,扶贫办有个基本统计:173人中有41人升职,其中处级17人,司局级22人,部级2人。

这一组数字充分证明,部党组当初的决策具有远见卓识,不仅帮扶了赣南老区人民,更锻炼了国土资源部的干部队伍,提高了干部队伍的综合素质。可喜可贺!也应该说赣南扶贫是双喜临门!

中央百人调研组泪洒赣南——扶贫就是替共和国还债！

在赣南红土地穿梭采访期间，国土资源部赣南扶贫干部、现任赣州市副市长张应红告诉我们说：国土资源部在赣南扶贫26年，很多人青丝染成了白发，赣南发生了翻天覆地的变化，经济社会取得长足的发展，通过各种帮扶形式帮助20.7万贫困群众走上了致富道路。由于历史的原因，赣南还属于贫困地区，所以，仅靠我们一家扶贫仍是杯水车薪。我们希望就像抗震救灾一样，中央各个部委都来赣南扶贫，加大扶贫攻坚力度，赣南才能真正脱贫，才有希望同全国各族人民一起奔小康。

这是国土资源部扶贫26年发出的心声！

历史不会忘记苏区。

人民不会忘记苏区。

中央不会忘记苏区。

当年，赣南苏区人民为革命抛家弃业、舍生忘死。240万赣南苏区人，先后有33万余人参加红军，60余万人直接支前参战；赣南有名有姓的烈士达10.82万人，分别占全国、全省革命烈士总数的7.5%和43.8%，长征路上，平均每1公里就有3名赣南籍战士英勇献身。

80年了，中国已崛起，赣南苏区人民到底怎么样？

在一份赣南苏区的社情报告上，中央政治局5名常委均作了批示，其中习近平同志的批示更翔实、具体。于是，便有了国家部委联合调研组149人到赣南调研。

这是一个难忘的日子。

2012年4月11日上午，国家发改委副主任杜鹰率国家部委联合调研组来到瑞金，149人的调研组将从这里出发。兵分12路，分赴18个县(市、区)，全面了解原中央苏区经济社会发展情况。

4月11日清晨，94岁的老红军杨荣秀戴上珍藏的红军帽，来到离家数步之遥的当年中央革命军事委员会旧址叶坪乡洋溪村刘家宗祠。杨荣秀老人端坐在一把竹椅上，迎候着北京来的亲人——国家部委联合调研组的同志。

杨荣秀是15岁参加红军的，1934年随红军北上长征时，在一次与敌人的遭遇战中被打散。因无法找到队伍，她只得回到洋溪老家。她见中革军委旧址无人照料，就主动承担起看护的任务。每天，她都要到这里来扫扫地，掸掸灰，不许顽童损坏这里的一草一木。这一照料，就是76年。

来了，北京的亲人来了！

杨荣秀颤巍巍地在孙子的搀扶下站起身，向北京来的亲人敬了一个标准的军礼。老人没有谈个人的要求，也没有说村里的贫困，而是紧紧抓住国家发改委副主任、国家部委赴赣南联合调查组组长杜鹰的手说："洋溪是当年中革军委及许多中央机关的所在地，有11处革命遗址，可年久失修，许多已倒塌了。请你们一定要想方设法保护好，否则我死后，无法见革命先辈啊！"

老人的赤诚与执著，感动着在场的人，大家无不热泪盈眶。

踩着高低不平的小路进村，踏进阴暗潮湿的土坯房，看到照明用的松油火把，喝着浑浊的“米汤水”，调研组成员的心情是沉重的。

在瑞金市大柏地乡小岭村樟坑小组，83 岁的烈属钟同炳一家住在千疮百孔的土坯房里，外墙、内墙都用木头打着桩撑。家里一贫如洗，唯一的现代用品是桌上的一只暖水瓶，而与其构成巨大反差的是，门楣上挂着金灿灿的“光荣烈属”牌匾和外墙上用石灰刷写的“跟共产党走”、“听毛主席话”的字样。

沿着崎岖的山路，经过数小时车程，调研组来到宁都县固厚乡楂源村东排小组。村民柯坤森是烈属后代，爱人蔡英秀患糖尿病多年，三个儿子都成了家，没房住，夫妇二人挤在巷道上的一个阁楼里。

有的人连基本的土坯房都没有，只好住在稍作整理的牛栏里；有的人长年搭铺在亲戚家里，租住的房子还是危房。

在村民的带领下，调研组一行来到了一口半径不足一米的水井旁，井水浑浊不堪。村民告诉调研组一行，我们常年喝这样的“米汤水”，水挑回家要沉淀好久才能喝，村里已经有几个人得了重病。杜鹰团长望着这浑浊的井水，两眼直勾勾地盯着，足有 5 分钟，他一句话也不说，他不敢相信自己的眼睛：这是几百人吃的水啊！都解放这么多年了，这里还是如此生活！不过，村民柯桂生高兴地说，今年 3 月初，国家发改委调研组曾经来到这里调研，当即提出帮助实施饮水工程。现在饮水工程已经动工了。

瑞金市叶坪乡黄沙村华屋小组，苏区革命时期 43 户，户户有人参加革命。在这个“全红村”，杜鹰一直在深情地追问：“这里的群众为什么这么穷？”战争的创伤、劳动力素质低、因祸因病致穷、资源缺乏……一个个严峻的事实，敲打着他的心。他一家家走家串户，揭开锅盖看到一些咸菜米汤。为了确切了解村里“望天田”的真实情况，他甚至临时改变行程，带头扎进田间地头，踩过泥泞的田埂，察看农田水利设施情况，全然不顾汗水湿透了衣背……

在瑞金市泽覃乡光辉村半山园小组，调研组走进了杨小琴的家。这是烈属的后代。杨小琴得了尿毒症，为了治病，花去了家里所有积蓄，杨小琴放弃了治疗。当调研组进来时，他给杜鹰跪下了。杜鹰赶忙扶起说：有问题说问题，不要这样，我们会解决你的困难！杨小琴哭诉自己患尿毒症，面对昂贵医疗费已无法支撑。杜鹰眼睛湿润了，他掏尽了身上所有钱捐给了杨小琴，调研组的同志也纷纷倾囊相助。接着，他现场协调赣州市人民医院收治治疗，鼓励杨小琴勇敢地活下去。其情其景，在场的人无不为之动容。

战争带走了赣南苏区的优秀儿女，留下了一个个残缺不全的家庭，影响了几代人。按国家新的 2300 元贫困线标准，赣州市现有贫困人口 215.5 万人，贫困发生率达 29.9%，高出全国平均水平 16.5 个百分点。赣州市有 42.2 万人依靠国家低保补助生活，有 26 万余人急需生活及医疗救助，还有红军烈士遗属、在乡老复员军人遗孀及革命烈士遗属共计 10.45 万人，他们享受国家抚恤补助待遇的面还不宽，标准还很低。

住房难、饮水难、用电难等问题在农村地区比较普遍。赣南苏区有 69.5 万农户住着上世纪五六十年代甚至解放前建造的破旧土坯房，一些人还看不上电视，一些人还用油灯照明，还有大批群众居住在库区、深山区、水土流失区，时常受到地质灾害威胁……

与此同时，调研组在走访中，也常常陷入感动之中，感动于赣南苏区的人民尽管条件艰苦，但没有放弃艰苦奋斗、永远向上的奋斗精神。这块红色土地的人民，始终有着对党、对国家的朴素感情，始终有着顾全大局、无私奉献的高贵品质，始终深情地祝愿“共产党万岁，万万岁”！

在赣州市的棚户区，确切地说也叫贫民窟。这里的居民由于空间狭小，几十家共用一个厕所，几家共用一个灶台，一家炖肉，满街飘香；一人放屁，两家听响，三家沾光，演绎笑话，全区受益。没有了隐私，大家关系都很好，调侃成了他们的幽默话题。

调研组的到来，让居民们喜出望外。他们都说，这么多国家部委的领导和同志来关心我们老百姓的住房和生活，我们有说不出的高兴，感谢党，感谢政府！他们纷纷端出烫皮、花生、糍粑来，像当年欢迎红军一样欢迎调研组。

宁都县梅江镇光荣敬老院的老人们满脸笑容。70岁老人卢满秀，紧紧拉着杜鹰的手说，感谢中央这么关心我们赣南苏区人民，保佑共产党万万年！

在深山密林间的偏僻小山寨，白发苍苍的苏区老奶奶揉着模糊的双眼，目送着这些“来自北京的好心客人”时，颤抖着声音，满含着热泪。

淳朴、善良的苏区群众，当调研组成员告诉他“有些什么愿望尽管提”时，很多人只是说“我只希望稍微改善一下生活条件，共产党一定会让我们生活得更好……”

这就是赣南苏区人民，大义善良、勤劳淳朴，始终坚定不移地跟党走，坚信跟着共产党一定能够过上幸福生活。

一个星期的调研，北京亲人的足迹遍布赣南的山山水水。在调研总结会上，杜鹰同志深有感触地说：“革命老区不能成为贫穷落后的代名词！赣南苏区在革命战争年代作出了特殊贡献，在历史上有着特殊地位，目前还存在着特殊困难，需要特殊的政策支持。赣南扶贫就是为共和国还债!给怎样的政策都不为过！中央要求加快振兴发展赣南等原中央苏区，这是一个重大决策。支持赣南等原中央苏区的振兴发展，不仅是赣南和江西的责任，也是国家部委的责任，是夯实党的执政基础的重大举措。我们一定会尽最大的努力，帮助赣南等原中央苏区所在地的群众同全国人民一起实现全面建设小康社会的目标！”

杜鹰讲这番话时，眼里充盈着泪水。

赣南扶贫再上新台阶：一花独放不是春，万紫千红春满园

犹如一道闪电在罗霄山脉闪烁，犹如一声春雷在赣南空中炸响。

就在国家部委联合调研组回到北京后的第69天，2012年6月28日，国发21号文件《国务院关于支持赣南等原中央苏区振兴发展的若干意见》（简称《若干意见》）闪电般出台。速度之快，前所未有，给人惊喜，让人措手不及！

《若干意见》11章45条，字斟句酌，字字千钧。

《若干意见》是赣南苏区发展的集结号，它吹响了918万赣南儿女改变贫困面貌的心声！

《若干意见》是宣言书，它书写了中央对赣南苏区特殊的贫困状况，给予帮扶、关照的特殊政策！

《若干意见》是及时雨，它把解决好民生发展问题，土坯房改造、饮用水安全、基础设施放

在头等地位,予以特别关注、安排。

《若干意见》系统绘制了赣州经济社会振兴发展"路线图"和"时间表"。它的出台,使赣南等原中央苏区振兴发展纳入了国家层面的大战略。

《若干意见》对赣南等原中央苏区制定了"两步走"的发展目标:民生问题和制约发展的薄弱环节等在2015年取得突破性进展;整体实现跨越式发展的目标在2020年变为现实,并与全国同步进入全面小康。

细读《若干意见》11章节45条中,五大战略定位,发展目标,尤其是解决民生突出问题、大力夯实农业基础、加快基础设施建设、培育壮大特色优势产业、加强生态建设和环境保护、发展繁荣社会事业、深化改革扩大开放、加大政策扶持等八大重点任务,为赣南苏区振兴指明了具体方向,增添了无穷动力。

《若干意见》提出,要建设赣州综合交通枢纽,"提升赣州在全国铁路网中的地位和作用。"围绕这一构想,赣州至湖南、广东、福建等周边省份铁路运输通道的规划研究将进一步加强。同时,赣州至株三角、粤东沿海、厦漳泉地区的快速铁路通道的规划研究也将提速。根据《若干意见》,国家将适时把赣州黄金机场列为两岸空中直航点;另外,加快赣江航道建设,结合梯级开发实现赣州—吉安—峡江三级通航,加快建设赣江特港。一个空中、地面、水面的立体交通网将辐射全国和世界。

全国政协副主席、原江西省委书记苏荣说:"赣南等原中央苏区振兴发展,是江西继鄱阳湖生态经济区之后又一国家重大区域发展战略。《若干意见》体现了党中央、国务院的殷切关怀和人民群众的热切期盼,对赣南等原中央苏区乃至整个江西的绿色崛起、科学发展,意义重大,影响深远。"

在赣南宾馆,赣州市委书记史文清接受了我们的短暂采访。这位"赣南风暴"的始作俑者、"振兴赣南"的大手笔,以他实事求是的政治智慧、为人民说话的政治底气,神态自若地对我们说:"推动赣南苏区振兴发展,既是重大历史机遇,更是沉甸甸的历史责任。必须以只争朝夕的精神、锲而不舍的韧劲、抓铁有痕的作风,把中央的深切关怀和特殊支持落到实处,大力推动赣南苏区振兴发展。"

赣州市副市长张应红告诉我们:扶贫已到了一个攻坚期。赣南的扶贫在《若干意见》的基础上,上了一个大台阶,出现了一个大平台,阳光明媚。26年来,国家部委机关中只有我们国土资源部一家在赣南扶贫,可谓是默默做事。现在好了,《若干意见》的出台,赣南要接受全国部委机关的扶贫政策的支持,我作为副市长已经接收了10多个部委机关帮扶的红头文件。我相信,不远的将来,赣南将现"一花独放不是春,万紫千红春满园"火红的春天!

一个水桶能盛多少水,并不取决于最长的那块木板,而取决于最短的那块木板。这个在现代管理学上被称为"短板效应"的基本定律,诠释了我国当前需要全面推进扶贫工作的重要性:对一个国家进步程度而言,贫困线就是那块最短的木板。"十二五"第二年,我国处在经济社会转型的关键时期,在发展的道路上,既面临重大机遇,又存在诸多由于不平衡引发的社会矛盾。工业化、信息化、城镇化、农业现代化加速推进,带来了加快发展的动力与结构调整的压力并存、产业转型加快与省域竞争加剧并存、自身优势发挥与环境资源约束并存、依法依规意识增强与差别化需求增多并存等多重难题。许多有识之士已经意识到,贫困地区"稳"之责任和"进"之任务都十分"艰巨"。

贫困是什么？绝不仅仅指物质上的缺乏，在很大程度上包含着缺少创造收入和机会的能力。正因如此，扶贫不能是简单的注资，更重要的是要为发展注入活力。而这，恰恰就是行业扶贫的优势所在。土地和矿产资源在相当多贫困地区的脱贫中扮演着至关重要的角色，如此紧密的行业联系，让国土资源部门从赣南扶贫工作起，一直努力走在扶贫第一线，并且收获了丰硕成果。通过土地整治、矿产资源勘探开发、打井找水、农业地质工作调查、地质灾害治理和矿山地质环境治理、工矿废弃地的复垦，极大地改善了定点扶贫区的人居环境和落后面貌，得到当地政府和老百姓的高度肯定。

实践证明，行业扶贫也要与时俱进。在新的时代背景下，扶贫的目标任务发生了根本性的变化，很多问题需要重新思考：一味地输血是扶贫还是扶懒？造血有没有更多元和更高效的方法模式？要脱掉的仅仅是物质之贫困还是包括精神、文化之贫困？扶贫工作的主体和客体之间有没有互动和辩证互补的关系？找到了这些问题的答案，就找到了能够让扶贫成果或者脱贫成果“可持续”的秘笈。

很多途径可以帮助解决问题，但最根本的，要从转变观念、探索机制找到突破口。这一点，已经为国土资源部门扶贫工作的历史经验所证实。国土资源部门扶贫工作起步早，时间长。26年来，从原地矿部到国土资源部，历经部门调整等重大变化，扶贫开发工作一以贯之，坚持不懈，扶贫机制也在实践中不断地探索完善。通过合作、联动的“大扶贫”机制，生发出行业扶贫的内在动力，让扶贫工作达到脱贫致富、改善环境、提高能力、缩小差距的真正目的。国土资源部、地方各级党委和政府、地方国土资源主管部门、地勘行业单位密切合作，实现了“众人拾柴火焰高”的扶贫工作格局。近年来，通过搭建部、省、市、县“联创齐争”、“三进四同”的平台抓手，汇聚各方力量，更是有力地拉动了国土资源部扶贫工作这驾“马车”。

事实上，赣南等中央苏区振兴发展调研启动后，到赣南考察、投资的气氛在去年上半年已经变得浓厚起来。“投资者信心极大提升，项目推进明显加快。”赣州市开发区管委会副主任李明生说，去年上半年，开发区签约项目资金175.3亿元，是前年同期的2.7倍，包括首个投资超百亿的赣州综合商贸物流园项目。区内现有企业发展态势较好，前半年实现规模以上工业收入156亿元，增加值38亿多元，利税总额15亿多元，同比分别增长33%、22%和30%。

在可以预见的投资热潮面前，赣州的干部也保持了一分难能可贵的清醒。市发改委人士表示，赣州对资本的吸引力会变大，发展的步伐会加快，但对发展质量的要求绝不会降低。“既要金山银山，更要绿水青山”的价值取向，如今尤其需要强调、强化。

在市矿管局刘燕副局长陪同下，我们下到行业扶贫的基层于都县的盘古山钨矿生产现场参观。李昌明副总告诉我们说，世界钨都就是指赣南，百年钨矿是指赣南西华山钨矿。我们盘古山钨矿是1922年自发开采，1932年收为工农红军所有。确切地说，毛泽民就是我们盘古山钨矿的第一任矿长。这也是我们矿的光荣和骄傲史！电视剧《封锁线上的交易》描写的原型就是我们盘古山钨矿，讲的是毛泽民怎么把石头变成金钱，购买食盐、医药、枪炮，支援前线，支援工农红军作战的故事。

当我们问到落实《若干意见》、老矿如何焕发青春时，他笑着说，2007年以来，国土资源部把合理开发利用矿产资源作为扶贫开发的重要手段。落实中央财政资金3971万元，逐步完成4个老钨矿区的接替资源勘查任务，新增钨资源储量1.5万吨。一批资源枯竭的矿山焕发生机,下岗职工重新就业。我们也是受益者。前些年我们钨矿遇到了不少困难,入不敷出,破产重组,根子就是资源枯竭。冷静思考后,我们确定了新的战略方向——深部找矿,已取得了新的进展;深度加工,提高产值,是我们崛起的希望,我们在做,前景光明。另外,我们还要坚持改革开放,贯彻“走出去”找矿的策略,已在罗江小东坑地抱了个大“金娃娃”。实践证明,这三条道路都是阳光大道,光明就在前方。

刘燕副局长告诉我们:赣南矿产资源丰富,特别是黑钨矿和离子型稀土矿为赣南赢得了“世界钨都”和“稀土王国”的美称,矿业占据赣州工业的半壁江山。按照《若干意见》组织实施,打造赣南未来“千亿产业支柱”——钨和稀土产业,在不久的将来就能实现。

走出盘古山钨矿宽敞明亮的办公室,我们参观了钨矿生产的全流程,从开采到加工,从石料经过层层筛选,到粉碎出料变成乌黑发亮的颗粒,装进口袋,运送到再加工车间。全流程马达轰鸣、流水作业,女工们的娴熟细腻,管理人员的严格认真,都给我们留下了深刻的印象。我们相信百年钨矿,在国家部委机关的帮扶下,一定能焕发青春!

从盘古山钨矿归来,我们又到了国土资源部赣南扶贫中心办公室,赣州市副市长张应红接受了我们的采访。他说,《若干意见》提出,加大国家部委机关对口支援赣南18个县市区的力度。鼓励和支持中央企事业单位在赣州发展,开展帮扶活动。这相比1986年的中央帮扶号召,力度要大得多。26年来,国土资源部情系老区,坚持不懈,帮助老区找水,找矿,架桥,修路,发展农业特色产业。特别是近几年来,国土资源部党组和原部长徐绍史,现任部长姜大明都高度重视赣州的定点扶贫工作,不断拓展扶贫领域,构建大扶贫机制,加大政策、项目和资金支持力度,大力实施土地整治、矿产资源勘查、农业地质调查、新农村建设、地质灾害防治和矿山环境恢复治理等项目。相信不远的将来,《若干意见》落实,国家部委机关都来帮助赣南,那才是万紫千红的真正春天。

2013年5月8日,国土资源部部长姜大明主持召开第3次部长办公会,研究国土资源部对赣南8县、乌蒙山区连片扶贫以及湖南新田、广西靖西县的具体帮扶工作。部党组提出:每年两次听取和研究扶贫工作,发挥部委自身优势,加大力度,落实对口扶贫联系点。确保帮扶地区与全国同步进入小康。

6月5日,国土资源部出台了支持赣南等原中央苏区振兴发展的相关政策,明确将在土地政策、矿产资源调查与矿业开发政策、地质灾害防治、矿山地质环境恢复治理和地质公园建设等方面给予改革试点和资金、项目支持。这些政策、措施旨在支持赣南将资源优势转化为经济优势,大幅提升赣南等原中央苏区建设、发展的能力,政策措施操作性强,实实在在。

行走在开发区的新赣南大道上,春风拂面,只见大道两旁一座座高楼拔地而起,如雨后春笋般地冒出地面,红顶青墙,形态各异,有日式,有欧式,还有德式,让人兴奋不已。

陪同我们的赣州市扶贫办主任洪明指着那一座座高楼说:那就是跨国企业日本KYB公司,他们捷足先登。其他没开发的地皮都名花有主了。我们相信不久的将来,一个开放式的特大赣州将屹立在江南水乡。

君不见,竹外桃花三两枝,春江水暖鸭先知;君不见,《若干意见》将持续发酵,国家部委机关已开始赣南扶贫之行;君不见,众多商家也在筹划着抓住赣南的大好商机;君不见,蓄势待发的“赣南航船”,在共和国“感恩”的长河中已悄然起锚,沿着改革发展的航道将永远向前!

“赣南不脱贫、我们不脱钩”——这是国土资源部对赣南等原中央苏区老百姓的庄严承诺。我们坚信，这掷地有声的承诺，既是赣南人民对改变家乡面貌加快转型发展的期盼，更是国土资源系统百万职工对赣南这片红土地的悠悠深情。

（陈国栋，中国作家协会全委会委员，中国国土资源作家协会主席，中国国土资源报社社长；晨光，原名陈廷一，中国作家协会会员，中国国土资源作家协会副主席。）

本期推荐

李花飞

■言　子

犹豫着，进不进去？道士说："进来看看吧，里面宽敞得很，有看的。"我们进去，转拐，黑洞洞的，里边一间大屋子，摆了一张大床。我们像是走进了夜色。看见那张大床，忽然明白了一点什么，也明白道士为什么要我们进去。他知道我们在门口犹豫，躲在幽暗中喊我们进去。我们没想到里边有这么宽大的屋子，有这么一张宽大的床。我有些害怕，后悔进来。已经来不及了，恐惧地看看四周，多余的地方，放置了几件家具。我向女友暗示着内心的恐惧，已经来不及了。我们明白，进来容易出去难！房间宽大幽深。很多女子都像我们这样盲目地进来过。我们被幽暗罩着，黑夜一样的幽暗。道士在幽暗里泡茶，他要用茶招待我们。我想尽快离开，外面阳光灿烂，不想在这样幽暗的屋子里停留，我的脚一点也不听使唤，心里着急，可迈不动步子。我恐惧地看着道士泡茶，茶盏里水汽蒸腾。屋子里是湿漉漉的水汽，是茶的香气。道士泡好三盏盖碗茶，让我们坐在一张小方桌上。道士说："品品，上好的茶。"道士看着我们坐下，他才坐下。我端起茶盏，揭开盖子，一股温热传遍手心，一股清香飘入心田。道士说："上好的茶，慢慢喝。"我没有马上喝，内心还有着恐惧和不信任。茶盏是青花的，盖子上一朵青色的月季花，被水汽染得潮湿。好久没用过这样的茶盏了！我的内心由恐惧转入悲伤。道士陪着我们喝了两盏，说有点醉了。说完，从幽暗进入幽暗，躺上了那张大床。我和女友对视着。茶也醉人？我们悄悄说着话，喝过两盏，也有些醉了。醉眼朦胧。我的心境由悲伤转入恐惧，担忧起来，想尽快离开，道士似乎不让我们轻易离去。我明白，这是一个陷阱。这里边，是另一个天地。

这个梦荒唐，奇妙。

花醒来，想着梦中的情景，觉得好笑。

莫名其妙做这种荒唐的梦！

"道士"是头天下午见过的，见过一眼。不是道士，是居士。当时花和女友游山，从翠屏山环游到了真武山，走到真武山古庙群，在一座宫观的水泥坝子前，停住，花对女友说了声"不进去了"，两个人转身即走。有个声音在她们后面说："进去看看吧，里面可看的还多。"花和女友回头，看见一个疏朗的中年男人正在点香炉上的红烛。刚才她俩看到了这个男子，以为是朝拜的，这时明白是个居士。居士一身道士打扮，长发没有盘上头顶，扎了马尾，穿的不是玄色长衫，而是休闲服。居士说这话时，点着红烛，并没有看她们。花和女友看了眼居士，转身离去。

花说："这个居士，长得还挺帅的。"

女友说："就是，我也是这样想的。"

女友说完笑起来，说："好笑，我们居然说一个居士长得好看。"

两个人返回原路，又开始了环山漫步。回到家，夜晚，花就做了上面那个荒唐的梦。

居士当然不是梦中那样的，哪有梦里的荒唐！是自己有点喜欢他的气质，才做这种不靠谱的梦！居士在梦中变成了道士。花想着，脑子里是那个疏朗居士的影子。从看到居士那一眼，她就把居士的气质装进了心里。

花不年轻了，心早就死了，看到自己喜欢的气质型男人，心还是会动。

居士是那种看不出年龄的男人，四十到六十岁之间。面色硬朗，平静里有着沧桑，目光锐利。整个形象，显示出一种深度和厚度，又有几分飘逸。

第二天下午，花约上女友，又去爬翠屏山游真武山。

这次，是醉翁之意不在酒！

花说着昨晚的梦，一再说只看了那居士一眼，怎么做这种不靠谱的梦？

女友说梦是潜意识的表现。

还是那个时间点，太阳快落山的时刻，花同女友走到依山而建的宫观前，并没有看到头一天的居士。

花说："我们进去看看吧？"

女友望着大门内，说："黑黢黢的，有啥看头？庙宇道观嘛，都差不多，我们又不烧香拜佛，走吧。"

女友说完转身离去，花很不情愿地跟在后面。

花说："昨天那个居士，气质风度都好，看上去不俗，怎么住进了道观？"

女友说："谁知道呢？青菜萝卜，各人所爱！"

花说："这山上，住上倒是好，清雅，空气好风景也好。"

女友说："好是好，太寂寞清静了点，除了几个喝茶的，就是那些道士居士，说话的人都没有；想说话了，还只能对着树木天空说，对着星星月亮说。"

花说："其实有时对着树木天空星星月亮说话，比对着人说话好！"

女友看了看花，笑着，好一会儿，问道："花，你不是也想上山来当个女道士吧？"

她俩走进道观时，看到坝子上有道姑守着香火摊摊，穿了青衣挽了青丝。

女友继续说："你可不比她们呀，你是有文化的，有追求的。"

花说："你敢说，那些道士和尚，就没有自己的追求？出家修炼，可能就是他们的追求！"

女友说："你虽然单身，骨子里可是个情色之人，断不了俗念。我还不了解你！"

两个人走着说着，已经从真武山来到了翠屏山，坡上坡下是苍翠的马尾松。丛林路沟上，落满金黄色松针。树下的几间瓦脊，铺着一层厚厚的松针。

看着丛林里黄昏的景物，花说："我早就断了俗念了。"

女友说："那是你自己以为。看到喜欢的人，还不是会心动。昨天那个居士，不是让你心动了吗？"

女友使坏地笑，看着花。

花想："这个猪，真是我肚子里的蛔虫！"

花与女友的交往，持续了二十多年，是唯一可说知心话的朋友，彼此懂得。

花说："去你的，我怎么能喜欢上一个居士，人家可是修行之人！"

女友说："不承认算了，你的心思，我还不知道？你啊，一生为情所困！"

花岔开话题,说:“这松针,以前可是好柴,小时候上岩找柴,能捞到一背篓松针,很满足的,现在没人烧柴了!”

花生长在乡下,跟随大人上七星岩找过柴。

再游山,花不再叫女友,有两次走进真武山庙群,她看见了那个居士。

花的母亲生她那个晚上,梦见一棵李子树开满雪白的花。母亲醒来,想着梦中的李子花。大冬天的,梦见白蒙蒙的李子花,是啥兆头?还没想完,母亲的肚子开始疼痛,第二天太阳落山,花出生了。母亲想起梦中的李子花,就给孩子取名李花。花的父亲不姓李,姓陶。李花就李花吧,女儿大了,要嫁人的,留不住。父亲也不反对。花的弟弟出生,父亲不让母亲取名,自己给儿子取了个陶子的名字。家里有了女儿李花,母亲去别人家挖了几棵李子苗回来,栽在屋门口的坝坎上,两三年,李子树就同花一起长大了。春天,李子树开花,一串一串的,旁逸斜出,比画还好看。花小小年纪,喜欢坐在树下,看蜜蜂在花树上飞得嗡嗡响,看雀儿踩在枝椏上叽叽喳喳。花有时也像一只蜜蜂一样爬上树,摘两朵花,戴在头上。母亲看见,骂她,要她取下头上的花。短命的,哪个喊你戴这种花?快拿下来!找死啊!母亲不高兴花戴白颜色的花。李子半生不熟的,花的小嘴就馋了,自己爬上去摘来吃,溜酸。花嚼着李子,喜笑颜开。母亲在一旁看着,牙齿都被酸掉了,身上起鸡皮疙瘩。问花酸不酸?花说不酸,好吃。这孩子,小嘴太馋了!

这孩子,性格有点怪,四五岁了,还不搭理人,人家问她话,不管问多少遍,都不开腔。正月间,母亲带花走人户,从来没听花说过一句话,别人问她也不说。这孩子,胆子小,尤其怕人,怕与人交往与人说话。长到六七岁,花上小学,老师多次把母亲请进学校,每次都为花的不爱说话。老师课堂上要她回答问题,花总是闷声不吭,急得老师大声喊:“李花李花,你是不是哑巴啊?你是哑巴吗?你是哑巴还来读啥子书?”花哑着,闷声不吭,“不是哑巴,你就回答问题啊!说话啊!怎么跟个哑巴似的!”

母亲从学校回来,苦口婆心数落花,花的闷性子还是改不了。花只和家里人说话。长到十一二岁,花对人的畏惧有了一点改变,有了自己的好伙伴,在学校不再闷声不吭,老师提问,她也可以开口回答了。

花想,怕见人,怕与人交往,怕和人说话,天生的。

花的闷性子,并不妨碍她的梦想、多情。

不爱说话怕见人的花,其实是爱向往的,小小年纪,有了爱的萌芽,暗地里喜欢上一个男生。这个男生是街上人,花从来不和他说话,每天在学校看见这个男生,花稚嫩的萌芽就满足了。这个男生出现在花眼前,是花最快乐最幸福的时刻。男生不知道花喜欢他,男生暗恋的是另一个街上女生。花明白自己的暗恋不切实际,但她一直幻想着以后能做个街上人,嫁一个街上男人。

花就这样长大了,在内向文静、胆小怕事、梦想憧憬中长大了。

花考上昆明地校,毕业,分配到四川一个地质队做了个拿工资的城市人,嫁了个搞地质的城市人。这个爬山搞地质的城市人,不是花内心向往的丈夫,花与他离婚后,找了另一个城市人,大学讲师。花与讲师生活了几年,发现这个讲师也不是她内心要嫁的人。与讲师离婚后,花不再谈婚论嫁,暗地里,却没有放弃内心想找的那个人,对爱情,还抱着希望。

花与讲师离婚后，不再轻易谈情说爱，并不是清心寡欲，花是个“情色女人”，她还憧憬着爱情，希望有一天能遇上一个她真正想要嫁的男人。

花不轻易谈情说爱，并不是不恋爱，遇上心仪的，她会一头扑进去陷进去。与麦热恋那阵，花有天晚上梦见自己跟随麦在大街上走动，人山人海的大街，拥挤不堪，花跟随麦，在人海里穿过两条街，进了一条巷子。麦要带花去一个地方。走过巷子，又是喧嚣的大街，花与麦一起穿过大街，又进了一条巷子。开始，他们两个走在一起，走着走着，花落在后面一大截，怎么也追不上，进了第二条巷子，花看着前面的麦在人海里走，看着看着，不见了，找来找去，也没有找到麦。麦丢下她一个人，走了，在人海里消失了。花在原地等待，等待麦回来找她，等到大街小巷的人都走光了，也不见麦的影子。花四顾茫然，一急，醒了。花在黑暗中想着梦中的情景，想着人海里突然消失的麦，觉得这个梦在告诉她什么。

没过多久，麦真的消失了，不是从人海里消失，而是从花的生活里消失。

花有些心灰意冷了。

一个向往爱情的人，找不到爱情。

一个从小渴望爱情的人，没有爱情。

男人好找，爱情难找！

两任前夫，花与他们恋爱时，有没有爱情？花认为是有了爱情才恋爱结婚的，渐渐地，那点爱情，在日常生活中，消失了，什么都没有留下。

与麦是有爱情的，那爱情，也逐渐消失，消失于茫茫人海。

花要在茫茫人海寻找爱情，不仅仅是一个男人，一段婚姻，一场性。

立春后，花进真武山住下，当了一名居士。

花对女友说是为了短暂地享受真武山的幽静，想天天站在山上看看丛林听听松涛，还想天天坐在树下喝茶在丛林散步。

女友笑着，有意思地笑。

女友明白，这些是花的想法，花还有另外一个真实的想法。

花在道观的一间居室住了下来。

住下的那天下午，花一个人转悠，从半山腰上了坡顶。站在山巅，看见岷江在脚下奔流，岷江大桥上，奔走着汽车人流。对岸的天柱山，高耸云天，接近天边。天柱山下，是流杯池，残留着古迹。坐在一棵古榕树下，能感受到古意和幽凉。花坐在松林上，看见一轮春天的落日悬挂西郊，落日下面，是奔腾的金沙江。花的老家，在金沙江对岸的丘陵深处。花年少和年轻时，不喜欢自己的家乡，太僻静，花努力读书，离开家乡去了远方的城市。离故乡越远，故乡在花的内心，却越来越近，一山一水，一草一木，都在花的心中越来越清晰。岁月蹉跎，花的眼角爬上几道时光的印痕，花越来越觉得家乡美好，越来越怀念家乡。花虽然学的是地质，到了地质队，出过几年野外，爬过几年山。地质队的工作，也随着时代、随着经济的发展变化着，出野外的爬山的几乎都是男人，女人离地质越来越远，哪怕你有技术有工作经验，也得让位于男性，也得从野外回到队部。花回到队部，没有人给她安排工作，成了“编外人员”，好在花喜欢文学，无聊时喜欢“刷”几笔，去一家报社当了记者，被聘用后关系还在地质队。地质队人满为患，上世纪七十年代大招工，职工子女够年龄的，都进了地质队，这些内招的没有文凭、没有技术的子女，到八十九十年代，都下岗失业了，都成了“编外人员”。花有文凭有技术，因为是女性，因为活得自我，也成为其中一员。花按照地质队内部政策，满二十五年工龄，办理了内退，钱不多，时间多。花是一个喜欢悠闲的人，喜欢慢生活。金钱买得到欲望，买不到时间。办完内退，花辞掉报社工作，回到了家乡。离开家乡时一个人，回到家乡还是一个人，什么都没有带走，什么也没有带回来，花孑然一身。如同恋爱结婚一样，热热闹闹，最后还是一个人。花在江岸买了套一居室，一个星期住两三天，其余时间，回南岸丘陵深处，陪父母。花一个人在丘陵转悠时，难免会想，自己是从什么时候开始，喜欢清静喜欢独处的？喜欢偏僻之地的？花想不起是从什么时候开始，不再喜欢喧嚣、热闹，也不再喜欢城市，随着年龄增长，花越来越热爱自己的故乡，越来越热爱僻静之地。带着这种热爱，花又回来了。什么也没有带走，什么也没有带回来。花又回到了原地，还是从前那个花。

西郊那枚红彤彤的落日，落尽云层，天空暗淡下来。

花在松涛声中，开始下山。

走到观前，花看见那个中年居士在树下打太极拳。

第二天早上，花出门，看见居士又在晨曦下打太极拳，黄昏也看见他打。几天过去，花明白，居士早晚都要打太极拳。如下雨，居士就在屋檐下打，天天如此，从不耽误。花喜欢转山，对太极拳没有兴趣。看见居士天天打太极拳，花喜欢看，躲在一边，远远地看。看居士打太极拳，影响花转山，花把时间调整了一下。早上，天一亮，花出去转山，回来，花站在一棵松树下，远远地看，直到居士进屋，花才进屋。黄昏，花也是提前转完山回来，站在松树下远远地看。居士喜欢早晚打太极拳，花喜欢早晚转山。花早晚看到居士打太极拳，居士看不到花转山。

道观周围的花树，相继开放。

先是红梅，接着是海棠玉兰桃花樱花。

花看着这些花开放、凋谢，发现少了一种花树，李子树。桃李芬芳，不应该少了李花。再说，自己是看着李花长大的。找个空地方种几棵李子树。把想法告诉住持，同意了。花下山过江，回丘陵深处，挖了几棵开过花未挂果的李子树回来。老家多的是李子秧李子树。花在侧屋种树时，居士看到，帮着她种。两个人种好树，一起给树浇水。花说：“明年春天，李子花开过，就要结李子了。”花说完，想起母亲生她时做的那个梦，一棵雪白的李子花。花自言自语：“花是容易凋谢的！”居士听到了花的自语，接道：“这是自然规律，万物都有凋谢的时候。”松涛滚动，淹没了两个人的话。

种完树，两个人又回到各自的生活状态，在自己的天地里做自己的事情。

居士早晚打他的太极拳，花早晚转完山远远地看居士打拳。

花想跟着居士学太极拳，终没有开口，只在一边远远地看。花想邀居士一起转山，话到嘴边又缩回去了。

花听一个道姑说，居士每年冬天来这里住到春天结束就走，好多年了都是这样。

春天快结束了，居士也快离开这里了。

这天下午，雨过天晴，花出门，看见居士站在一棵黄桷树下遥望。黄桷树像一片森林，长在石坎上，盘根错节。树下的石级铺满落叶。黄桷树春天落叶，一边落叶一边长出新芽。居士站在满树新芽下遥望。山脚是城市，是岷江，对岸是天柱山是流杯池。居士的目光抵达天柱山尽头，不知是在遥望天柱山还是在遥望苍穹？花走过去，站在居士旁边，和他一起遥望。

——那是天柱山。

——看上去有点远。

——是啊，像在天边一样，其实很近，下山，过岷江大桥走一截就到了。

——近在咫尺，看上去遥远。

——你上过天柱山吗？

——没有，你呢？

——嘿嘿，我也没有，流杯池倒是经常去。

——天柱山，什么时候，我倒是想爬爬，爬上山顶，苍穹可能很近。

——哪天，我们一起去爬天柱山？

——好吧，哪天我们一起爬上去看看。

花和居士说话时，几个游人从树下拾级而上。几片落叶被山风卷起，在空中飞扬。

离开时，花说："我去转山，一起转，好吗？"

花终于向居士说出了这句话。

居士犹豫了一会儿，答应了。

两个人出道观，并排着，走在环山公路上。

游山，就是从出发地沿着真武山翠屏山的环山公路回到出发地，路途平坦，景色优美，住在城里的人，有的天天上来游山，是锻炼。

花和居士走着，时而沉默，时而说几句。居士谈到了道观的开山之祖。居士说每一个开山之祖都是伟大的，他们披荆斩棘，在荒无人烟的深山老林为后来者开辟出一条路，没有他们就没有后来者，他们是开拓者。

披荆斩棘。开拓者。

花听着，想地质队员，在荒无人烟的深山老林搞勘探，也是披荆斩棘砍出了一条路，尤其是五六十年代，条件环境都不如现在，没有民工，大事小事都是自己动手。到现在，一些勘探者进入无人区，也避免不了献出宝贵的生命，有的生命很年轻。

前人栽树，后人乘凉啊！居士感叹着。

花听着，也感叹了一声。

他们已经从真武山走到了翠屏后山，后山几乎没有游人，路上的几个，都是锻炼身体的城市人。花觉得同居士走在环山公路上，像对恋人。

这样清幽的环境，适合谈情说爱。

车和人，一般上到翠屏山，走走看看，就回去了。

一路走着，花觉得如同恋爱一样，路人也会把她和居士看着一对夫妻。他们不是恋人，更不是夫妻。

花想问居士一些问题，比如哪里人干什么的结婚没有孩子多大为什么对道教感兴趣等等，花想着这些谜一样的问题，始终没有问。居士也没有问花任何私人问题，他们，连对方姓甚名谁都没有问。花想，能走在一起，就是缘分，对方何种身份，并不重要。

回到道观，居士又开始打太极拳，花站在旁边看。

这么多天，花是第一次站这么近看居士打拳。

穿玄色衣衫的男人风尘仆仆,渡过江,来到山脚。他在阳光下用手罩住额头,望了望山上。他身上挂了把寒光闪闪的斧头。他将一头浓密的长发挽上顶,扯了一节藤条,缠住。他取下身上的斧头,一路砍杀。斧头落下过的地方,成了弯曲的通道,一条山间小路。他一路砍杀,风餐露宿,看太阳落下月亮升起星星出来。砍杀到山腰一个开阔的地方,他坐在一棵树下,坐在五月的夜幕下,遥望苍穹。月亮出来了,半轮月亮,挂在岷江上空。月亮出来了,照着他那张坚硬黝黑瘦削的脸。玄色衣衫已经破损,面容憔悴,手上脚上血痕斑斑。他筋疲力尽,在树下睡着了。

花看着玄色衣衫的男人渡过河到达山脚,一路砍杀上山。花只能看见他的背影。花一直看着这个男人的背影。像那个疏朗的居士。发式和衣衫不同,背影是居士的背影。花借着岷江上空的月色,看清了这个人的脸,不是居士,但他的确又是居士。花慢慢走近,想与居士说话。花走到树下,看见居士睡着了。花没有惊醒他,站在树下等待。天边有了晨光,晨光染上朝霞,居士还在睡。晨曦出来了,花看见朝阳从岷江升起。居士在晨曦下睁开眼睛。居士看着花,看了一阵,不言不语。花正想开口说话,看见居士站起。居士站起的那一刻,变成了一个鸟人,长出白色的翅膀白色的羽毛,长出细长的鸟脚,长出白色的鸟头。白鸟飞上树枝,在晨曦下嘶鸣。山上的草木落上晨曦,白鸟对着晨曦嘶鸣。白鸟嘶鸣着,向着晨曦飞翔。花看见飞翔的白鸟渐渐融入晨曦,成了一团远去的火红的影子。花望着晨曦里的鸟影,也想像那只白色鸟一样飞翔。花起飞时,发现自己没有翅膀也没有羽毛。

花醒来,明白自己做了个美丽的梦。花在夜色里听着山风吹响松涛,回味着梦中情景。一个美丽的梦!花回味着清澈的河水,秀丽的大山,绚丽的朝霞,灿烂的晨曦;回味着飞入晨曦的白色鸟;回味着那个穿玄色衣衫的男人——那个人,长了一张不是居士的面庞,但梦境里的这个人就是居士。花回味着。也许他是居士,也许是另外一个人。

早上,花转完山回来,又站在那棵树下,远远地看居士打拳。

花一天都在回味梦中情景。

黄昏,花在水泥坝子里,把昨天夜里那个梦讲给居士听。

花讲得简约。

花只说了河流玄色衣衫的男人开山晨曦,白色的飞翔的鸟儿。

花没有说穿玄色衣衫的人是居士,没有说自己梦见了居士。

居士听完,说:“你梦见了开山之祖。”

居士不知道花梦见的是他。

花想:我梦见的明明是你呀,什么开山之祖!

山上一种好听的鸟叫声消失时,居士离开了道观。

他向花告别时,说:“明年春天见!”

花看见居士脸色发青,比她第一次看见他时消瘦了许多。

花离开道观后,在城市和乡村跑动。

在城市和乡间,花有几次都梦见了居士。梦中的居士,有时清晰,有时模糊,有时那张面孔不是居士,却是居士。花把梦选择性地讲给女友听,女友笑着说:“日有所思,夜有所梦啊!”花不明白的是,有时几乎把居士忘了,居士却跑进夜晚的梦。花一遍又一遍在梦里与居士相会，梦里的一切都是真真切切的，醒来，才知道是一场梦。

一场梦！

立春的那天，花一早从丘陵回到河岸，又从河岸去了山上。花像去年一样，在道观住下。

那种好听的鸟叫声又回到了丛林。

红梅开了，海棠红了，花没看见居士出现在道观。

花还是一个人早晚游山。游山回来，花站在松树下，远远地向一块坝子望去。坝子空空荡荡，打太极拳的人始终没有在这个春天出现。

花与居士栽下的几棵李子树，这个春天打了不少花疙瘩。青色的花疙瘩。花每天去看那些花疙瘩，看着看着，青色的花疙瘩变成了白色。李子花开放时，花喜欢坐在花树下喝茶看书。一场春雨飘过，李子花在风雨中凋谢，草地上落满雪白的花瓣，树上残留的，也露出了凋敝的颜色，不再花枝招展。花在凋敝的花树下喝茶看书。

这个春天，居士始终没有出现。

花看着满地的花瓣，想着年年都来道观的居士，今年为什么迟迟不来？

远行？病了？去了另一个道观？被俗事缠身？

花想着，头上的李子花在风中纷纷凋谢。

为什么没来？他是哪里人？有没有妻子孩子？为什么要来道观？为什么选择了真武山道观？

花想着这些谜一样的问题。

去年春天，花面对居士时，没有问他，花也不会向道观的人打听居士的来龙去脉。

花想着想着，睡着了，做了个梦。

天空的云彩暗淡下来，又一场春雨在黄昏酝酿。

山风摇响松涛。

残留的李花，在风中纷纷扬扬凋谢。

花坐在凋敝的花树下，做着她的梦。

天色越来越暗淡，夜色笼罩丛林笼罩道观。道士道姑在夜幕下看见花暗淡的背影。

半轮月亮悬挂夜空，花还坐在花树下，安静的背影纹丝不动。

夜深人静，有个道姑去叫花回观睡觉。

道姑喊着："李花李花，关门了，该回屋睡觉了。"

花的背影没有动静。

道姑一再喊着："李花李花，关门了，该睡觉了。"

花还是没有动静

树上残留的李子花，在风中纷纷凋谢。

道姑见花没有动静，走近，从背后推了花一把。

花跟随凋谢的李子花，滑落地上。

月色明亮。

道姑看见一片花瓣被风卷起，向着月亮飞去。

月亮挂在木窗上

■言　子

表哥出生时,舅舅取了好多个名字,他问舅母,这些名字要得不?舅母说,要得,个个都好。舅舅说,像你这样子说,我还问你做啥子?舅母说,是个个都好呀,我又没说假话。舅舅把写在纸上的名字,从头到尾又念了一遍:安详、安平、安定、安心、安静、安宁、安乐。舅舅问舅母,你说哪个名字最好?舅母说,大娃儿就用第一个,以后的娃儿依次用,你就省心了。舅舅说,有啥子省心的,我巴不得天天有名字取呃!舅母说,那我不是比猪狗还不如。舅舅笑呵呵的没开腔,抱起舅母身边的表哥逗着:安详,安详,爸爸跟你取的名字好不好?不像那些没文化的,给娃儿取啥子富贵呀金宝呀得金呀!表哥哇啦哇啦哭了。舅舅把他放回床上,说你这鬼娃儿,莫非还不满意?

晚上,舅舅从坡上回来,喝了两杯烧酒。桌子上一小碟花生米,一小碟咸菜,舅舅喝得哧溜哧溜,满屋子都飘着酒香。舅舅问外婆喝不喝?外婆说我要给大娃儿洗澡,你今天高兴,自个喝吧。舅舅不贪杯,并不因为高兴就喝得烂醉如泥,他只喝了两杯。喝第一杯时,脸上带着微笑,喝第二杯时,自言自语念着安平安定安心安静安宁安乐这些还没出生的娃儿的名字。舅舅反反复复念着,最后一口酒滑进喉咙,高喊一声:安——详!舅舅喊完,被太阳被风雨熏黑的脸上,挂着毫不掩饰的得意。

一轮月亮挂在木窗子上,舅舅又喊了一声:好天气呀!舅舅喊完,提着一把竹椅子出了门。窗子上的月亮,此刻在天边明亮如镜。舅舅坐在椅子上,头和背靠着椅背,四肢在月色里伸展自如,能听见月光像脉管里的血水一样哗哗啦啦流淌。舅舅的胸腔吸进几口清风,几缕月色,五脏六腑开始活跃,劳累了一天的筋骨,也开始活跃。此刻,他有一个强烈的愿望,就是爬上舅母的床,和舅母狠狠折腾一夜。舅母现在是月母子,要坐四十天月子,如果不克制,舅母会得月家痨,会离他而去。这是外婆再三交代过的,还举了一些例子,说是张家的娃李家的孙,不顾惜婆娘,婆娘坐月子还离不得,最后把婆娘害死了。外婆说完又添上一句:这些男人都不是人,该遭雷打!这些人舅舅都认识,年纪轻轻就成了鳏夫,不过,迟早会有女人代替他们死去的婆娘。舅舅呼了一口气,又吼了一声:好天气呀!膝上的一本古书,被他呼出的气掀翻了两页,孔子的《论语》,我外公留下的。外公是解放前的私塾先生。上世纪七十年代批林批孔,为了表示对孔子的鄙视,大家都叫他孔老二;到了八十年代,大家又尊重起了孔子,没有人再叫孔老二。舅舅把书举到眼前,借着月光,一字一句朗读《论语》,读着读着,不再想爬上舅母的床。舅舅完全被孔子迷住了。舅舅的这个习惯,不知是从什么时候养成的,黄昏或夜色,好天气里,从坡上回来,喜欢坐在屋外的坝子里读上几页古书。高兴时,朗朗上口;不高兴,也是朗朗上口,只是声调节奏,完全不一样。从舅舅朗读古书的声调里,就可以看见舅舅的心情。

表哥满月,舅舅准备请满月酒,提前通知了亲戚,也提前准备了酒肉。舅舅的脸上挂着笑容,那些笑容挤着,要往下落似的。表哥满月了,舅舅又可以爬上舅母的床。舅母生下表哥后睡在床上吃喝,全是高蛋白高脂肪,身体一天天在床上增大,那张床被她占去了一大半。舅母苗条的身材发了酵似的不断膨胀,成了一个臃肿的肥婆。舅舅看着舅母,就像看着一个上了粉的白面冬瓜,很想试一下和一个满身堆满肥肉的女人睡觉是啥滋味。他想起娶舅母前,喜欢过一个胖姑娘,那姑娘长得不好看,但那一身白白胖胖的肥肉,让人眼馋,每次看见,舅舅总有一些非分之想。那胖姑娘后来嫁了一个又矮又瘦的男人,舅舅想那男人一把把,怎么对付得了!现在舅舅可以对付舅母了,他熬了四十天,舅母变了形的身体,早就令他眼馋。耐不住的时候,舅舅在舅母身上摸几把,舅母也不反对,一张满月似的脸笑嘻嘻的。舅舅像被灌醉了酒,柔声细语地叫着粉冬瓜,粉冬瓜。舅母假巴生气,说一个大男人,一挨女人,就软了,骨头被猪吃了!舅舅说骨头都被你这头肥猪吃了,哪还有骨头!舅母这次真的生气了,她问舅舅:说清楚,说清楚,哪个是肥猪?哪个是肥猪?舅舅说:你不是肥猪,你是肥婆,我才是猪!舅舅说话时,一只手不停地揉着舅母肥硕的奶子,雪白的奶浆喷涌而出,舅舅宽大的手掌黏糊糊湿漉漉的。舅母骂:你这杂种!舅舅说:你敢骂我妈?舅母吐了一下舌头,要是被外婆听见,又会惹起一场家庭风波。舅舅说:上坡去了,听不见,以后嘴巴洗干净点,不要乱骂人。

外婆从坡上回来,给舅母煮了一碗醪糟荷包蛋,烧一锅热水洗了表哥的身子,对舅舅说了声心里不舒服,进房间睡觉去了。第二天早晨,外婆没有醒来,满月酒变成了丧葬。

舅舅陷入悲痛中。

整个晚上,舅舅没有听见外婆发出任何声音,舅舅想,一个要死的人,一定很痛苦,怎么会没有一点声音呢?一定是自己睡着了,没有听见。舅舅很难过,脸上有了泪痕。妈,你白养我一场啊!

这一夜,舅舅独自坐在一间小屋,小屋是我外公生前住过的,自从外公走后,这间小屋空着。外公用过的一些东西,还存放在小屋里。书籍、纸笔、一瓶墨汁、一个墨盘,还有外公用过的椅子桌子。有时舅舅进来取两本书,有时外婆进来打扫灰尘,其余的时间,小屋都关着。舅舅坐在外公坐过的椅子上。那是一把竹椅子,由于年代太久,已经被岁月磨得油光水滑,触摸上去冰凉冰凉,夏天坐这样的椅子,很舒服,现在是冬天。舅舅坐在光滑冰凉的椅子上,将自己沉入黑暗。舅舅听见外婆一遍又一遍喊他:国瑞!国瑞!国瑞啊!舅舅的眼泪,刷刷刷流在了脸上。舅舅哭了很久,抬起头时,看见了天上的几颗寒星,它们挤在木窗子上,冷冷地望着舅舅,像是在讥笑舅舅。舅舅决定不再哭,把悲痛压在心底。男子汉大丈夫的哭哭啼啼还像人!舅舅在桌子上摆开纸笔,化悲痛为力量,哗哗哗写了几大页文字。舅舅写完,四肢疲乏,胸腔里却是一片山清水秀,无数阳光照进他的胸骨,沐浴春风一般。他听见青鸟在和风中鸣唱,似一条涓涓流淌的小溪。舅舅顿觉神清气爽,犹如行走在阳光灿烂的山谷。舅舅喊了一声:拿酒来!舅母和表哥早都睡着了,外婆躺在堂屋的地板上也听不见他的呼喊。舅舅进灶房,自己取了一瓶烧酒,拿了一只杯子。烧酒是散装的,打酒时灌进酒瓶子的 。舅舅挥笔写文章时点上了煤油灯,煤油是国家供应的,一家人一月半斤。舅舅不敢随便浪费煤油,酒倒进杯子,吹灭了煤油灯。舅舅在黑暗中,一口一口喝着,窗子上的星星也睡觉了,屋内屋外一片漆黑。酒精的浸泡下，舅舅的心又开始一点点往下沉，坠进黑暗的山谷，刚才的愉悦一扫而光。他身子沉甸甸的，仿佛背负着一座山的重量。舅舅就这样背着一座山，行走在山谷，竟然感觉脚下生风，没有劳累和疲惫，胸腔里，游走着他看不见的精灵，让他沉甸甸的内心，生出几分快乐和满足。

舅舅想起堂屋里的外婆，又有了几丝悲痛。

外婆是童养媳，不到十岁到了外公家，为外公一家人做家务，空闲时还要上坡割草。外婆到外公家的第一天，煮第一顿饭，是站在一条板凳上，还没有灶头高。长到十六岁，外婆才和外公圆房。外公是读书人，对外婆从不打骂，两个人的日子恩恩爱爱。不幸的是外婆生下九个孩子，只带起我母亲和舅舅，其余七个都病死了，这是外婆一生的心病。解放那一年，一场病，把外公带走了，这又成了外婆的一块心病。外婆走的那晚上，并没有呼喊舅舅，她很安静，睡梦中她在一个地方游荡，云里雾里，不辨方向，游着游着，就停止了呼吸，没有发出任何声响。

亲戚们，本来是为吃满月酒来的，却赶上了外婆的丧葬；生产队的人，听说外婆死了，也赶来，拿着几斤粗粮为外婆办丧事。男人不在家的，婆娘也要提几斤粗粮去看看。外婆人缘好，借钱借粮的，只要家里有，外婆从不说声“不”。过年过节，生产队的人从房下走过，外婆看见，要请他们上去喝茶，做了糕点，要拿出来请他们吃。外婆脾气好，有涵养，从不说三道四，也不惹是生非，再加上她年岁高，很受尊重。舅舅是个孝子，为了让外婆的灵魂升天，请了道士在屋外的敞坝上为外婆做道场。那天晚上，月明星稀，舅舅为了衬托气氛，一点也不吝惜煤油，他上街打了三个月的煤油，宁愿以后摸黑，也要把外婆的丧葬办得像一回事。六七盏马灯，高挂在敞坝周围的树枝上。这些马灯，平时都不用的，重大事情才派上用场。六七朵火焰，在敞坝的半空中燃烧，与月亮的银光糅在一起，明亮如昼。几个道士，在敞坝中间说着走着，四周围满吊丧的人，母亲父亲舅舅舅母也在其中，他们不是旁观者，是主角。道场做到中途，外婆的儿女们要哭丧，母亲和舅母哭得震天动地，长声吆吆各哭各的。母亲唱歌般哭着：妈哎妈哎，你还没过上好日子，你就去了！妈哎妈哎，你还没享到福，你就去了！妈哎妈哎，我本来是过几天，要接你去耍一段时间！妈哎妈哎，你没来得及，看上我一眼，我也没来得及，看上你一眼，你就去了！妈哎妈哎……呜呜呜，呜呜呜……舅母的声音更响亮，唱歌般念道：妈哎妈哎，自从我，嫁到李家，你待我，跟亲女儿一样！妈哎妈哎，我也把你看作，我的亲妈！妈哎妈哎，我早起，为你煮饭，夜里，为你烧洗脚水！妈哎妈哎，有好吃的，我都想着你！妈哎妈哎，那次我，回娘家，吃了一顿，叶儿粑，还想着跟你，带两个回来！妈哎妈哎，我啥子，都听你的，以后哪个来，管教我呀！妈哎妈哎，你这一走，我就不能，早起跟你煮饭，夜里，也不能跟你，烧洗脚水了！妈哎妈哎……呜呜呜，呜呜呜……

母亲舅母哭完说完，舅舅念了自己写的祭文。

舅舅念祭文时，内心潮水一样，波澜起伏。他概括了外婆的一生，不放过一些动人的细节。从外婆进李家当童养媳那天说起，一直说到外婆去世的那个晚上。六七盏明晃晃的马灯，照着舅舅那张悲痛欲绝的脸。舅舅的祭文，念了一小时零三分，感动了敞坝里的男人女人。他们发现，舅舅能写一手好文章，尤其是祭文。

舅舅就这样开始了写祭文生涯。

安定出生后的第二年，舅舅记不清自己写了多少篇祭文，生产队邻队有人过世，都要找舅舅写篇祭文，有的甚至慕名而来，走几十里石板路，专程请舅舅去写祭文。舅舅也乐意，不收任何报酬，只要有酒有肉，就能写出一篇好祭文。给生产队的死者写祭文，舅舅是在自己的家里，坐在外公坐过的那间小屋，一般都在夜晚，第二天早晨，舅舅才把祭文送到死者家。隔得远的，舅舅明白人家的意思后，立即跟着上路。说立即也不是马上就走，人家走了几十里路，总得小歇一会儿喘口气，舅舅会递上一杆他自己种自己晒自己裹的叶子烟，再泡上一杯老鹰茶，两个人坐在敞坝，吃烟喝茶。舅舅问死者生前的一些情况，你一言我一语和人家摆起龙门阵。烟吃完茶水喝尽，舅舅跟着人家一起上路。敞坝里留下两滩口水、一些烟灰，两把竹椅子等着舅母天黑了捡进去。到了死者家，人家又是让座又是端茶又是敬烟，把舅舅当做贵客。烟是纸烟，供销社买的，舅舅不接。舅舅摸出衣兜里的烟杆，说：我有。人家说：吃这个吧。舅舅说：不扎劲，我这个，扎劲。舅舅说着摸出衣兜里的叶子烟，装进烟杆嘴里。人家赶忙上去点火。舅舅跷起二郎腿，吧嗒吧嗒吸着，吸两口就要往地上吐口水。叶子烟使舅舅喉咙里的分泌物增多。叶子烟上积起烟灰，舅舅将烟杆在鞋底上敲几下，烟灰散落地上。舅舅在鞋底上抖落烟灰时，动作温柔，怕把叶子烟碰掉似的。吃完烟，舅舅在鞋底上敲烟杆里残余的烟头，不再温柔，烟杆梆梆梆敲在鞋底上，烟头出来，又将烟杆放在嘴里对着另一头吹几下，确定里面干净了，才把烟杆放进衣兜。长不过五寸的烟杆，用细小的苦竹制成，像一枝普通的竹节。将竹上的节疤凿通，舅舅很费了番工夫，听说用了他无数个黄昏。那段时间，舅舅出工回来，啥事都不做，坐在敞坝，一心一意弄他的烟杆。

烟吃完，如果还早，舅舅去坡上走走，从这座坡到那座坡。累了，坐下来吃一杆烟，看看天空田野，想着他要想的事情，天麻麻黑回去。吃完夜饭，人家领着舅舅进了一间小屋。舅舅有个要求，要人家给他备上半瓶酒，人家不好拿半瓶，一般都是一瓶未开启的烧酒放在小屋的桌子上，但舅舅每次只喝半瓶，不多喝也不少喝。舅舅在一盏幽暗的煤油灯下，如入无人之境，喝着酒，脸上毫无表情，但那双眼睛却分明正在一个地方游走，闪烁着深不可测的光芒。舅舅慢斟细饮喝掉三杯后铺开纸笔，之后，还要喝掉五杯，才提笔挥毫。丢下笔墨，舅舅又要喝上两杯，一篇两千余字的祭文，就这样在酒精中完成。这时，雄鸡啼叫，舅舅上床睡觉，一觉醒来，人家屋内屋外忙成了一片，舅舅也加入穿梭的人群中。

舅舅听到驼背病逝的消息，是驼背死后的第二天黄昏，舅舅正在敞坝逗表妹安定。舅舅对安定说：爸爸手里有糖糖，信不信？舅舅把他的一只大手握成拳头，小表妹安定去扳舅舅的手，扳了好久也没扳开。舅舅又说：扳开了，糖糖都是你的。小表妹又开始扳舅舅的拳头，小表妹后来哭了，舅舅摊开手，说：这不是吗？小表妹一把抓走舅舅手心里的四颗水果糖。小表妹吃完糖还问舅舅要，舅舅说：没有了，没有了，都给你了。小表妹哭，舅母收工回来时，小表妹哭着向舅母要糖，舅母没理她，对舅舅说了一句：驼背死了。

舅舅进城了，他给我们家送了一担大头菜，到了冬天，母亲喜欢腌咸菜，尤其喜欢腌大头菜。舅舅在我们家吃了一顿午饭，母亲去馆子为舅舅端了一盘芹菜肉丝，还为舅舅打了二两烧酒。舅舅吃饭时，母亲找出一家人的水果糖票，拿了一元钱让我上供销社买水果糖。母亲把水果糖送给了舅舅，说是带给表哥表妹。舅母又说了一句：驼背死了！舅舅仍然没开腔，一只手插进衣兜。舅母又说：驼背死了！舅母这次是喊出来的，喊得有些忿忿然。舅舅还是没开腔，从衣兜里摸出烟杆，又从另一个衣兜里摸出了叶子烟。舅舅把一片粗短的叶子烟插进烟嘴，摸出火柴，“吱”地一声划燃了。舅舅点烟时火柴熄灭，又“吱”地一声划燃一根火柴，火柴又熄灭，又“吱”地一声划燃一根。舅舅缓慢地划了几次火柴，点了几次烟，才将烟点燃。舅舅吸得很慢,没有吧嗒吧嗒的响声,每吸一口,仿佛都要将烟喝进肺腑,吐出时,气若游丝。丝丝缕缕的烟雾,在舅舅一声不吭中散了乱了。舅母和表哥表妹早进了屋,舅舅一个人坐在敞坝发呆。吸完烟,天还没黑尽,舅舅进屋拿了一把烟叶,把一张张烟叶剪成短节节,在大腿上裹烟。舅舅的塑料袋子里装满叶子烟时,附近人家的煤油灯早已熄灭,偶尔几声看家狗的吠叫,打破夜的寂静。

舅舅没有上舅母的床,点了一盏煤油灯,进了外公那间小屋。舅舅为自己斟了一杯。那是一只青花瓷酒杯,外公生前用过的。外公不在,舅舅接着用。舅舅把玩着酒杯,把玩了好一阵,才将杯中酒一饮而尽。舅舅又斟了一杯,这次他不再一饮而尽,而是一口一口慢慢品,每品一口,仿佛都有难言之隐。酒下肚时,嘴巴咧开发出一声"吱"的声音,喝的好像不是酒,而是药。细水长流品完第二杯第三杯,舅舅铺开纸和笔。铺纸放笔时,舅舅小心翼翼,怕把它们弄碎似的。舅舅又斟了第四杯酒,坐下来对着桌上一张阔大的白纸;细水长流喝完第五杯酒,舅舅拿起放在纸上的毛笔,蘸满墨汁,在纸上龙飞凤舞,仿佛游历一条人生的长河。舅舅丢下笔时,左邻右舍的雄鸡喔喔叫着,此起彼伏,舅舅在雄鸡的啼叫中又斟了一杯酒。酒精中,舅舅的胸腔里呈现出一片山清水秀,一缕阳光照进他的胸骨。舅舅行走在空山幽谷,向着明亮的山巅跋涉,那缕灿烂的阳光消失了,舅舅的心,在寂静的幽谷里开始一点一点往下沉。舅舅的眼泪,在黑夜里无声无息。

舅舅带着祭文去驼背家,生产队的人已经去了。谁家死了人,不用请,自然有人帮忙,把死者抬上山埋进黄土,才各自离去。驼背躺在屋檐下,一块白布单将他盖得严严实实。舅舅掀开白布单看了看驼背。驼背又瘦又小的身子缩成一团,比活着时短了一截。驼背的脸,像是从泡菜坛子里捞出来的,皱皱巴巴散发着一股酸味。舅舅知道驼背肝上有病,在床上躺了几个月,没钱上医院。驼背的婆娘,在灶房里为大家煮饭。舅舅说:得贵死了,也不跟我说一声。驼背的婆娘比划着,舅舅看不懂哑语,驼背的儿子说:我妈说我们家穷,做不起道场,也不打算写祭文。驼背的婆娘是个哑巴,两个残疾人生下一堆娃儿,个个像小树,长得一表人才。舅舅听了什么也没说,出去了,找了把竹椅子坐在敞坝吸烟。

吃晚饭,舅舅是最后一个上桌的。驼背的儿子说:伯,没有菜,饭还是要吃饱。驼背的儿子说这话不是客套,饭桌上只有一碗泡酸菜,一碗腌菜。这两碗菜,在大家的眼里,根本不是菜。谁用这样的菜招待人?生产队的人也不计较,知道驼背家穷,再说是来帮忙不是吃酒席,吃好吃坏大家都没意见。舅舅不是嫌桌上没菜,舅舅还不知道驼背在生长队是最穷的!自留地都种了粮食,哪来菜?舅舅胡乱刨了几口下桌。天麻麻黑,舅舅念了祭文,虽然没有道场烘托,还是感动了在场的每一个人。

舅舅和驼背的特殊关系,生产队的人也清楚。

驼背是舅舅的救命恩人。

十年前的冬天,舅舅进山挑炭,驼背也进山挑炭,两个人买了炭一起回来。走在羊肠小道的山路上,舅舅踩滑摔进了山沟,人事不省,一张脸血肉模糊,驼背顾不上自己的炭,下沟去寻找舅舅,把舅舅背到了公社的卫生院。医生说幸好送得及时,晚了可能就保不住命了。驼背的背上被血染红了一片,舅舅的脸上缝了十多针,半边脸被伤口拉得有些变形。

舅舅就这样开始了和驼背的特殊交往。

舅舅成了驼背唯一的朋友。

生产队的人在城市人面前,不自觉地自卑,但在驼背面前,个个都有优越感,谁都可以拿驼背开心;谁不顺心了,也可以跑到驼背的家门口骂上一阵。驼背的婆娘是哑巴,驼背又是个老实人,人家说啥他都不放一个屁,几个娃又小,驼背成了大家的出气筒。生产队的人在坡上干活,闷了想找乐,问驼背:驼背,晚上睡觉是仰起睡还是侧起睡?仰起睡过没有?疼不疼?婆娘爬上身咋办?驼背也不恼怒,嘻嘻笑着一声不吭,竹烟杆衔在嘴里吃得嗞嗞响。还有人问:驼背,婆娘听不见,你的嘴闭臭没有?她叫不叫?驼背仍然笑着,叭嗒叭嗒吃他的叶子烟。小孩也不把驼背放在眼里,无聊时,一群孩子跑到他的屋门口齐声喊:驼背!驼背!驼子!驼子!就这两句,能喊上半天。喊累了,开开心心笑一阵,又接着喊:驼背!驼背!驼子!驼子!驼背一家人在屋檐下干活,没听见似的,不管他们喊多久,都没有人吭声。玩得没趣了,大家才各自回去。有的女人被生产队的人或被自己的男人欺负了,也去找驼背一家人出气,站在驼背屋外的田埂上骂上半天。先是骂驼背的婆娘,骂着骂着想起她是个聋子又是哑巴,骂得再多也是白骂,就把矛头对准驼背。驼背不接嘴,闷声不响叭嗒着他的叶子烟,心里毛躁了,就骂自己的娃儿,如果娃儿顶嘴,他就动手打,啪啪几巴掌,打得他们愣眉愣眼,缩在角落不敢动一下。骂的人骂累了,口干舌燥回家去,驼背的耳根才清净。

驼背的几个娃儿也没白吃饭,他们的拳头一天天长大长硬。拳头是不认人的,谁要有事没事再去吵闹他们,二话不说,就用拳头对待。驼背的家门口清静了,没有人再敢去耍横。男人们除了拿驼背取乐有时也拿城里女人取乐,这时他们就有了优越感,做了爷爷似的。张红云每次进城回来爱对男人们说:卖完菜走在街上,前面的一个女人穿着裙子,屁股像鸭子一样摇来摆去,我走在她后面,用扁担撩开她的裙子,你们猜?光屁股!张红云说完,男人们一阵狂笑,笑声里全是淫秽。张红云再从城里回来,又说:出城时,尿胀了,去茅厕,出来时一个女人迎面向我撞来,我顺手摸了她的奶奶,又大又软,馒头一样。男人们又爆发出一阵狂笑,仿佛大家都把那个女人干了。舅舅最多笑一笑,从不跟着掺和这些下流话题。驼背也是个局外人,不说话也不笑。中间休息,是一杆烟的工夫,叫“烧烟”,上午下午都要“烧烟”,队长喊一声“烧烟了”,男男女女走到地沟边,把锄头放在屁股下垫坐,女的做针线,男的摸出烟袋。舅舅和驼背总是坐在一起,他们交换着叶子烟,有时舅舅要驼背吃他的,说他的烟扎劲。

遇上雨天或是夜晚,舅舅喜欢把驼背叫到家里喝上两杯。舅舅懒得跑腿,支表哥安详去喊。驼背坐在酒桌上,话渐渐多起来,打开了话匣子。他们一边喝酒一边说个没完,说些啥,我们都不知道,看上去很快活也很知心,驼背的脸上净是笑容。驼背后来生病躺在床上,舅舅三天两头去看他,有时带斤白糖,有时带封芝麻饼。驼背死那天,舅舅正好上我们家了,母亲送给舅舅的水果糖,他给驼背留了一份,准备第二天送去。在当时,水果糖是稀奇货。几颗水果糖,舅舅也想让驼背尝一尝,驼背没口福,水果糖后来被小表妹安定吃完了。她眼睛尖得很,看见了舅舅衣袋里的水果糖。

驼背死了,舅舅少了一个知己,还少了一个喝酒的。这个人,是他的救命恩人。

有天夜里,驼背访问了舅舅。

他们是在黄昏的垭口上相遇的。

寂静的残阳中,舅舅看见有个人影在山坡下移动,暗淡的亮光裹在他身上。他朝垭口走来,坡下的一团阴影,罩住了他的脸,舅舅看不清面相。直到那个人影快走上垭口,舅舅才看清是驼背。这时的夕阳透着荒凉,如一个落寞的老人,散发出来的热气越来越稀薄。舅舅和驼背坐在黄昏的垭口，望着西天的落日。

舅舅说：驼背，你的背呢？

驼背摸着自己挺直了的脊背，说：这不是背。

舅舅说：你不驼了？

驼背说：不驼了。

舅舅闻到了驼背呼出的酒气。

舅舅说：你和谁喝酒了？

驼背说：能和谁喝？一个人喝。

舅舅说：你走了，我也找不到人喝酒。

舅舅说着，从怀里掏出一瓶烧酒，两个人抱着瓶子，你一口我一口喝起来，你一言我一语说着话。酒气碰着对方的脸，热辣辣的。

驼背说：你还写祭文？

舅舅说：写。

驼背说：你那篇祭文，我听到了，你摔得人事不省，我不管你的死活，有这个理吗？我不把你送进卫生院，一个人回去，还是人吗？

舅舅说：你背了我二十几里路呀！你都成了个血人！

舅舅还想说你是个驼背，不比正常人，舅舅没把这句话说出口。

驼背喝了一口酒，说：我劝你不要写了，那东西有毬啥子用？锤子用都没有！人都死毬了，有毬锤子用！活人就是爱毬瞎弄！还不是为了自己舒心！

舅舅想，驼背说的不无道理，他就是为了舒心，才写那玩意的。乡下人的命，就像路边的野草，在太阳秋风中自生自灭，活着时没人关注，入了土谁还记得？死人才不需要那玩意，是活着的人需要。

但舅舅是有原则的，不是每次都要在死人身上找舒心。会计死去，他就没有在他身上找舒心。

会计利用职权做假账，贪污了生产队许多粮食，舅舅不但没去参加他的葬礼，他的家属请舅舅写祭文，舅舅也没写。尽管舅舅很馋那两瓶叙府大曲，但硬是让他的家属拿回去了。生产队的人，并不知道会计夺了他们的口粮，有次贼进了会计的屋，翻箱倒柜把他家的衣裳粮食拿出了门。贼没偷走一样东西，把粮食一筐筐摆放在路边，衣裳一件件挂在李子树上，足足挂满十几棵。第二天早晨，人们起来，看见李子树上五彩斑斓，又看见路边冒出那么多粮食，以为是菩萨显灵，准备去拿东西时，听见会计的婆娘恶声恶气骂开了。原来是贼捣的鬼。大家忿忿不平又幸灾乐祸地议论着，是哪个想出了这样的好主意？好贼！偷得好！原来会计家有吃不完的粮穿不完的衣，而我们，早就四处借粮度饥荒了！

他们明白了，权力和财富是紧密相连的，从古至今都是这样。

舅舅说：我写也看人，对得起自己的良心。

驼背说：你是上瘾了，就像喝这酒，离不得。

两个人影模糊了，远方模模糊糊。东南方是起伏的群山，黑苍苍一片；西北方是绵延的丘陵；再远处，广阔的天空下，是灯火辉煌的城市。

驼背说：我这一辈子，就没有走出这地方半步，南方的大山北方的城市，啥子模样都不晓得,我现在就想去看一看。

驼背说着独自走了,黑暗中,舅舅看见他的背又驼了,小山丘一样在夜色下隆起,仿佛黑夜压在那山丘上。

舅舅把剩下的一口酒喝完,扔掉瓶子。酒瓶滚下山坡的声音,叮叮当当划破夜色。夜空飘着酒气,仿佛也喝醉了。

自那天起,舅舅常常在夜里和驼背相遇,在那个垭口上喝酒,驼背说话豪气冲天,背也不驼了,像一个顶天立地的汉子。酒瓶里剩下一口酒,驼背起身下坡,黑夜又压在他小山丘一样的背上。

舅舅闻到天空的大嘴也吐着酒气。

舅舅醉了,心想和死人交谈是一件爽快的事,比和活人交谈容易多了!

舅舅开始失眠,在床上折腾到半夜三更也睡不着。舅舅痛苦极了。舅舅起来喝酒,喝到鸡叫头遍才上床,酒气水一样蔓延小屋。生产队的男人,在睡梦中闻到酒气,在酒乡中做着美梦,早晨起来,看见女人端上桌的,还是一碗清汤汤的包谷糊糊,对着女人骂道:那狗日龟儿子,黑天半夜的,还搅得人心神不宁!骂完,将一碗包谷糊糊稀里糊涂灌进肚子。

舅舅为一个地主写下祭文后,被送到公社劳动改造,有人去公社告发,说舅舅为剥削阶级翻案,为剥削阶级树碑立传。从公社回来,舅舅再也没有提过笔。

舅舅想自己是罪有应得,写那些祭文不完全是为了死者,他有私心,主要为了自己舒心,死去的人,不需要那些空洞的东西,是活着的人需要。舅舅想起每次死者的家属找上门,他把自己关进小屋,在所谓的悲痛中慢斟细饮;几杯酒下肚,死者站在他面前,凝视着他并且与他一起交谈,活生生的一个人;再几杯酒下肚,舅舅如入无人之境,天马行空漫游,舅舅不再是舅舅,像一个精灵在天上地下穿行,这时的舅舅,快活到了极致;送走死者,舅舅大醉而归,带着几分朦朦胧胧的悲痛和快意。舅舅想,自己的舒心,是建立在死者身上的,带有极强的悲剧色彩,是在悲壮中寻找快乐!

不能写祭文,舅舅的心空落落的,仿佛有人把他的心偷走了,成天蔫不唧的。他喜爱的古书,也不能在光天化日下读,只能在夜晚,躲进外公的小屋,和古人对话。写祭文,是和死人对话,读古书,是和活着的死人对话。舅舅觉得,和死人对话,比和活人对话容易多了,不累,也不会找麻烦,更没有哪个去告发他。舅舅现在出门,很少开口,有时嘴巴快闭臭了也不开口。舅舅只在黑夜,与死人、与活着的死人对话。

舅舅看书看累了,忍不住要拿起毛笔,对着一张白纸,发呆一阵后走笔。搁开笔,再看纸上的字,竟又是一篇祭文。舅舅哭号一阵,将文章化为灰烬。有一次,舅舅竟为自己写了一篇祭文。黄昏,他拿了一瓶酒进了小屋,前三杯,他从太阳落山喝到夜黑,后三杯,从夜黑喝到子时,最后几杯,从子时喝到丑时。煤油灯幽幽暗暗晃着,照着舅舅那张生动的脸。舅舅在摇摇晃晃的煤油灯下置身梦境,一股涓涓细流从他的内心穿越千山万壑,舅舅成了一个亡灵在黑夜游走。舅舅为自己的祭文画上最后一个句号,已筋疲力尽,但又酣畅淋漓,浑身上下通泰惬意。

舅母知道舅舅躲进小屋为自己写祭文后,将那间屋上了锁。舅母对舅舅说:你休想再进去“发神经”!

接下来的几天,舅舅请了病假,没去出工。舅舅在家里睡大觉,到了夜晚拼命折腾舅母,整夜整夜不要舅母睡觉。舅母说,你不是有病吗?哪来的病,像一头牛!成天装疯卖傻的。舅舅不开腔,脸上也没表情,继续折腾舅母。

有天黄昏,舅舅在床上听见表哥说大石包有电影,舅舅翻身从床上爬起来,洗了脸,吃了一碗包谷糊糊,待表哥表姐出门,他也出了门。大石包离舅舅的生产队十多华里,舅舅站在黑压压的人群后面,看过五遍的《渡江侦察记》,仍然不漏一句台词,不漏一个画面。快散场时,舅舅先走了,表哥表姐回到家,舅舅已上床,除了舅母,没人知道舅舅去看了电影。

舅舅不再装病,天天像吃了几大碗白干饭一样有精神,嘴里还常常哼着小调。

乡下看一场电影,像吃肉一样稀奇,县上的放映队半年下来一次,尽管是几部战争片放过去放过来,远远近近的人,还是过节一样,涌到人家生产队去,有时要等上很久,小小银幕上才有人影晃动。舅舅暗地里,总在打听有没有生产队放电影,几个月过去了,放映队迟迟不下乡,舅舅浑身上下又难受起来,脾气也坏,说舅母煮的饭不好吃,有次竟然将舅母端给他的一碗包谷糊糊泼在地上,气得舅母再也不想管他。舅舅睡在床上不吃不喝,人像陷进泥地里一样,脑子里一片湿蒙蒙,两个妇人吵架的声音又飞进他耳朵,唾沫星子都溅到了他的脸上。两个妇人的声音,一个是细子,一个是育苗,住在对面坡上,房对房,门对门,她们收了工,常常坐在自家门槛上对骂,中午骂晚上也骂,仿佛骂架是她们唯一的乐趣,是她们的幸福。这两个女人,三天两日骂一架,骂得气势汹汹,神采飞扬,哪个都不让哪个,都想让对方败下阵来,天上的白云,都被她们骂来掉进了水田。舅舅躺在床上,耳朵没有漏过她们每一句话,舅舅统计了一下,骂去骂来只有八句话。你狗日娼妇!你狗日偷人的!你狗日千人×万人×的烂婆娘!你狗日没人要的×××!你狗日烂得流水的……细子和育苗你一言我一语,就几句话,翻去覆来骂上几个小时,谁也不觉得累。舅舅摸了摸脸上的唾沫星子,仿佛摸到了两个妇人的快乐,也想找谁骂一架。找谁呢?男人家总不能像女人一样,扯起个嗓门骂个没完。舅舅的拳头痒得难受,但他是不轻易打人的。舅舅这次不管这么多了,不分青红皂白抓起舅母痛打了一顿。舅母哭着嚎着,挨了两拳夺门而逃。舅舅追出去,两个人围着房子转圈,舅母在前面跑,舅舅在后面追。舅母一边跑一边喊:李国瑞打人了!李国瑞打人了!舅舅追累了,停下来,舅母看见舅舅停下来,她也停下来,两个人隔着一段距离开始对骂,也是几句翻过去覆过来骂了半天。骂够了,两个人一前一后回屋。第二天,舅舅哼着小调眉飞色舞出工,走起路来衣角都要扇人。

舅舅就这样三天两日找借口骂舅母,舅母受不了,又把那间上了锁的小屋打开。

舅母说:去死吧,那些鬼都等着你呐!

夜里,舅舅又和驼背在垭口上相会,他们说话豪气冲天,吐出的气息酒气冲天。喝得醉醺醺的,说着笑着,一口一句“好兄弟”、“好兄弟”,你拍拍我的肩膀,我拍拍你的脊背,亲密得如同一个妈生的。生产队的人被他们搅得不安宁,放出自家的狗。几十条看家狗对着黑夜汪汪汪吠叫,淹没了驼背和舅舅的声音。那些男人,受不了飘进梦乡的酒气,闻着酒香,他们饥饿的肚子喋喋叫个不休,清口水长流。

后来,驼背开始访问舅舅的小屋。

他们是黑夜的知己,有时说着说着两个人放声大哭,舅舅一口一个好兄弟呀!好兄弟呀!

舅母隔着房门,听到了他们的谈吐声,到了夜晚,舅母悄悄把看家狗拴在房门口,驼背再也不访问舅舅的小屋。

舅舅这次真的病了，成天蔫不唧的，吃不香睡不好。舅母问他话，他也懒得搭理，只拿眼睛瞟舅母，看得舅母一张脸绯红。舅母说：看了几十年还没看够，有啥子好看的！舅舅不开腔，一双死赳赳的眼睛转向别处。

过了几年，舅舅又可以写祭文了，死者的家属不但请他喝酒吃肉，还给他“稿费”。舅舅起初不收，人家说是不是嫌少？舅舅只好收下。舅舅每次把“稿费”交给舅母，舅母眉开眼笑，说：这还差不多！

舅舅说：有钱你就高兴！

舅母说：哪个不想钱！你不想？

舅舅看舅母一眼，进了他的小屋。

有一段时间，舅母没有收到舅舅的“稿费”，舅母很不高兴，问舅舅的钱哪去了？舅舅说买书了。

舅母说：买书？书能吃？能给你生钱盖房子娶媳妇？买书？一堆废纸！

舅舅不爱听舅母唠叨，得了“稿费”，拿一半给舅母，留下一半买了书。那时，什么书都可以看了，舅舅不买活人写的书，他读的都是古书。舅舅认为，现在的人说的话，都是古人说过的，只是说话的方式不一样罢了。

舅舅喜欢把自己关进小屋与古人对话。

舅舅六十大寿，铺张地摆了一场酒席。那天他给每一个人敬酒，几大塑料桶散装烧酒喝空了。舅舅醉倒在床上，三天三夜起不来，第四天清早，舅舅起来，高一脚矮一脚上了坡。舅舅在坡上转悠，天快黑时，表哥才把舅舅拖回家。

第二天一早，舅舅又上坡了，不停地在野地里转悠，嘴里哼着小调。表哥不去找，舅舅就不回家。表哥去找，舅舅也不回家。村上的人，看见舅舅白天黑夜都在野地转悠，昂首挺胸哼着小调。

舅舅说：野地干净！野地干净！野地干净！

舅舅还说：是人，都要归入野地！是人，都要归入野地！

舅舅融入野地后，我们那里，再也没人读古书写祭文了。

（言子，女，本名向燕。中国国土资源作家协会会员。有小说、散文、随笔见于《中国作家》、《北京文学》、《散文》、《散文海外版》、《百花洲》等多家期刊。已完成四部长篇小说。短篇小说《红月亮》获四川省“五一文学艺术奖”、第三届巴蜀文艺二等奖；《远去的稻田》获第四届巴蜀文艺二等奖、第三届宝石文学奖；长篇小说《生活还没有开始》获第四届宝石文学奖。散文收入多种散文集、年选集。现为自由撰稿人。）

印象记

在孤独中吐露忧郁

——读言子近作

■冉正万

读言子的近作,就像在葡萄架下,看着远山,看着所能看见的一切,听一个孤独的女子述说绵长、时断时续的人生故事。渐渐地,眼里的一切消失了,取而代之的是想象中的风景,想象中的风景与讲述者营造的故事有关。言子的小说注重营造氛围,情节则比较平淡。把读者缓缓带入后,以亲切和不经意的小小的发现推动小说前行。这样的小说在当下很难时兴或畅销,但自有喜欢精致的读者长久追随。

言子的孤独不唯指其生活状态,而是其与生俱来的气质。这种气质没有好坏之分,但它无疑会穿透并左右人的行为,在自尊与自怜中暗藏着绝不妥协的韧性。在俗世生活中,妥协也许会越来越多,因为现实生活如此强大,在他人眼里,会觉得她越来越“没有追求”;面对内心那无名的有生以来想要达到的精神高度,却越来越顽固,也越来越清晰,越来越让熟悉的陌生人觉得“莫明其妙”。如此偏执,是成就一个好作家的必由之路。

《李花飞》这个小说最能体现言子的精神向度。故事很简单:一个叫花的女子,和朋友在真武山游玩时,被一位疏朗俊逸的道教居士吸引,后独自上山,希望与居士有更近的接触,后来一起散步,一起种树,却仅止于此,约定第二年见面,来年只见李树开花,不见故人至。在淡淡的惆怅和无尽的孤独中,花没有难过,反倒化成一片花瓣向月亮飞去,去承受只属于她的孤独之旅。小说中有两个地方最值得玩味。一是朋友说花虽然单身,其实断不了俗念,看到了喜欢的人,还是会心动的。花在心里予以承认。二是和居士关于天柱山的对话。天柱山很高,爬上去离天穹也近。花觉得有点远,想去又不敢去。居士说,天柱山其实不远,下山,过桥,走一段路就到。两人相约哪天去爬天柱山,但直到分别,也没去过,并且谁也没提出来。

前一个情节,道出人之常情,只是“花”这样的女子,心气和眼光都比较高,一般情况下别人不大容易看出来。这就是生活,以为可以断尽俗世,却总是被俗世困扰。一方面,希望追求的是内在气质,一个可以和自己弹琴鼓瑟的人,可帅气英俊外在的形象,仍然具有强大的吸引力。恰恰是这样的矛盾,才是一个女子的可爱之处,否则,只持一端,非妖即魔。后一个情节,天柱山或许是具有多重意义的隐喻:生活中的很多物事,看似遥远,其实近在咫尺;很多事情看似容易,真要去做却是另外一回事。这两种隐喻暗藏在第一个情节中,清静心看似不可得,其实随处可见;看似随处可见,却很难真正拥有。内心的孤独看似很轻,却如此之重。真就那么重吗?却只有忧郁。因为真正的孤独是一种高贵。而忧郁,是活着的副产品。

花从小不爱说话，老师的呵斥，母亲的数落都没能改变她的沉默寡言。长大后在地质队工作，结婚，离婚，生活轨迹与时下很多人没有格外之处。她的不同之处是她从小多情，心中充满了浪漫的憧憬，但直至中年，梦想从未实现。仅仅是爱情没有实现吗？不是的，是生活诗意的许诺总是落空。这才是关键。这或许是言子写这个小说的初衷。

身在此处，心在远方。自己的内心就是自己的远方，因此无论是走，还是停在某处向往着，远方都是永远到不了的一个落脚处。言子另一部小说《天边》(2012 年第 7 期《滇池》)，表达了同样的忧郁，并且追问更执着，故事的悬空使精神指向更加明确，小说中的无名女子从上路那天起，就只有一个目的，看看山外的山。她在路途中与“山外的山”不断相逢，但没有一处是她心目中、能够填满她心海深壑的高山。“山外的山”是多重隐喻，爱情、人生，甚至无名都在其中。作者以与女子相遇的男子代替山外之山，女子遇到这些男人时也有心动，有冲动，甚至还和其中两个发生关系，但他们——这些山的喻体，都不是她的目的所在。

山也好，男人也好，都不过是象征。女子追求的山外青山同样是象征。他们象征了人在这个世界上的可能与虚无。这是全世界的文学共同关心的命题。鲁迅一生都在抗拒这种虚无，因为他深深知道这种虚无的巨大作用。海明威的短篇小说《弗朗西斯·麦康伯短促的幸福生活》、电影《罗拉快跑》、日本作家川端康成以及当代的大江健三郎，等等，虚无在这些作品中就像一个挥之不去的影子。不同的是，虚无感在不同的作品里，在不同的人物那里，呈现的方式并不相同。

人为什么有这种虚无感，任何一个大学图书馆都能找到相关书籍，并且都给出了智慧的答案。但问题不在这儿，人活着，要的不是答案，而是过程。《天边》中的女子注定到不了所谓的天边，正如小说一开始引用的故事，天边只在想象中存在，从没有变成人类的经验。

这是怎样漫长而又短暂的过程啊！言子在享受着这个过程，同时也在制造这个过程。

在《月亮挂在木窗子上》这个小说中，作为乡村知识分子的舅舅擅写祭文，因为长期写祭文，他对生死、对友谊有了更深刻的理解。他写祭文不完全是为了死者，很多时候是为了消自己胸中块垒，“带有极强的悲剧色彩，是在悲壮中寻找快乐。”这一方面道出了文化对于人的重要，同时也暗示了人世的艰难。舅舅的执着，连亲人也无法理解，反倒是死者能随时进入他的内心，与之倾心交谈，以至通宵达旦。这看似异于常人的生活，其实仍然是虚无感在作祟。有两句古话也许能表达“舅舅”的心情：知我者谓我心忧，不知我者谓我何求；何以解忧，唯有杜康。

“舅舅融入野地后，我们那里，再也没人读古书写祭文了。”这是小说的结尾，道出了乡村文化、乡村知识分子在乡村的消失。这是作家的哀叹和惋惜，还有忧虑。“舅舅”在孤独中，带走了残存的乡村文化。

言子在文学创作上已经坚持近二十年，在这条路上，她或许也和《天边》中的年轻女子一样，在前进的路上有过奇遇，有过欣喜，有过不满，有过踌躇，但前进的心劲从未松懈。好多当年一起出发的人，与文学渐行渐远，以至不见踪影。所有的艺术创作，其实都是一种长跑行为，必须倾尽一生，才有些许收获。“长跑”好像有点吓人，其实最吓人的是跑着跑着，失去信心和能力。一旦丧失，无异于一种生命的终结。言子写了不少，发了不少，却从未听过她有暂停的打算。作为多年的朋友，对此深深赞叹。

言子的小说中，不时出现“地质”二字，这一方面和她生活在地质队有关，另一方面，也和为地质队做点什么有关。最初的写作,地矿部门从上到下都给予过很多帮助,比如当时中国地质作协的文乐然、刘恪等前辈,没有他们,我们的人生之路会改变。现在,地矿部不在了,但地质队还在。这或许算是一种报答。作家的良知,是无处不在的。同时,这也是一种贡献,为这个行业的百万从业者提供文学支持,善莫大焉。当然,言子的小说更多的是给喜欢清静的人,这样的人当下有,未来也会有。这些未来者,正是言子执着中的山外之山吧。

(冉正万,生于1967年,贵州遵义人。中国作家协会会员,鲁迅文学院第九届高研班学员,东莞文学院第二届签约作家。著有中、短篇小说集《跑着生活》、《有人醒在我梦中》、《树洞里的国王》,长篇小说《洗骨记》、《纸房》、《进城》、《银鱼来》等。有作品入选《2009中国短篇小说年选》、《2010年中国短篇小说选》。)

创　作　谈

内心的河流

■言　子

那是初春的一个夜晚，从电脑旁站起来已是夜幕四合。光线暗淡，写作时我已经拧亮了台灯。吃罢晚饭，我出门，像往日一样。

这次，我改变路线走上公路，走了几十步，后悔不该改变路线，难以忍受汽车的噪音。不与任何人来往，已有两个多月——过多地与人闲聊，对于我来说并不是一件快乐的事。喧闹中，我又一次改变了路线，上了一座大桥，在昏黄的灯光下跨过了安昌河。至大桥中间，我看见另一座大桥在上游的灯火中卧着，沿着江岸逆行，跨越它，我就可以回家了。南岸，比北岸寂静许多，河堤上，一个人影也没有，公路上的汽车，偶尔从身边驰过。这样的季节，这样的地方，我这样的人才会来这里漫步。走着走着，不是漫步，是疾走。两座桥看上去相隔并不远，走起来却是那么漫长。如果是白天，我会无所顾忌，由着自己的性情慢条斯理行走，犹如在白日由着自己的性子在文字里慢慢穿行一样。这是夜晚，初春的夜晚，长长江岸上，只有我一个独行者。这边的河堤，对我来说也是陌生地带，我是第一次跨过大桥走到这里。夜色朦胧，我快步走着，早已没有心情欣赏河岸景色。由于世风不古，一个女人在僻静的黑夜行路早已没有了安全感，抢劫、凶杀、强奸随时都在城市的阴暗处发生，让人防不胜防。我是一个缺乏安全感的女人，独自走在这样一个地方，心里除了恐惧，还是恐惧。像我这样一个弱女子，每一分钟，都处在危险中。我的人生赤手空拳，手无寸铁，任何人都可以将我置于危机中，置于死地。后悔不该跨过大桥，使自己这般担惊受怕，现在，只能硬着头皮走下去，直至终点。哪怕发生意外，也只能走下去。我已经没有了退路。退和进，这一段路程都是荒凉寂寞的，都危机四伏。从来散步都是一种享受，今晚却是抹不掉的恐惧。我拿出手机，想与朋友说说话，为自己壮壮胆，号码没有拨完，停止。荒凉绝望中，需要的是自己的力量支撑，哪怕是一路的伤感和苦涩，一路的危险和危机，别人的慰藉都是虚无。漫长的行走中，我独自跨上了那座给予我希望的大桥。跨上这座大桥，我就获救了。任何事情都没有发生，只不过在僻静、荒凉的地带虚惊一场。踏上大桥，明丽灯火中，我暂时获得了一种安全感。

黑夜里的江水，静静长流。

江水从高山峡谷流下来，一路，经历了多少曲折？多少艰难？

我放慢脚步，不慌不忙走着，至河中央，看见一轮红月亮从朦胧的城市上空升起。我又和她相遇了。老朋友一样,隔着遥远的夜空,却是心心相印。我们,看到了彼此的孤独。这孤独是有力量的,虽然浸透伤感,却充满力量!我和她,是灵魂上的朋友,每次同她在夜色相遇,我是那么激动,无法抑制。看着她孤独地在夜深人静的黑夜升起,我的眼泪夺眶而出。每一次相遇,我都被她感动。在这样的夜晚,在所有的夜晚,我愿意独自站在夜空下,遥望红月亮的美丽。就像红月亮独自在寂静的夜空,遥望大地。在她孤独、忧郁的静默中,我看到了她内心的丰饶和激情,但她,从来都是以静默面对这个世界。所有的言语都只能在心灵深处回旋,犹如广袤夜空下悠远的蒙古长调,我内心的河流,只能在我的心灵深处流淌……

多年的文字生涯,写作,是一个人在僻静、荒凉地带行走。是一个人孤独地面对时间,孤独地面对艰难与绝望,孤独地在路途上营造风景享受风景,孤独地逆河而上。让早已流逝的光阴,在文字里生根发芽,开花结果。让时间,长出枝叶。写作,是一件艰苦危险的事;写作,让一个人与庞大的现实保持一定的距离,在虚无中建构一个自足的精神世界,努力抵达世事的本源和真相,探出究竟,也许比摹写经验的当下种种更为重要。一个优秀作家与文学艺术的关系,是红月亮与大地的关系。

写小说,是面对这个世界;写散文,是面向自己的内心。

不管是小说还是散文,如果有几篇超越现实的作品,得到有文学修养的优秀读者认可,此生足矣。

挂在天边的红月亮,是真实的也是虚无的,遥望中,我看到了灵魂深处的河流在寂静的大地上流淌。

钻工班

■宋宏建

一

“啊——这不是梦？难道说菩萨真的显灵，要度我这白胡子‘老插’出苦海了？”

“是的。芳，你看手续都办完了。幸亏前几天到公社卫生院卖了两管子血，请老支书喝了几大海碗羊杂碎汤，从大队到公社事才办得都这么顺溜。我说芳呀，你白天黑夜地折腾，祈祷，好不容易巴望到今天，还愣个啥？老支书说了，咱俩没领那红本本，村里人不说，外边也没人晓得。宝儿你甭挂牵，俺就是扒皮剔骨，剜心挖肉，也要把他养大成人，对得起你。没啥了，俺只求你，再……亲一下……宝儿……”

“妈——姆，妈——姆……”婴儿唆着手指，含糊不清地呜啦。

“小宝——小宝——”母亲紧紧盯着孩子，撕心裂肺地呼唤。

一窝茅草疙瘩下锈蚀成古铜色雕塑状的面孔，战栗着，渗出滴滴铜锈色的液体，掉落在不谙世事的婴儿脸蛋上。红嘟嘟嫩得一捏就破的小额头，便亮亮地映出一片霞光，在男人的怀里迸溅。那霞光有点刺目，骇得生离死别的女人五脏俱焚，柔肠寸断。只见她不顾一切地扑向男人，抱住孩子，如丧考妣。

女人苦足了，也苦够了，男人就抱起婴儿，慢腾腾转身走了。他那微驼的高大背影，仿佛一只受了重创失去重心的风筝，在女人铁链一般沉重的目光牵引下，踉踉跄跄，渐飞渐远。女人开始奔跑，大声尖叫，最后筋疲力尽，瘫倒于地……

哇地一声，米芳从迷迷糊糊的梦中哭醒。惊得肖玲玲两肩一耸，洋鬼子似的鼓凸了金鱼眼：“哈喽，芳姐你怎么了？”

“没什么，没什么。打个盹，就做了个噩梦。这会儿到哪了？”米芳抹去满脸泪水，腔调仍哽哽咽咽的。

“就到驻地了。瞧，那边冈子上，就是咱们分队的钻机。看，好威风哟，简直像一个顶天立地的巨人。”

“唔——胡汉三，还乡团。唔，我们终于又回来了！”

山路成狭窄的一根，羊肠子般七弯八绕，缠绕着山头上上下下。大卡车撅着屁股，一会儿吭哧吭哧起劲地吼叫，一会儿又马驹儿似的，撒开四蹄奔跑。晃晃荡荡的车厢里，颠得人肚子里像炸麻花,不知愁滋味的肖玲玲,一边哎哟哎哟地喊疼,一边却把脆生生的笑铃儿,抖得漫山遍野响亮。

“呶,芳姐,这下好了。可把咱从夹皮沟老乡家带回的虱子呀跳蚤呀,全抖落干净了。”

“阿弥陀佛。”米芳眯眼合手,一副倦相。

“芳姐,还记得《女钻工》那幅画吗?那个漂亮妞,一手抓着钻架,一手搭着凉棚,斜立于钻塔上。她头戴安全帽,脖围白毛巾,浅蓝色工作服配黑筒靴,雪白的手套衬鲜红的旗。啧啧,真棒极了!我每次看见那幅画就想,啥时候咱也当个女钻工,爬到云彩眼里抖抖。得,如今这不心想事成,好梦成真啰。”肖玲玲兴头十足,手舞足蹈还嫌不过瘾,又双手抓住车帮,亭亭玉立,作大义凛然状昂首远望,学着《红灯记》中的李玉和,来了句正宗京剧唱腔:“看红旗五洲四海——哎哎咳咳咳——全插啊啊啊遍……”

“啪啦”一声,一个拳头大小的鹅卵石从车轮下飞出,箭一般砸向山体的岩石,迸溅一团火星。肖玲玲一惊,吓得一屁股蹲进车厢,尚未坐稳,马上又晃晃悠悠笑着站起。山风撩起她的长发,黑色瀑布一般,在明媚的春光中流淌。米芳缩在车厢一角,鉴赏家似的,眯眼观察着眼前这一幅极美的图画。

卡车在山脚下减速,三拐两绕,便见了绿树,近了茅舍,再蹭着树枝、秫秸秆栽出的篱笆墙,穿过几条泥巴小巷,一座青砖砌就的四方院子,已鹤立鸡群般横在眼前。

嘀嘀——嘎——嘀嘀——嘎——仿佛冲锋号吹响,刹那间哗声骤起,一群土头灰脑的汉子,张爪野猫地从院子里涌出。

“哇!娘子军开进椰林寨啰——”顿时车厢呼隆一声打开,咣哩咣当的搬东西声,伴着狂浪的笑声沸沸扬扬。一个大胡子爬上车厢,胳膊肘两边拐住肖玲玲和米芳,舞台上报幕一般,扯开破锣嗓喊道:“都先别咋呼了,我来介个绍。左边这位,是咱们七分队肖机长的千金小铃铛。右边这位嘛,探矿队老米师傅家的芳芳小姐。从今儿个起,她们二位,就内招到咱们分队九号机,常驻沙家浜了。就像那个啥《看见你们格外亲》那首歌里唱的,和咱们‘吃的是一锅饭,点的是一灯油’,一同闹革命,还一同闹秋收。大家伙儿说,欢迎不欢迎?”

“欢迎——”粗大坚硬的巴掌们,如撒欢的马蹄子哗哗蹦跳起来。猛地,汉子们一个个精神大振,都像灌足了十八碗猫尿的武松,眼珠子如矿洞里刚充足电的矿灯似的,在两位姑娘身上扫来照去。在这油嘟嘟火热的人群中,始终夹杂着一张年轻、僵硬的瘦黑脸,机械地跟着喜怒哀乐。

当天下午,暂时安排在分队部。下乡还没玩够一年的肖玲玲,与在山沟里插了六年队、农村话说早成老袼褙知青的米芳同歇一铺,喜悲之情,自然泾渭分明。大胡子分队长吩咐,让妮子们先睡一会儿,说晚上专门为她俩接风洗尘。肖玲玲喊太累,一进简单的宿舍,也不管墙壁上湿漉漉的,扑上床便呼噜声如雷贯耳。米芳有心思,还有择铺的毛病,一点也睡不着觉,就两眼大睁躺在床上。辗转反侧之间,思绪便牵着泪水,形成曲曲弯弯的溪流,从眼角边溢出,流过颧骨,流过脸颊,一直流到景德镇陶瓷般光滑明亮的脖颈……

二

晚饭,按照大胡子分队长的命令,伙房除了平常的萝卜、白菜炖豆腐外,另炒了几个菜,招待新来的下属。四班长铁志军不沾烟酒,用大家伙的话说是装圣人蛋,不大合群。故工人们开罢饭后，分队长就喊了三班长何顺、四班副杨老兴和事务长三个，陪肖玲玲和米芳就餐。

四边透风的铁皮房里，两条板凳把擀面板往当间一架，就成了餐桌。炖菜一盆，凉拌红薯叶一盆，韭菜炒鸡蛋一盘，肉沫炖粉条一盘，还有两个菜黑乎乎的，像拱在煤堆里扑棱的猪耳朵。浑身油腻的事务长介绍说："诸位，为迎接我们地质队的子女归队，首长命令，今天必须按照国宴招待标准，加上四菜一汤。这国宴菜嘛，两个素的，一个叫绿柳开花，一个叫蚂蚁上树。荤的一个是野山菇、干豆角熬呱呱鸡，另一个就地取材，就是咱们铁皮房后树疙瘩上长的野木耳炒大肉。别小瞧这野木耳，脆如海蜇，味如海蟹，比山珍海味还美，不信大伙就尝尝吧。"

少不更事的肖玲玲嘴馋，先用筷子夹起一片红薯叶说："芳姐你看，师傅们多会就地取材，拿猪耳朵一样的野木耳，和乡下满地都是的红薯叶子蒙我们。"米芳笑笑说："野木耳泡发后爆炒，经霜的红薯叶子煮熟晒干，再回锅凉拌或者炖肉，绝对不亚于山珍海味呐！"事务长和大胡子分队长都伸出拇指，哈哈大笑着说："在行，在行，还是我们老米师傅的妮子在行！"

每人面前，放一个黑不溜秋的老泥土碗，碗上搁一双粗细不匀的筷子。事务长那里，放的还是两根脱了皮的树枝。两个女的碗边，分别多了个铝勺和小搪瓷缸。搪瓷缸洁白的底色上，印有猩红色醒目的弧形字：先进生产者。弧形下面是一个大大的"奖"字，很像一轮刚出升的太阳光芒万丈。分队长打开一瓶红薯干酒，呼啦啦每人倒得盖住碗底，端起碗道："现在，我代表全分队工人，为两个妮子接风洗尘。干——"三个男人碰过碗后，都仰起了喉结突出的脖子。米芳举起缸子，象征性地抿了一口，肖玲玲却不管三七二十一，咕咚一下又"呸呸"乱吐着嚷："这一毛钱一两的破红薯酒，还真够一毛辣，烧心汤哩。"

分队长抹抹胡子，嘿嘿笑着又倒上酒说："好好好，妮子们喝三下，就算酒过三巡，可以自由活动了。下面的能喝就喝，不能喝的，就吃菜。来，这第二碗酒，是欢迎妮子们到咱分队工作。地质队的老传统是'三光荣'：以献身地质事业为荣，以艰苦奋斗为荣，以找矿立功为荣。我再补充三条：一是以献了青春献老婆为荣，比如我老婆，噢，就是你们的嫂子，一年四季守空房，也算光荣奉献了。二是以献了老婆献终身为荣，比如我，已被钻机钻出的黄土埋到半截子，恐怕到死也离不开搞地质这一行了。三是以献了终身献子孙为荣，比如我们钻工班新添这俩妮子，就像那《红灯记》里的李铁梅，手举红灯闪闪亮，替我爹爹打豺狼。好，为了我们地质队能继续'三光荣'下去，后继有人，干杯！"

这时，另几个男人站起身抢着说："不不不，是以抱钻杆捅地球肚脐眼儿为荣，以经年累月四海为家跑单帮儿为荣，以翻山越岭上蹿下跳耍泥猴儿为荣。干干干！"

分队长伸手，示意大家坐下，正经八百地说："这喝酒，我们老家有四句名言。叫做身不离凳，举杯为碰，先喝为敬，量力而行。咱大老爷们干完，俩妮子量力而行。"接着又倒上第三杯酒，说："老子英雄儿好汉，祝贺咱们分队来了俩穆桂英，增添了新鲜血液。我希望在年终，咱能夺得大队社会主义劳动竞赛的流动红旗。大家伙有信心没？"

分队长是中原南阳人，喝酒好热闹，加上钻机上南阳人多，所以都会喝南阳地区流行的"牌酒"。喝牌酒的规则是一牌十二个酒，二人猜枚开门见山，不等不让不攀不见面，首次不喊哥俩好。输家端酒要喊"报"，喝过酒要喊"牌"，忘记说词要罚酒。赢家呢，报错了牌，就是牌里不蕴含比分，或者牌歌不押韵、不顺口，也要罚酒。这样，肖玲玲和米芳喝够三次酒后，就饶有兴致地坐着，观摩起十分精彩的"牌酒"来。

首先是捉对厮杀，事务长挑战分队长。一个喊"两个亲"，一个喊"一根筋"。事务长旗开得胜,听见对方端酒喊“报牌”,立马开唱:“日出东方一点红,喝家是个酒英雄。”再猜枚,“八骏马”对“老五魁”,“三桃园”对“铃铛锤”。分队长扳平,报出牌歌:“太阳月亮,同在天上。”下面事务长连赢两枚,牌歌为“日照二目,喝家五粗”;“日照三鞭,喝家不沾”。直气得分队长吹胡子瞪眼,扯开破嗓门奋力厮杀。好不容易赶到四比四平,“洛阳城,南阳城,两座城池皆名城”;稍不留神,两个“一杵子交易”,又被夺回“二城”,成了“洛阳城头插枝梅,喝家先端酒一杯”,紧接着又“南阳红城对半边,喝家还得把酒端”。分队长输得兴起,扯开衣襟“啪啪”拍着毛茸茸的胸脯,一副血战到底的大无畏英雄气概。老对手事务长更不示弱,伸拳捋袖乘胜追击。二人左挑右拨,吼声震天,杀得天昏地暗。末了,事务长直捣黄龙,以八比四大获全胜。输家抱拳称臣,与赢家共同高歌:“欢天喜地牌落成,去掉四角两头挺。”

接下来,两个班长对垒,场面更是激烈。四班副杨头油滑老辣,先开三局,洋洋得意地炫耀:“空挂三鞭,喝家不沾。”三班长正愁眉苦脸,私下经事务长指点,果然不负众望,很快转败为胜,成了“敬德、霸王两条鞭,并驾齐驱再争先”。之后,双方总结经验,改变战法,形势复杂起来。“六六大顺”“全家亲”,“宝拳一对”“四季春”,“七仙女”下凡“十来趟”,“五岔口”找不着“二郎神”;棒打虎,虎追鸡,鸡叼虫子虫咬棒子。这样推磨盘样转得声嘶力竭,三班长好不容易刚“鞭打红城”,却又马失前蹄;四班副筋疲力尽才“鞭打梅花”,转眼也滚落陷阱。套用章回小说的诗句来形容,这真是:滚滚红尘随地起,腾腾杀气盖天来。棋逢对手难胜负,将与良才怎输赢……

第三轮是两组胜者挑战,第四轮是两组败家决斗,末了是“四人帮”循环大赛。百十回合战罢,三瓶“一毛烧”已喝得底儿朝天。事务长拿出最后半瓶用筷子敲敲道:“诸位,看清楚了。两位妮子作证,公家的猫尿灌完了,这半瓶可是我自家作贡献的,喝干为止。”这时分队长已两眼通红,胡子奓挲,活像个大狗熊。只见他一手在汗脸上搓着污泥,一手捻着胸前的黑毛嚷:“快快地拿来,小气鬼。贪污和浪费是极大的犯罪。你那猫尿,还不是贪污公家的。明天买了,加倍还你……”

俗话说,有三种人惹不起:光喝酒不吃菜,光肚子系皮带,女人光膀子露在外。地质队的汉子们,第一种的很多。所以男人们“万马战犹酣”期间,多是喝酒,很少吃菜。肖玲玲和米芳算是开了眼界,可不知不觉竟把菜盘扒拉个精光。看看菜尽,事务长只好端出三大碗,分别是咸菜丝、大蒜头、干花生。最后,做了一大盆飘满红辣椒、绿韭菜,闻见气就龇牙吸溜的酸辣“滚蛋汤”。

三

两天后,由瘦黑脸领路,肖玲玲和米芳来到山脚下的一个篱笆小院。为买盐舀油有个进项,不再红着眼急巴巴从鸡屁股里抠鸡蛋,房东一家三口挤入秫秸秆搭成的泥巴棚,把家里唯一的砖瓦房,租给了地质队的钻工班。

说是座砖瓦房子,其实只是砖根脚两边垒起砖柱,中间夹的全是土坯。屋内屁股大一块地方,窗户比猫眼洞洞大不了多少。土墙壁上潮湿湿的,害了脓疮样淌着黄水。肖玲玲很失望,嘟嘟囔囔,摔摔打打地抱怨。米芳倒知足常乐,大度地说:“玲玲,这已很不错了。你没看见师傅们,还炸马虾样在铁皮房里排大铺。这屋子虽小,好歹是专门租给咱们俩的小天地,比我在乡下住的破窑洞，强一百倍了。”

肖玲玲分到四班，第一天上岗，搽胭脂抹粉的，捧了镜子照来照去。最后她穿上新工作服，拿起剪刀嚓嚓几下，长发断作两把麻刷辫儿，翘翘地扎上红绸，手扑扑棱棱拨一阵，脆亮地打着响指，一蹦三跳到瘦黑脸面前，双脚“吧”地一磕，雪白的手套扬起道：“报告班长，新招钻工肖玲玲，前来向你报到！”对方尚未反应过来，她已麻刷辫子一抖，立马换成了嬉皮笑脸：“班长，听师傅们说，你是个冷面怪人，患有面神经麻痹症。你说，这是真的吗？”

“胡扯蛋！”四班长铁志军刚要发作，又忽地刹车，脸色一阴一晴地哼道：“你刚来，干好你该干的事情。别听人整天闲得蛋疼，就知道瞎咧咧，瞎摆乎。”

九号机四个班长中，属铁志军最年轻能干。他二十五六岁，生得虎背熊腰黑铁塔一座。说他干活一个顶俩决不过分。钻机上原为三班倒，后来他组了第四班，少个人仍干同样的活，钻尺进度还是全大队最高的。前段时间三班工伤一人，由米芳补缺，肖玲玲自然添在四班。按说添人班长应高兴才是，可见了面，才知道是个风风火火的漂亮妞，铁志军心里就犯嘀咕：一个毛丫头，是福是祸，还说不定呢！

一到工地，肖玲玲老远就挥舞着双臂喊：“芳姐——上钻塔好玩吗？”米芳哄小孩样笑道：“傻妹子，这是工作，不是游山玩水，你以为是旅游啊。”

瞧米芳头发混乱，浑身泥点，脏兮兮疲惫不堪的样子，肖玲玲嗤嗤鼻，哼一声，就自个儿跑去爬钻机。刚上架二尺高，班长就吊着脸吼：“下来！你不要命了？想上待会儿坐罐笼，现在干活。”

为妮子们接过风的四班副杨老兴，正是“四十四五，半截入土”的年纪。但一看见他那中央几乎全部支持了地方的大秃瓢脑瓜，人们绝对会有四舍五入的感觉，甚至虚构他早过知天命之年也不算夸张。他长长的黄茄子脸上，留两撮不伦不类的虾米须，一副窝囊巴叽的丑星模样。这会儿，见肖玲玲挨训，噘起个油瓶嘴，捻捻胡须上前劝说：“妮子快下来，不听老人言，往后可没你好果子吃。”

“黑煞神！”肖玲玲撇撇唇跳下钻机。四班副“哎哟哟”叫着，张开双臂上前拢住，手趁势往少女胳肢窝里一挠，痒得肖玲玲咯咯笑得前仰后合。

“看，杨头这老奸巨猾的泥鳅，见缝就钻。人家小铃铛头天上班，他就讨好卖乖，占便宜，真毬差劲。”班上“白狗子”——大名鼎鼎的白茂，朝外号“枪手”的丘喜子挤挤眼，气愤地说。

“下钻——”铁志军站立操作台前，严厉地下达命令。只见他手握闸把，二目圆睁，虎视眈眈盯住钻杆，俨然一位指挥千军万马冲锋陷阵的将军。

见头下令，其余人迅速到位。班副上踏板招呼提引器，白茂立钻台上固定钻杆，丘喜子扳钳子抡锤。一切就绪，铁志军把闸把向上一提，钻杆呼隆隆转动，一股泥水从井口喷出老高。

“讨厌，溅泥猴呀！”肖玲玲咋呼着躲躲闪闪。

“哈哈，你以为咱当钻工，是千金小姐坐绣楼呐。这是猪八戒滚泥塘子，天天与泥巴浆糊打交道，小姐您多担待吧。”白茂龇开大板牙，幸灾乐祸地笑道。

钻机是俄罗斯进口的老式“手把1000型”，高大笨重，转起来咣咣当当，天摇地动，震得人心慌耳麻。新来的人很不适应，而习以为常的汉子们，则一面吵架似的嬉笑怒骂，一面井然有序地干活。

看看这，摸摸那，肖玲玲哪样也插不上手。钻杆抬不动，锤子举不起，机器不会开，钻具不会配，别人干活她碍事，最重要的是还怕脏，只好尴尬地站一边双手绞手套。丘喜子见状，就扬着黑乎乎的手大喊："线手套没咱这肉手套美，耐用好洗，蘸了油滋润还不裂口。"

四班四个人干习惯了，那简直是弯刀对准瓢切菜，配合得再没有恁默契。肖玲玲整个一位大闲人，没事干她就去找班长。铁志军让她先熟悉一下业务，她嘴一撇道："不就是起钻下钻取岩芯，大管钳小管钳垫叉铁锤扳来抡去的。这业务有什么可熟悉的？我穿开裆裤时就跟我爸学会了。"铁志军拧拧眉头，进帐篷里取出一张图纸吩咐说："那你就先学记录吧。在这表格里填上起钻、下钻时间，还有钻孔多深，砂样多少，岩芯编号，等等。记住了，这表一定要填准确，将来国家开矿要以此为据，出了差错得负法律责任的。"肖玲玲嘴上没话，心里却在想：圣人蛋！拿着鸡毛当令箭，吓唬平头小老百姓哩。

干一班活八个小时，中间派人回伙房取饭。肖玲玲闲得无聊，就自告奋勇担当此任。铁志军很严肃地交代了注意事项，她就认为班长太小看人，路上一直暗暗嘀咕：戴个钻机班长的乌纱帽，不过芝麻绿豆粒儿的小屁官，天天就圣蛋烧包得脚都不想沾地了。听说他大公无私，吃饭总是先人后己，好，那我就先治治他……

在分队伙房里，肖玲玲吃饱喝足，才一头稀饭一头馍菜，担子晃晃悠悠挑到工地。不出所料，铁志军最末一个去吃饭时，大伙已狼吞虎咽把菜盆扒得亮了底，正呼噜呼噜灌老鼠洞样喝稀饭。剩下的，仅是几根干巴巴的大白菜帮和两个乌鸡眼似的青馒头。班副过意不去，摸摸葫芦瓢头，筷子敲着空饭桶说："我说妮子，咱这整天抱钻杆给土地爷戳肚脐眼儿的大老爷们，可不比你马蜂细腰的千金小姐，吃饭猫舔样一丁点儿。瞧你取一回饭，还不够撒两泡尿，太小气，太抠门了嘛。"

"哼！这鸡肠子山路上石头乱蹦，担挑子比踩钢丝耍杂技还难。人家脚脖子崴肿了还没吭声，你们倒有理了。叫我说，还算运气，我要真滚下山，你们还不得瘪着空肚皮，去给我开追悼会？"肖玲玲路上早编好了台词，揉揉脚哎哟几声，就骗得大伙围住她溜溜转。

经验丰富的班副一听，知道这小妮子刚来就学会了装神弄鬼，清清嗓子，一板一眼，阴阳怪气地高声朗诵道："人总是要死的，但死的意义有不同。中国古时候有个文学家叫做司马迁的说过，人固有一死，或重于泰山，或轻于鸿毛。为人民利益而死，就比泰山还重；替法西斯卖力，替剥削人民和压迫人民的人去死，就比鸿毛还轻。肖玲玲同志是为了人民利益，给钻工班送饭而死的，所以，她的死是比泰山还要重的。"

"好啊，杨师傅你倚老卖老，欺负俺是新来的。等着吧，不定哪会儿，我叫你也尝尝替法西斯卖力，比鸿毛还轻的滋味！"还没等班副念完，肖玲玲已按捺不住，猴急猴跳地站起来，惹得大伙都笑了。

铁志军蹲在帐篷一角，寒着脸，揭下面没发开的青馍皮，脖子一伸一伸，鹅吞食状艰难地干咽。肖玲玲觉得旗开得胜，总算给装圣蛋的小班长来了个下马威，酒窝溢在脸上，心中早荡漾起醉人的涟漪。

四

"咪咪猫——小铃铛——俩懒虫，快起床。喵喵喵——叮叮当——日头烤红了屁股炕。快快快，起床啰——"

一大早，三班长何顺就拍着窗户狂喊。

"芳姐，快起。忘记昨晚咱们商定的，今天休班，进军老鸦沟。"肖玲玲一个鲤鱼打挺，翻身坐起。"捉乌鸦是一方面，我听说那里还有个神龙潭，想去看看。"米芳伸着懒腰，蜷缩在被窝里说。

二人呼呼啦啦梳洗罢赶到伙房，白茂、丘喜子、三班长已吃罢早饭，正在擦枪。四班副杨老兴瞧妮子们过来，乐得屁颠颠地跑进屋端出饭。肖玲玲见菜碗上放着两个杠子馒头，金鱼眼一瞪道："杨头，你不知道我俩早饭的惯例，都是二两一个馍？"米芳在后边，悄悄拉住肖玲玲的衣襟说："杨师傅也是好意，怕咱出门挨饿嘛。"

"是呀是呀。我这可真是老公公背儿媳妇过河——出力不讨好。"四班副黄脸一缩忙附和，"芳妮子说得对，我也是好心嘛。你们真要吃不完，由我帮忙还不行。"说着，拿起个馒头掰开，进伙房捏根咸萝卜条夹住，耸动着两撇马虾须，嘎巴嘎巴嚼得贼香。

"讨厌！这杨头天天揩咱们的油，简直就像外国的一个守财奴，叫什么葛朗台。"米芳听肖玲玲嘟囔，忙轻声解释说："四班副是有点毛病，爱占小便宜。不过他人本质并不错。只是家里太穷，媳妇老母猪下崽似的，一连生了六个娃儿——半个钢枪班。家里粮食不够吃，你看他供应的细粮，都换成粗粮开小灶了。"

吃罢早饭，四男二女一行六人整装出发。

东方地平线上，荡起一抹灿灿云霞，把起伏跌宕的山峦镶嵌出一道亮边，逶迤游动如蜿蜒的银蛇。蓦然回首，那云霞又猫儿狗儿般蹦跳着，撕咬着，魔术似的渐渐化为孔雀开屏。接着，又有橘红色的火球在雀屏上点亮，燃烧，把雾气朦胧的秦岭山脉缓缓举起，赤裸裸、羞答答地送入早行人灿若桃花的视野。

"莫道君行早，风景这边独好！咳，还是老人家写得好，有诗意。"肖玲玲触景生情，绞尽脑汁半天，才想起毛泽东诗词中的两句。

"人家那是诗意，可咱是失意啊。"三班长何顺是个"凸舌子"，凡是 shi 音，到他嘴里吐出来，就像过水一样"湿"了，都成了 si。所以他把诗、湿、时、事、式、是、失等，全说成了"丝"，逗得大伙都龇着牙，"丝丝丝"地直乐。

"对对，咱们地质队老话的形象，就是：远看像逃难，近看像要饭。跟前嘛一立站，原来是搞钻探。下面我再续几句，叫做：钻杆当老婆，长年抱着转。没事嘛野山羊，尥蹄子满山串。"丘喜子爱眯左眼，口头禅是"混日头嘛，眼只能睁一只闭一只，两只都睁开恐怕被气瞎"，可发起牢骚来，两只眼珠子也会疯牛样熠熠生光。

油泥巴龟壳壳（工作服）掀开怀哎——

踢死牛大皮鞋（福利品）四季踩哎——

抱起嘛钻杆当老婆哎——

兜里嘛离不开旱烟袋哎……

三班长扯开喉咙吼了个头，白茂就野着嗓门南腔北调地接过来：

有女不嫁嘛地质郎哎——
一年四季嘛守空房哎——
有朝一日嘛把家还哎——
背回一大包破衣衫哎——

看白茂唱得动情，四班副老杨便开起玩笑：“妮子们听听，白猫叫春儿，想媳妇了。”白茂见有人挑战，马上反击道：“听说过吗？咱们杨头这老泥鳅呀，搂着老婆耍狮子，和抱住钻杆儿往地球上戳眼儿一个姿势。大伙你们知道吗？”四班副也不生气，摇摇被太阳照得电灯泡样的脑袋，朝白茂屁股上轻踹一脚说：“敲你白毛狗的牙。老子刚工作抱钻杆儿那会儿，你狗娃儿还在娘肚子里转悠哩……”

喔——嗬嗬——喔嗬嗬——喔——嗬嗬——喔嗬嗬——

众人大乐一阵，开始对着山谷嚎叫。粗犷有力的音响，仿佛茫茫林海里的松涛阵阵，又像千年古刹里的钟声悠悠，一浪推着一浪，在大山的皱褶间冲来撞去，撩得空气一抖一颤，吓出几群黑老鸦呱呱叫着飞蹿起来。

“杨师傅，这老乌鸦沟有啥来历吗？”米芳好奇地问。

“有哇，妮子们想听吗？”四班副见人恭维，欲言又止。

“少卖关子，快讲！”白茂、丘喜子一齐喝道。

“好好，诸位听仔细了。”四班副捻着虾米须，打开了话匣子：“不晓得哪年哪月哪日发地震，在秦岭山脉上震开这条裤裆子沟。瞧，前面两条沟的交叉处，一段土梁下两个土包，多像男人们那雄玩意儿。”

“停，讲正经的。你怎么一开头就钻到裤裆里，拱不出来了？”白茂交通警指挥一般，举手一声断喝。

“嚷啥子，我这不就领你出来嘛。”四班副摸摸秃顶继续讲，“这裤裆子沟里不长毛儿，却特产一种黑老鸦。千百年来，在这天高皇帝远的角落里，这些黑翅膀红嘴货也不管中央计划生育那一套，没几个年头就火火暴暴满沟子都是。当地人讲，光绪年间，这老鸦飞起来能遮住天，叫起来能刺破耳。民国三十一年遭年成，落难的几个土匪逃进山，打鸟填肚皮，竟然活生生被老鸦啄成了血葫芦，连撒尿那玩意儿也让叼跑了。这事说来有点悬，不过有一天，我在沟沿儿上拉屎，顺手把擦屁股的土坷垃蛋一甩，嘿，你们猜，咋着，两个瞎眼货就撞在咱枪口上了！哈哈哈，咱地质队进山这几年不行了，牤牛蛋子们一憋得难受，就扛着鸟铳来寻野味。当地人说黑老鸦肉臊，吃了肚里打鸣泛尿。可咱地质队的汉子，都是天不怯地不怕的野人，仍一个劲地猛打猛吃，也没见谁整天尿裤子……”

说话不及，已到沟边。这里的确是黑老鸦的天下，一枪炸响，满沟子扑噜，呱呱哇哇似鬼哭狼嚎，惊得人浑身起鸡皮疙瘩。深沟壁上，到处是白花花的鸟粪，有的淋下几丈长，颇有点“飞流直下三千尺，疑是银河落九天”的意味。

丘喜子不愧为“枪手”，四年当兵经历，练就的左眯眼一挤，准有乌鸦遭殃。三班长枪法也凑合，唯有白茂嗵嗵嗵瞎子放炮，收获的仅有几片鸟毛儿。四班副带着肖玲玲和米芳，跑来跑去地拣鸟，一人一串，血淋淋提在手里直扑棱。

两个钟头后，六个人在阳坡上铺块帆布，打开地质包，馒头、咸蛋、萝卜条加“一毛烧”，呼啦啦倒出一堆。接下来，三班长拔草，丘喜子点火，白茂和泥，四班副把二三十只乌鸦团成泥巴，扔在火里烧烤。顿时，烟焰张开，火苗中冒着白气，有吱吱叫声窜出，一股刺鼻的烧焦毛味，徐徐弥漫在空中。

肖玲玲正吸鼻子，一斜眼瞥见条大花蛇在草丛里蠕动，吓得“妈呀”一声尖叫。惊魂未定间，丘喜子已箭步上前，抓住蛇尾，扬鞭催马状在头顶嗖嗖抖几圈，啪地摔落在地。白茂拾起蛇往枪架上一吊，腰里摸出一把尖刀，三闪两晃，就摘掉蛇胆放进酒瓶。然后，他从头部开始，把蛇皮剥开下翻，捏住往下一拉，哧——脱了皮后白生生的蛇肉，便蜷曲着被刀尖挑进火焰。

“白狗子，好功夫！”一片赞扬声中，白茂把刀子递给班副，抓起蛇皮翻过来腰间一勒，学着卖狗皮膏药的抱拳道：“诸位过奖。蛇皮这玩意儿，绝对不亚于喝蛇血、蛇胆酒，做裤带保健凉身，有病治病无病防病，延年益寿呐。”

不一会儿，烤熟的蛇肉从火中挑出，散着奇香怪味的黑泥蛋也拨出一堆。抠净泥蛋上的土灰，便露出光嘟嘟的鲜肉，撒上盐末味精辣椒面下酒，还真是别具风味的野餐。

肖玲玲贪吃，一边啃乌鸦翅膀根下的脯子肉，一边津津有味地吧嗒着黑嘴圈，一个劲问米芳有臊味没。汉子们嫌干吃不过瘾，就吆五喝六地划起拳，猜枚报牌。

米芳负责倒酒，服务非常周到。咋咋呼呼的肖玲玲要碰杯。结果三口下肚，已头重脚轻，拉住米芳喊声“哥俩好”，非要单独表示表示。米芳象征性地抿了一下，喝了一大口的肖玲玲不依不饶，米芳便挤挤眼，扒着她耳朵说：“你知道吗？男人们喝酒，醉了那是讲义气。男人劝女人喝酒，那是使诡计。女人们喝酒，醉了那是冒傻气。女人劝女人喝酒，那是暗中斗气。傻妹子，咱俩喝多了，那不是斗气出洋相吗？”肖玲玲似懂非懂，眯瞪着眼只有点头的份儿。

两瓶烧酒下肚后，大伙围坐一圈，开始喷着呛人的劣质烟雾，荤侃。

“前几天，老婆想咱了，捎信叫回家。”荤侃当然数杨老兴典故多，可他刚开个头就卖关子打住，急得其他人嗷嗷叫着要拽他坐土飞机，他才摇着一亮一亮的脑门子开了腔：“两口子多天没热乎了，夜里一上床，就火烧火燎地想凑一堆儿跳交际舞。谁知，刚上育红班的六小子不懂事，硬赖到我被窝里讲故事。没法儿，咱就吃竹竿屙毛篮现编现卖：从前呐有条河，河里呐有条船，船里呐有条鱼，鱼身上呐长了个小鸡儿……好半天才把儿子糊弄住了，就急憋憋搞换防。你猜怎么着？”

说到这里，这老杨一眨巴虾米须，又打住了。三班长何顺朝白茂、丘喜子一挤眼，三人口里骂着“老滑头”，一哄而上，按住四班副就要动武。他这才连连求饶又接着讲，“好好，妮子你俩捂住耳朵眼。其实也没啥，妈的还没跳上舞，谁知道那臭小子装鬼没睡死，冷不防一掀被子，赤条条爬出来拍着光屁股蛋嚷：嗬——羞羞羞，男生钻到女生被窝啰！”

哈哈哈，放荡不羁的笑声如烟火轰然炸起。白茂嘴咧如瓢，把一只鸟爪子吐进笑得挺地上打滚的三班长裤裆。仇喜子正掐胡子，一激动竟拔下一撮，疼得哭也不是笑也不是连连咧嘴。肖玲玲泪花飞溅，手一抹弄了个大花脸。米芳则蹲一边笑得直不拢腰，一个劲捂着肚子打嗝儿。

米芳不好意思，看见一只蝴蝶飞来，假装去捉，站起身走开。肖玲玲不拘小节，反倒学着三班长的“凸舌子”音，笑嘻嘻地说：“这 si(是)真 si(事)吗？倒 si(是)有意 si(思)。三班长，你也意 si(思)一段，怎么样？”

三班长何顺也不恼，呵呵一笑道：“既然咱肖大千金指 si(示)了，来一段就来一段，谁怕谁?话说仨月前吧,咱钻机搬家路过俺村,我叫人捎信跟我媳妇说,夜里回家洗衣裳。谁知俺那不懂事的女人,嫌我长年不回家,跟俺怄气,叫儿子跑到井队,拿走了俺工资不说,还日本鬼子进庄似的,悄悄地打枪地不要,趴我耳朵上说:‘我妈说,咱家洗衣盆坏了,你今晚甭回去,洗不成衣裳了。’瞧瞧,好不容易回村一趟,治咱大老爷们,守着水井抗旱呐。那好,前一段她想俺了,叫人捎信来,说家里洗衣盆修好了。这一回,俺也报复报复她,就叫人捎回信说:‘不用了,俺找人洗,找不着人自己也能洗。’一招致命,俺媳妇彻底傻了眼。”

大家伙又哄堂大笑,肖玲玲听不懂,摆摆手道:“没意思,没意思。”

几个荤段子侃后,打牌。米芳提出要去看神龙潭,汉子们说那是早八百辈子的事,潭早没了。可米芳坚持要去,三班长便领了她和肖玲玲前往。

路很近,绕两个沟岔就到,果然光秃秃的毫无景致。米芳很扫兴,红着脸说去方便,自个儿穿过草从,到了一个摇摇欲坠的神龛下。肖玲玲好奇心强,悄悄跟了过去。却发现米芳趴在神龛下磕头,似乎还在祈祷什么,口中念念有词……

日薄西山,云光四合,暮色中鸹声一片,凄凄惨惨戚戚。

归途,肖玲玲问起神龛下磕头事,米芳支支吾吾说玩的,岔开话头,问四班长人咋样。肖玲玲一听问铁志军,就噘了嘴直言不讳道:“圣蛋!黑煞神!整天阴阳怪气地吊丧着脸,像谁欠他二两黑豆钱。”米芳笑笑说:“四班长其实人本挺好的,只是因和乡下的老婆感情不和,神经上受过刺激,才看着冷。”肖玲玲则感到奇怪:米芳和自己都是刚来几天,她怎么知道得那么多呢?

五

纷纷扬扬一场雪后,地上铺满厚厚一层碎琼乱玉。参差起伏的山峦,也穿上了一身洁白庄重的皮袄,只有当夕阳西下时分,阳坡的山面,才羞涩地露出几片温柔的红晕。虽是草芽吐绿、绵柳垂金的季节,但大山褶皱里的寒气,依旧料峭逼人。

钻工们最烦接零点班,迷迷糊糊爬起,黑咕隆咚上山。西北风刀片似的,刮来削去,冻得人瑟瑟发抖。汉子们邋遢惯了,棉大衣从发下来穿到磨出絮儿,一水不洗,比剃头的滗刀布还光亮。他们穿衣也不系扣,两襟一掩,拦腰勒根麻绳、废电线什么的就成。头上嘛,戴个毡壳窝,也叫夜壶帽,一上夜班,活像一群从土谷祠里梦游出来的阿Q。

肖玲玲有洁癖,内衣一天一换,外装三天一换。她嫌棉大衣脏不穿,班长怕她夜班挨冻,托人买了个长毛兔帽子给她,她也嫌难看不戴。一个北风呼啸的寒夜,班长见她冻得浑身筛糠,俩耳朵像胡萝卜片,就吩咐她和白茂先到帐篷里暖和暖和,半个钟头后换班副和丘喜子。

“班长你也歇会儿吧。我们四个老轮着换,怪不是滋味的。”白茂很感动地说。

“扯淡,我是钻工班里的黑铁塔嘛!”班长吊了脸。

“人心都是肉长的,别看铁头壳儿冷,可骨子里热得很,咱服。”白茂望着班长的身影,对缩成一团的肖玲玲说。

帐篷里燃了个浇过油的炭桶,火苗欢快地起伏,映着隆隆响的柴油机跳跃,暖烘烘的十分舒服。白茂把帆布往麦秸秆上一铺,蜷上去就呼呼打起了鼾。

白茂的打鼾水平，绝对国际一流。先是呼噜噜如发动机轰鸣，继而丝丝丝如点燃的导火索，可导火索干冒烟就是不爆炸，叫人干着急又害怕，怕把他给憋死。可当你喊他时，却会嘭地一声炸响，然后像大锅里煮猪食一样，噼里啪啦噼里啪啦，滚沸一阵，又开始广播操一样，重复这一套四个步骤的鼾声。

肖玲玲看白茂睡得过瘾，就掐根麦秸棒，捅他的鼻眼儿捣乱。白茂“啊切”一声跳起，正想生气，见肖玲玲咯咯咯笑着说腿抽筋，请他帮忙揉揉。怜花惜玉的白茂，自然巴不得效劳。可一个大男人，手在女性嫩白的腿上捏着，滑着，心却通通通乱跳。跳着跳着，白茂的眼珠子就顺着白生生的腿脖往上游移，移着移着不动了，身子就老虎吞羊般扑过去，把个肖玲玲搂在怀里，鼻孔咻咻吼着，鸡啄米似的，满头可脸地把唇儿咂得叭叭脆响……

钻工班属男子汉的天下，感情线条粗些，尤其些倚老卖老的师傅们，离开钻机几丈远，就大言不惭地吆喝着请妮子们别过脸，扭身掏出家伙就哗哗放水。刚工作的女孩上了钻机，常臊得脸红，并私下骂男人们流氓，时间长了也见怪不怪。还有男女间打闹起来，趁机推推搡搡，摸摸捏捏的都有，个别女孩的神秘部位偶尔被馋猫叼了一下，也爱面子不吭声，这就助长了一些“色胆包天”者的邪气。当然也有些不拘小节的女孩，爱和师傅们特别是有点小权的师傅们乱，认为吃小亏往往能占大便宜，如发劳保品或其他东西时，多领条毛巾肥皂呀，吃饭多打块肉或半勺菜呀，回家多报销几块钱车费呀，等等。

肖玲玲上钻机时间短，性格虽然外露，却看不惯男女厮闹，再加上脸被白茂舔了下，就哇哇哭得伤心。铁志军走进帐篷，瞭一眼便知缘由，二话没说，抡开巴掌左右开弓就是两下。白茂也很有男子汉味，擦擦嘴角的血，硬硬脖子道：“我是狗，不是人。班长你再打两下，替玲玲出口气吧。”说着又扑通跪在地上，自己扯着自己嘴巴道：“玲玲，对不起，对不起。我是咬人狗，不是人，是狗不是人……”

“兔子还不吃窝边草呐。你他妈倒好，光屁股撵狼——胆大不害臊。也做得出来！”班长铁志军恶狠狠的骂声钉是钉铆是铆，像钻头打在花岗岩上。骂了一通，他换上温和的语气说：“玲玲你要还不解气，把这只不认亲的咬人狗打两下吧。”肖玲玲摸摸脸，瞧见白茂一副丧家犬的惨状，竟扑哧一声笑了。

尔后几天，白茂的腮帮子胖乎乎的，像坠了个鸡嗉子。大伙逗他是否咬人遭打了，他则白牙一搓道：“这鸡巴搞地质的，两眼一睁，忙到熄灯，天儿累得贼死。妈妈的，一不小心管钳飞了把，打坏老白牙。得，这以后还咋去啃包谷棒？”

后来，大伙见白茂常做忠实走狗状，天儿屁颠颠地绕着肖玲玲转，就说他是癞蛤蟆想吃天鹅肉——没门！

六

寒来暑往，草绿草黄，转眼就到了秋天。

长年的野外流动生活，为钻工们提供了庄稼尝鲜的专利权。绰号白毛狗的白茂，眼快手快腿更快，夜里行动绝不亚于侦察兵。不大工夫，嫩包谷青豆荚土豆红薯什么的，他就提了溜溜满一柴油桶回来。吃烧烤他也有绝活，刨个坑倒上柴油一浇，点火把坑土烧透烧焦，东西倒进去埋实,不到半个钟头,喷喷香的捂包谷或闷红薯土豆就可美餐了。

自打白茂对肖玲玲“非了一次礼”后,每逢东西烧熟,总是先赎罪般细细地去缨剥皮,屁颠颠地去讨好肖玲玲。女孩儿虚荣心强,再加上嘴馋,更经不起恭维,所以,她对白茂的怨恨,没多久也就烟消云散。

包谷收罢,大队便开始了一年一度的安全质量月检查。钻工们应付检查的头等大事,是清理工地,把狼藉一片的薯皮、包谷芯什么的烧毁。再一桩是检查线路、保养机器、架避雷设备什么的。最后是打扫房屋和秘密清理小金库,把私藏的钻杆、电料之类进行战略转移。

也许是大队事先有安排,四班干活那天,一辆大屁股地质作业车吭哧吭哧爬上了山冈。大胡子分队长引路,领着大队组织的安全检查团来到工地,机长逐项汇报后,领导们开始现场查看。

钻机工地上,机车轰鸣,人欢马叫。四班长本就精干,见上级检查更不敢怠慢,环眼圆睁、威风凛凛掌握着操作台。班副也抖擞精神,雄赳赳站在钻台上咋咋呼呼,吼声如狮。下边丘喜子和白茂在配钻具,手脚麻利地配合着钢管的音响,叮叮当当十分悦耳。做记录的肖玲玲最惹眼,工作服洗得洁净挺括,白毛巾扎脖,羊角辫翘翘,身板儿亭亭玉立。大队长忍不住啧叹:“好威风的阵容,真乃强将手下无弱兵呀!”

“不敢当不敢当,还请领导同志多多关照。”肖玲玲从帐篷里提出茶瓶茶杯,倒上水,又学着日本妇女的样子鞠了个深躬。

“嗬,看这模样,是老肖的鬼丫头吧?”大队长问。

“当上领导,就真是贵人多忘事了。记得小时候大队长抱我,还用胡子扎得我直哭呐。”肖玲玲咯咯一乐,绽开两个豆粒样的笑窝,很是动人。

“瞧这鬼丫头。哈哈哈……”

领导们摸摸这敲敲那,最后走进帐篷,打开一摞岩芯箱,翻阅记录,看查编号。

突然,安全科长盯着油嘟嘟的柴油机问:“机器这么脏,咋保养的?”

“保养,油泥三尺厚,擦得净吗?”

“发那么多棉纱,都弄哪儿了?”

“是呀,”肖玲玲还要顶嘴,见机长向她眨巴眼,知是怕她捅娄子,而爱逞能的她这时偏偏撇了嘴道:“发了棉纱不假,可我们当小兵的,住山旮旯,整天与老鼠打官司,棉纱都叫老鼠拉去给娃儿做尿布了。”

大伙禁不住都笑了。其实谁都清楚,擦机器的棉纱发下去,多被“一头沉”的工人拿回农村,让老婆织布了,只不过都心照不宣。

检查完毕,大队长要找班长谈话。铁志军正招呼丘喜子接活,肖玲玲便毛遂自荐上了操作台。常言说,得意忘形者,常会小河沟里翻船。眼看着就检查完了,大大咧咧的肖玲玲提钻杆闸把时,偏偏像注射了兴奋剂似的,把“升”档搬成了“转”。只听扑噜一声,就那么一圈,便把握管钳准备卸钻杆的班副打了个狗吃屎。

质量安全月的尾声,现场检查时出了事故。嗷嗷一片声中,机器停了转……

大胡子机长双手一摊,踩瘪肚的蛤蟆样泄了气:“关键时刻,到底还是捅了娄子。这疯丫头,叫我咋向上级和你爹交代啊。”铁志军本就冷,这会儿脸阴得怕人,走过肖玲玲面前,火铳般从牙缝里迸出几粒铁砂:“圣蛋,就你她妈的瞎逞能!”

望着班副老杨被一群人匆匆抬上汽车，肖玲玲捂了脸大哭起来。

七

疏星似棋，调皮地对着烦躁难寐的人不断眨眼。新月如钩，懒洋洋地倒挂树梢，像一弯冷眼蔑视的亮唇。皎洁的月光透过窗洞，在墙上山口百惠的粉颊上流淌，似乎那青年人崇拜的偶像，也在床侧嘲笑似的看人。

肖玲玲再也忍不住了，忽地坐起，扯掉美人图嚓嚓撕得粉碎，又呸呸乱吐，搞得米芳也横竖不能入睡。

"睡吧玲玲。别担心，杨师傅已回来了。听说他伤不重，领导们不会计较的。"

"不计较不计较，看他们前天一个个凶神恶煞样，恨不得活吞了我。"

"这也难怪。你们班是红旗专业户，领导寄希望很大，可关键时……其实，大不了写个检查呗。"

"检查事小，你说那黑煞神会趁机整我吗？"

"你不要小人之心度君子之腹。据我观察，四班长绝不是那种人。"

二人正聊着，外边有木呱哒板响，听见白茂在喊："小铃铛，铁头喊你训话。噢，在杨头那边。"接着又喊："快点呀，一定让米小姐去给你保驾。不然，吃不了你得兜着回来……嘿嘿嘿。"木呱哒板拍远了，留下一串捉摸不定的笑声。

米芳下床，拉了忧心忡忡的肖玲玲说："别怕玲玲，是福不会错，是祸躲不过。走吧，我陪你去。"

二人到了男宿舍的铁皮房外，惴惴不安地推开门。白气缭绕中，一股清嫩浓郁的甜香扑鼻。米芳灵机一动，便知分晓，先拉肖玲玲到班副跟前，大叔长师傅短地抚着绷带嘘寒问暖，乐得杨头不住口喊："快坐，快坐。白茂快拿东西。"

笑语中，一大搪瓷盆豇头荚端出，白茂躬身一揖道："女士们，先生们，各位老少爷们。咱班长有令，在本年度质量安全检查月中，铃铛小姐表现突出。今晚四班举行庆功大会，会餐煮豆角。下面请看，老白同志示范表演——"声停盆落，白茂俩指尖提起一根大冒白气的豆荚，吊在鼻尖上，摇晃几下用另一手一捋，豆粒便簌簌掉进嘴里。哪知这豆角太烫，又加上热气呛着，只见他喉结上下咕噜噜一滑，耸出个鸡打鸣音，玩杂技样又把豆粒喷出老高，顿时满屋子乐得翻了天。

看班长不在，肖玲玲感到纳闷，米芳却挤挤眼："吃呀，有功之臣劳苦功高。今天，我可是沾你的光解馋了。"

当过"老插"的知青大都熟悉这种豆类，一年生草本植物，棵如鸽笼。每年仲秋，秧上就挂满紫色、淡绿色指甲状小花，清香可人。花瓣散落，有鹅黄小荚从花心长出，呈剑形或弯若小船，风一刮满地晃悠，宛如碧湖荡漾的片片金鳞，极美。要是土地肥沃，那豆荚便疯长，一天一个样，最长有两拃，皮由绿变黄变紫，有白色黑嘴的，有红色白嘴的，还有杂色斑若麻雀蛋的，煮熟捣酱掺糖拌馅做糕饼，蒸烙烹炸均酥香面甜。至于煮嫩豆荚的滋味，怕是美食家们在城市的餐桌上很难见到的。

窸窸窣窣风卷残云,一大盆豇荚顷刻化为一堆堆豆皮。白茂意犹未尽,箱盖上又取下小半盆。丘喜子说那是给班长留的,正好铁志军这时推门进屋,摆摆手道:“别留了,还是共产主义吧。”

火炉上有铝锅在翻腾滚水,班副鼓捣一会儿,筷子敲着锅盖道:“诸位,我用粗粮和老乡兑换了些钢丝面,味道一流,誉满全球。今儿请大家忆苦思甜,也品尝品尝。”

揭开锅盖,等白汽散去,现出绿油油一层荠荠菜叶。绿叶上浮几株金黄色的油花,鲜亮地滚动。筷子拨拨,盐水里,鼓出黑乎乎的钢丝面——实际上是红薯面蒸馍后用架子轧成丝,晒干后再回锅吃。米芳在下乡期间吃这是家常便饭,就内行地说:“杨师傅真会蒙人,不就是农村说的饸饹嘛!其实用大油葱花热炒,或香油蒜汁芝麻酱冷拌,才真正味满全球哩。”

吃过煮豆荚,再来碗酸辣饸饹面,每个人脑门上都汗珠子晶莹,稀溜溜喝得好畅快。铁志军打着嗝,起身要走,被肖玲玲拦住问处分的事,闹得莫名其妙。他见白茂一边龇着牙乐,便瞪了眼道:“扯淡。杨师傅没事,你往后注意点就是了,处分个屁。再说责任在我,根本不关你的事。”

铁志军一出门,白茂就扮个鬼脸道:“得,自古及今,咱四班都是礼不下男民,刑不上美人。这不,要是换个爷们儿在节骨眼上捣蛋,铁头不拧下人家那二掌柜才日怪。”

这时,班副把嘴唇凑到白茂耳边说:“你知道癞蛤蟆是咋吃到天鹅肉吗?”白茂愣愣神说不知道。杨头便秃瓢亮亮地一摇叹道:“怪不得怪不得,怪不得我们的管钳要飞把,打坏你白狗子的牙。”白茂一急,四个指甲尖掐住他长长的虾米须,两边拽着问:“我叫你圣蛋,癞蛤蟆就是这样叼住天鹅肉的。是吗?”疼得龇牙咧嘴的班副一边哎呀,一边捉住白茂的手悄声说:“快松开快松开,我现在就把谜底告诉你。那癞蛤蟆看见天鹅在天上飞,就大声喊,喂——天鹅小姐,我看见你肚脐眼下最美的地方了。天鹅一听,羞得赶紧把两只翅膀一夹。这不,叭嚓一声就掉下来。你呀,那早已等得哈拉子流大长的癞蛤蟆大口一张……”白茂听完才松开手,笑得大嘴巴半天合不拢。

丘喜子问班副和白茂嘀嘀咕咕搞什么鬼,白茂就把杨头的典故添油加醋夸张起来。因有女同志在场,丘喜子就攻击白茂:“我说白茂,你这白狗子不要连毛吃猪胡吣了,还是挺床上做梦娶媳妇吧。”

白茂正兴奋,哪容得受辱,马上掉转枪口反击:“俺没你那左眯眼福气,一枪打准个百灵鸟。隔不过俩月,就飞到队部门口尖着嗓门喳喳唱歌:‘喜子哟——俺那喜子哟——’嘘,甜得人骨酥肉麻的……”

丘喜子脸一红,上前抓住白茂,手指伸到腋窝里就抓,痒得白茂哇哇乱叫,可嘴上仍不示弱:“喂喂,你老兄君子动口不动手。要真想帮老弟的忙,就借给俺用用你家百灵鸟那枪套——毬喜欢……”

回宿舍时已月牙儿偏西,米芳上床就睡,肖玲玲却辗转反侧在想:要搁以前,她实在瞧不起这些浑身脏兮兮、张口一股臭蒜味儿的男钻工。可今夜不同,似乎一钻头打透了千年古墓,猛发现下面那些破盆盆烂罐罐很值钱,很金贵。什么原因她不明白,只是觉得米芳说得对,黑煞神圣蛋班长是好人,窝囊巴叽的班副也不错,还有抢手的左眯眼、白毛狗的大板牙、三班长和大胡子的喝酒叫牌,都挺逗。至于那吃煮豆荚与饸饹面的滋味,实在是叫人越咂巴越嘴馋……

八

一批计划内钻孔打完，钻机搬家前，一般都要放假几日。

这天风和日丽，肖玲玲抱一盆衣服去洗，见铁志军一反常态，满面阳光地挑着水桶从门前走过，便主动打起招呼。

“喂——铁班长，你上哪儿？”

“村西柿子园，那里洗衣裳有水车。”

“咱俩搭伙怎么样？你车水，我洗。”

“好哇。这叫各取所长，各取所需，走吧！”

“好嘞！”

肖玲玲一溜烟跑回屋，没见到米芳，就从床铺下拉出个装满脏鞋臭袜子的网兜，出门挂在铁志军的扁担上，自己抱着两个搪瓷盆，小羊羔撒欢样，蹦蹦跳跳出了村。

深秋染红了山脚的柿子园，经霜的柿叶猎猎似火。镀金镶赤的柿子们，大如拳头小如土豆，一疙瘩一嘟噜，正月十五赛花灯一样，辉辉煌煌地吊在焰火中闪烁。山雀儿闹得满园子像迎亲的唢呐乐队，啾啾啾，咕咕咕，好一个百鸟朝凤的大聚会。这群儿，刚一鸣惊人钻进云彩眼里，那群儿，又乱箭入林，落在弹弹软软的枝叶上嬉闹。

“哇，这地方真美，天然的人间天堂，就是想自杀的人到这里，也会改变主意的。你说是吧，班长？”

“是的。世间非常之观，常在于险远。”

“得得，别整天一副孔夫子相，酸文假醋地拽词好不好？”

“那不是拽词，是文化。地质队生活太单调，苦中作乐呗。”

“哎，我说班长，你有过想自杀的念头吗？”

“有过啊。可就像你说的，一到这地儿就烟消云散了。”

肖玲玲忽然停住脚步，傻愣愣地沉思一会儿，细细打量起铁志军。她似乎才惊奇地发现，班长那黧黑的脸膛，铁塔样的身材，其实很英武，很剽悍。他的眼珠子很明亮，像黑夜里闪烁的星星。他的高鼻梁，厚嘴唇上下那两块收割得干干净净的胡子楂儿，映着瘦瘦的长脸，倒有点日本电影演员高仓健的冷魅力。今天他穿得也很艺术，发白的工作服松松地敞开，贴胸嵌一片枫叶商标的米黄色弹力衫，被一堆拳头状的肉疙瘩撑得很饱满。闪光的紫红腰带紧扎着直筒裤，兜得屁股蛋曲线流畅，走起路像两个排球，左右轮换着被从下托起。那球上还有一个金黄的 OK 盾牌，若隐若现地上下弹跳。

“铁班长，以前我总觉得你怪那个的。看不出你倒是真人不露相，不过是有点大男子主义，不，那叫美男子味吧。”

“怪圣蛋，是吧？不谈这个，咱们的君子协定还生效吗？”

“当然。可你真鬼，早知道有牛车水才骗人。”

满脸稚气的肖玲玲歪着头，鼓着眼，粉白精致的颊上，泛出两湖诱人的涟漪。她如热恋中频送秋波的情人，一下一下地瞟着铁志军，瞟得冷汉子长期凝固的面部神经，惶惶惑惑的，紧绷不是,松弛也不是。

柿子园外,一只被蒙了眼的大花牛,拉着水车咿呀作响。水车下有个铁簸箕,焊接了铁管直通井底。铁管里,有夹着皮垫子的链条格朗格朗运行。井里的清水,顺链条被皮垫子带上来,便在簸箕里打个漩儿潺潺流出。水池子旁边,一帮捋胳膊绾腿的村妇,喜鹊炸窝状扎一堆,搓的搓,捶的捶,叽叽喳喳、乒乒乓乓一片声中,一对对大奶子兔儿样欢跳不停。

“地质队的闺女洗衣哎——这厢水清,过来呀!”瞧铁志军和肖玲玲,村妇们就招招手,喊起来。

肖玲玲袅袅婷婷走过去,脱掉鞋袜垫在屁股底下,绾起裤腿也跳进水道。这套动作很符合农村习惯,于是便有人大发感慨:“啧啧,瞧人家城市里的闺女多随和。哪像肉嫂家的二妞,嫁个小商贩,赚了仨核桃俩枣钱,回娘家就白眼珠子顶在脑门上,一副烧毛鸡样。”

见肖玲玲与村妇们黏糊,晾在一边的铁志军自觉没趣,就把衣服泡到水里,转身进了柿子园。村妇们问:“喂,那个黑大个,是不是你男朋友?”肖玲玲一边连连否认,一边羞得脸颊绯红,村妇们则拍着光脚丫,笑得不亦乐乎……

日头正顶,山村里缕缕炊烟升起,村妇们陆续离去。

待笑声飘远,铁志军才从柿子园里走出。他看衣服全洗完晾起,就在草地上把毛巾摊开,一堆透亮的红柿子便灿灿地诱人。肖玲玲跑过去,捏一个擦擦刚塞进口,便拽出柿蒂尖叫起来。

“对不起对不起,这可能是个生虫的。”铁志军捏住柿蒂看看,急忙道歉,“不过按照常识,生虫的柿子往往最甜。这种蜜罐儿没核,应该这样吃。”他拿个柿子用草棍扎个洞,撮起嘴唇,吱吱吱一口气把汁液吮吸干净,又鼓起腮帮,把空柿子壳吹成个小灯笼。

秋草团团,泛一地死熟的乏黄,也有白叶间零星点缀着新吐的茅叶,尖若利剑,油绿得老辣。缠缠绵绵的菟丝子草,仍然执拗地焕发着青春,姜黄色小苞苞花扭成股,抱成团,曲曲弯弯爬在荆棘上招摇。这种植物的生命力实在是太强了,揪一把扔进草丛里,很快就能铺出一片厚厚的絮秧。那絮秧像金丝绒,到深秋半干时,坐上去软绵绵的,很惬意。

这会儿,肖玲玲就懒洋洋侧卧在菟丝子草那绒毯上,醉眼朦胧般捏着柿子,青蛙求偶似的两颊一瘪一鼓,不停地吮吸。铁志军蹲在旁边,口衔一片草叶,吹亮草笛。尖溜溜、清幽幽的音调,引人想起淡淡远山,悠悠白云……

“玲玲,米芳今天干吗去了?”

“好像和三班长上山了。不过,她和谁都玩得着?”

“你很了解她吗?”

“说不上,我们从小住一个家属院。可人家比我大,下乡插队又早,是老牌知青,属于那种经历复杂、苦大仇深,最老谋深算、最能继承发扬‘三光荣’优良传统的地质队子女。我们谈这些干吗?班长你说这地方多美,你一定常来吧。”

“是的,常来。”

“常来?有目的吗?”

“没有……其实人生的种种目的,往往只有在最后关头,才达到了完成的境界。长期艰辛所不能取得结果的,却会在紧急一刻得到决定。”

“拽什么呀,又吐酸水了不是?”

“没啥，一个英国人这样说的。”

“好哇，你敢里通外国。”

“不不，只读过几本外国诗集和戏剧而已。”

“快给我讲讲，都有哪些？”

“比如英国的大文豪，莎士比亚……”

山风徐徐，动情地抚摸着世界。铁志军和肖玲玲似乎都豁然开朗，前所未有地感到怦然心动，他们忘记了时间，忘记了饥饿，只管天南海北地海侃神聊。

嘹亮的山歌，又从午后的山村荡起，地质队的两个年轻人，才收罢晒干的衣物荷担而归。

“还记得你头天上班，爬钻塔，我训你的事吗？那时我说话火药味很浓，现在道个歉，趁岗上钻机没拆，今晚我陪你去上钻塔，怎么样？”路上，铁志军眸子一亮一亮地说。

“终生难忘，刻骨铭心！不过上钻塔嘛，还是青天白日的好。”

“你不觉得夜里才有诗意。远观灯火点点，近看云海茫茫，仰脸满天星星眨眼，低头群山任我踏踩。这时美滋滋地往罐笼里一坐，身子就会像小船，在大海里漂呀漂的，简直就是嫦娥在月宫里，长袖善舞。这时的胸脯里，便会有一群小猪似的乱拱，你就会情不自禁地对着旷野大声呼喊：

喔嗬嗬——喔哟哟——
地质工人一声吼，地球也要抖三抖。
喔嗬嗬——喔呀呀——
钻探工人真伟大，抱着铁杵打天下。”
……

九

年终评比，四班因为出了安全事故，只好眼巴巴看着多年来精心呵护的流动红旗，被其他班人笑眯眯地捧走了。

红旗班易帜，大伙都少了十来块奖金。刚开始还有人提及，日子长了，也便渐渐淡忘。

钻工们仍重复着老样子活，起钻、下钻，配钻具、打进尺、取岩芯等。闲来无事，仍去老乌鸦沟打鸟，上夜班时仍到农田里搞小秋收。但不知从何年何月何日起，精神贫乏的野外地质队里传出新闻，说肖玲玲和铁志军相好了！俗话说，好事不出门，恶事行千里。这事很快就像长了翅膀的乌鸦群，一夜之间，便呱呱叫得家喻户晓，人人皆知。还有人传得有鼻子有眼儿，说二人某月某日到柿园约会了，某月某日在草地上打滚了，某月某日抱住啃下巴了，等等等等。而当事人肖玲玲呢，却一直被蒙在鼓里，整天还傻呵呵地夸班长铁志军好。

米芳听到闲话后，曾暗示过肖玲玲几次，但她毫不在意，一副没心没肺的样子。

流言终于酿成祸患。

那是一个冬日明媚的艳阳天，肖玲玲从山冈上下来，刚走到伙房门前，斜刺里冲上来一个眼球白多黑少的女人，拦住她盯视半天，猛地咧开大嘴片道：“吔——你就是大名鼎鼎的骚×小铃铛?哼,是看着怪灵,可敲不响。难怪我男人被你这小狐狸精迷住,勾了魂。”肖玲玲发愣间,那女人已张牙舞爪冲上前,一手揪住头发,一手在雪白的颈上乱挖乱抓……

这时,有人从伙房里出来,见花容月貌的肖玲玲已被尖利的指甲剜得满脸淌血,忙上前拉架。那女人一见人多,越发撒起泼,蹲在地上手舞足蹈,唾沫星被大嘴片咂得满天飘飞:“呜呜呜——你个不要脸的小骚货,你个不要屁股的烂破鞋,你个千人骑万人压的白骨精,你勾引我男人你不得好死啊!呜——呜呜——”

刚下班的铁志军听见吵闹,拨开人群一看,黑脸刷地铁青,猛上前揪住女人头发,鹰抓小鸡样提起,另一手啪啦一掌,女人的鼻涕眼泪之间,便有了鲜红丝丝淌出……

铁志军的老婆大闹钻工班,肖玲玲当狐狸精勾引有妇之夫!爆炸性桃色新闻,很快从钻机传到分队,又从分队传到大队。于是乎,由大队副书记带队、团委书记打旗的一个调查组,匆匆忙忙来到了野外工地。于是乎,分队长、机长、班长按照次序,一个个被找去谈话。于是乎,斗私批修学习班,注意阶级斗争新动向的思想政治教育活动,迅速在全分队展开。

调查组调查的结果,居然使很多人准确说是钻工班全体成员,甚至到大队部的很多人,都惊奇地发现了一个小小的钻机班长——“冷面怪人”铁志军的文采、野心和婚外恋的确凿证据。以下,录出调查组筛选出他的几段“日记”为例:

×年×月×日

人类是控制陆地和海洋的主人,天赋的智慧胜过一切走兽飞禽,人不是驴子,谁甘心听人家使唤。

×年×月×日

对于生命应当作这样譬解:你不是你自己,因为你的生存全赖着泥土中所生的谷粒。你并不快乐,因为你永远追求着你所没有的事物,而遗忘了你所已有的事物。你并不固定,因为你的容貌像月亮一样随时变化。你即使富有,也和贫穷无异,因为你正像一头不胜负重的驴子,背驮金块在旅途上跋涉。

×年×月×日

你要是知道一个人在恋爱中的内心感受,你就会明白用空言来压遏爱情的火焰,正像血中取火一般无益……

×年×月×日

真爱情是不能用语言表达的,行为才是忠心的最好说明。爱情的烈焰,你越是把它遏制,它越是燃得厉害。

×年×月×日

真正从灵魂到肉体上和谐统一的爱情,犹如珠穆朗玛峰尖上盛开的一朵雪莲,美丽至极,鲜亮至极,纯洁至极。谁想采撷到她,就得有随时付出粉身碎骨代价的心理准备……

还有一首诗,是调查组全员公认的铁志军引诱肖玲玲的如山铁证:

我愿意是树,如果你是树上的花
我愿意是花,如果你是露水

我愿意是露水，如果你是阳光
这样我们就能够结合在一起
如果你是太空
我愿意变成天上的星星
然而，姑娘
如果你是地狱
我愿意永堕地狱之中

够了，类似上述丰富多彩的内容，还有大半本，这是调查组忙乎多日最辉煌的战果。调查组在最后做结论时，却意外地收到一张纸条，上面写道："尊敬的大队调查组各位领导：你们收集到的所谓四班长铁志军同志乱搞婚外恋的罪证，只不过是抄录莎士比亚、裴多菲的一些话、诗而已。荒唐可笑，丢人现眼！"

这就邪门了！从大队副书记到团委书记，再到野外的分队长和钻机班长，谁也不知名字起得稀奇古怪如中草药的莎氏是何许人也，更不晓得姓裴名多菲那小子是唐代人还是宋朝人。末了，调查组召开了个钻工班大会，大队副书记最后总结道："不管怎么说，你们分队的一个钻工班班长，也算在咱地质队出了个轰动全球的案子。这种事情，虽然说不上臭名昭著，起码也违背我们中华民族的传统美德。必须迅速遏制，坚决抵制，保护我们地质队家属，也就是妇女儿童的合法权益。眼下嘛，大队工作繁忙，调查暂告一段落。但这并不等于当事人没有问题，过一段，我们会继续下来深入调查，一定要彻底扭转在我们野外分队存在的阶级斗争新动向！希望基层领导本着惩前毖后、治病救人的原则，继续做好深入细致的思想政治工作，继续办好斗私批修学习班。希望当事人不仅仅是有则改之、无则加勉，要在内心深处闹革命，狠挖私字一闪念，继续自我反省，总结沉痛教训，然后写出更加深刻的自我检查，报大队调查组再做结论。"

轰轰烈烈的一台桃色大戏，草草谢幕。

铁志军的性格，本就冷淡孤僻，经过一段声势浩大的折腾与沉闷的审查之后，差不多像个精神病患者，真成了不与凡人搭腔的冷血动物。另一位受害者肖玲玲，当众出丑后，便抱病归家再也没有上班。调查组调查的结果，虽然证明她和铁志军纯属正常的同志关系，无可非议，但人言可畏的后遗症却使她大伤脑筋，精神也搞垮了。她觉得在钻机上待不下去了，就通过父亲上下活动，最终调离了地质队。

春天，又一个晚霞灿灿的傍晚，肖玲玲的行李被装上了车。她没有回分队部，只等在村外和米芳做了简单的告别。

米芳告诉肖玲玲，组织上已为铁志军恢复名誉，还说调查组简直是一群蠢猪，要不是她写了一张纸条，还不知要拿着铁志军的破笔记本作啥文章。肖玲玲怅然无语。想起一年前来时的情景，早已声泪俱下。

"芳姐，我真像做了一场噩梦。你说，这到底是为什么？"

"是的，每个人都像生活在梦中，命呀！"

"我走了。你以后要好好保重自己。"

"放心吧。有空了，我会去县城看你。"

凝目青山依旧，望空夕阳正红。临上车时，道一声再见，肖玲玲和米芳抱头大哭……

十

多年后，已为人母的肖玲玲和大胡子分队长不期而遇，得知了她原工作过的钻工班的详细情况。

那年她调离地质队后，虽经多方调解，铁志军还是和农村的老婆离了婚。在工作上，他仍然是个技术过硬的好班长，可后来被判了一年刑，入了狱，原因是一封匿名信捅到法院，告他当班长期间打空钻从不记录，而是把好钻进尺和所取的岩芯，一分为几填写报表。此事责任重大，牵涉到提供地质报告和国家后来的开矿依据，经调查情况属实，他本人也供认不讳，这就不得不负法律责任了。

至于写匿名信告发铁志军的人，众说纷纭。有人推测是他离了婚的老婆搞报复，可那女人如何详情尽知，且一举击中要害则不得而知。有人认为是老奸巨猾的班副杨老兴捣鬼，因他当了半辈子班副，还是在比他小一辈的娃娃手下熬不出。不过杨老兴最终也没当上正班长，倒是丘喜子破格升了任。这下又有人说左眯眼丘喜子是“黑枪手”，理由是他干大兵出身，整日牢骚满腹，野心已久，等等。当然也有人说干这号昧良心事的是白茂，由于他常挨班长的铁巴掌……这桩匿名信公案的真相究竟如何，大伙终是糊涂账一本。但有一点可以肯定，自从铁志军下台后，四班一蹶不振，成了一盘散沙，再也难以收拢。

“我倒怀疑是铁志军自己告自己。”肖玲玲推断说，“他这人冷，性格孤僻，属于抑郁型气质。因为家庭矛盾突出，长期和老婆不和，思想上一受刺激就厌世，一厌世便会做出些常人不可思议的事，甚至想死。但他绝对聪明，业务、文学水平都很高。”最后，肖玲玲若有所思地补充。

“对呀，我咋没想到这一层。”大胡子分队长听了肖玲玲的分析，恍然大悟地拍起脑勺。

“但不管咋说，这是一出悲剧，暴露了我们野外分队思想政治工作上的弱点。天天只知道抓革命、促生产，夺红旗、流血汗，三光荣、四无限，就是不关心每个职工心里想的啥，不了解他们需要啥。血的教训啊！”

值得欣慰的是，乐天派白茂几年后娶妻生子，双喜临门。他老婆是个漂亮的女钻工，只是生娃急了些，婚后百天，就产下一对白白胖胖的双胞胎。别人如何议论白茂不管，见有人逗，就白板牙一搓打哈哈：“喂喂，搬起脚丫查查脚趾头，搂钻杆亲嘴的男爷们，谁家妇人有咱老白的顺溜？吃国家商品粮，还多快好省，一下子就是俩‘对对儿壶’。至于这俩长壶嘴的小狗子嘛，管他娘谁下的种，还不都得给咱老白喊爹？你说咱想造窝纯种的，那还不是裤带一松，两腿一劈的事……”

还有个女主角米芳，不是四班的人，但很值得一提。据说她是分队中人缘最好的女性，走哪儿都一呼百应。纵然她发誓这辈子要打单身，可吃了迷魂药似的求爱者仍络绎不绝，穷追不舍。爱她的人太多，她只好以自己为圆心，以所有求爱者为半径画圆，不卑不亢，不偏不向，倒也处理得轻松自如。故姑娘们扯起闲话，在佩服她会做人的同时，又私下骂她跟钻机上所有的男人都不干净。而她对同性的嫉恨从不理会，一笑置之。

直到有一天，米芳突然把一个古铜色脸膛、脊背微驼的农民领到钻工班时，大伙才如梦方醒。知道她在下乡插队时，就有了事实婚姻，且还生了个虎头虎脑的儿子，名叫小宝。这下大伙在纷纷称奇之际，又深深同情她佩服她。用上山下乡时期很流行的一句话说：米芳在广阔天地里锤炼红心了六七年，一镢头黄土一大把泪汗，辛辛苦苦种植的爱情，终于结出了丰硕成果——那就是，她的事实婚姻得到证明后，那个农村丈夫倒沾了国家改革开放政策的光，随着老知青大返城后的妻子，命运也由世世代代的刨黄土，转为吃上了商品粮。

据说，铁志军蹲班房的时候，米芳去探望过。回钻工班后她告诉大家，说铁志军在服刑期间，不仅没有消沉，反倒精神乐观，且一直坚持写日记的习惯。她说她看过铁志军的《狱中杂记》，精彩的段落很多，其中一段因深有同感，所以背得滚瓜烂熟。原话是这样：

真的知识阶级，所感受的永远是苦痛。这话好像是大师鲁迅说的。我想，那该是某种意义上的，并非颠扑不破。我，一个“文化大革命”中“革”出来的高中生，文化却连半瓶底儿也盖不住，更算不上知识阶级。在计划经济体制下的地质队里，我有过一段刻骨铭心的钻工生涯。说峥嵘岁月吧有点自恋，说蹉跎青春吧有点矫情。只是那些酸酸甜甜的往事，我要用我仅有的一点知识，把它记录下来，串联起来，挂在年轮的枝杈上，让它经时光漂洗，风吹雨淋久之，得到日月精华，与年轮树搂抱在一起，悄悄孕育出几片绿芽，结成几枚歪瓜裂枣。我想，这果实虽然上不得大的席面，却希望它能像女娲补天遗下的石头一样，被人采摘，筛选，浸泡，打磨，抛光，即使丑陋，也会呈现出一种病态美的光泽。

注：本文获“昭通杯”首届全国国土资源题材短篇小说大赛优秀奖。

（宋宏建，男，1956年生于豫西北邙黄土高坡，中国国土资源作家协会理事，河南省作家协会会员。于1982年始发文章，著有中篇小说集《求求你抛个媚眼过来》、短篇小说集《2006年的第一场酒》、散文集《虹与剑》和《敝帚扫叶》、长篇小说《流年青词》等。曾获“中华宝石文学将杰出新人奖”，“第四届中华宝石文学提名奖”。现任河南省地矿局机关党委副书记。）

麻柳树

■盛云树

岷江边的麻柳村,是个与外界隔绝的小岛。岛的高墩上有一棵麻柳树,在岛上人家的心中是棵风水树。五百年前涨洪水,整个小岛洪荒一片,是这棵大树救了麻柳村的人。年年岁岁,麻柳树结一串串飞蛾一样长着翅膀的种子,被秋风吹落在沙地上,蓬勃成一片麻柳林,栖息着各种水鸟,隔河看来有些神秘。

这几天,村里的人在夜深人静时听到狗叫,很像老黑的声音,不时阴阴地叫两声,一叫就是个把时辰,叫过后,便是冥冥的静,静得骇人。起初,有人起心杀黑狗,可是连续守了几个晚上,都不见狗影子。就在人们放下心来的时候,堆在麻柳树下的甘蔗叶被莫名的野火烧燃,大火呼呼地窜上树枝,冲天大火里,有人看见黑狗前腿抱头,后腿直立,呜呜地跑到岷江边。斜刺里,两三条狗冲到沙嘴上撕咬起来,弄得河滩上窸窸窣窣响,眠鱼惊翅,动荡了一湾河水。麻柳树被野火吃了半边,火舌留下焦黑的印,各种鸟不见了,偶尔一只白鹭歇足都惊慌失措。立秋后,人们以为老黑狗已被野狗咬死了,这天,又有人听见它在对门牧马山上向天吠叫。半夜三更的,狗向来只咬一游魂。后来人们记起十年前的事,便有些人人自危。

麻柳岛顺河形成一个脚板印,后靠牧马山麓,三面水湾环绕。回沙土只产土菸、花生和甘蔗,口粮都是用土产换取,虽然社会变革许多年了,对在水一方的孤岛似乎没有什么影响。村长何仁德已年过六十,这样的年龄,在外界已在阴山背后喝凉茶了。何家祖辈一直统治着岛子,他父亲解放前是一方的保长,解放以后他一直任村长。镇上几次要求改选,都不能说服民心。麻柳村的百姓贡服他就一直这么世袭着。六十五岁这年,何仁德和老班子商量要大伙儿物色一个接班人,大家都认为还是何家当权公正,于是一致推举何仁德的儿子何家驹为下任村长。何仁德给远在深圳打工的儿子打电话要他回来。起初儿子不想回来,家驹在一家电子厂当车间主任,月薪上千,当个村长不过百十元。长途话费贵,老子没有多说,让他想清楚给回个电话。

家驹在深圳打工已好几年了,厂长很器重他。他到深圳落脚后,又介绍了麻柳村的少全等几个同乡一起来了。如果一走,厂长心里咋想?他把想法告诉了少全。少全是本家从小长大的兄弟,父母死得早,全靠本家大爷照看,队上的几间公房成了少全的栖身地。少全虽孤身一人,却心高气傲,与他同龄的青年已成家立业,他三十多岁了仍逍遥自在。这几年跟了家驹在外生活,总算安定下来,家驹老婆秀芳正想把隔河的本家妹子说与他,已在电话里向家驹提过。家驹一边和少全说着婚事,一边说起父亲电话里的意思。少全听了家驹的话,觉得有必要回去看一下,毕竟离乡五六年了,到处发生大变化,说不定搞开发比在外有前途,于是哥俩决定返乡。

家驹他们赶直达的客车,第二天就到了县城。在车站遇到父亲何仁德和新镇长到县政府开会。何仁德向镇长介绍了家驹。镇长见了家驹就欢喜,这欢喜是一种直觉。这个颇有文才的青年,在山水镇早有耳闻。张镇长以前是宣传部的宣传干事,与家驹在市文联组织的笔会上见过面,这次调到山水镇,已耳闻麻柳村传闻,是历届政府难啃的骨头。单就土地面积一事,麻柳村的实际面积远非土地改革合作化时期丈量的范围,因为河水一年年回落,麻柳村围栏植树造林的扩展,已在当初的地盘上长了许多。特别是烟叶收入,麻柳村已富甲一方,这更让岛子自负起来,独立自主的能力远非乡镇一级可以左右。历届有句口头禅:治好麻柳村就当好了山水镇的镇长。这话不无道理。所以,镇长新官上任,就想通过家驹跟何仁德套近乎,也着意培养何家驹。他很看重麻柳村,不像往几届,上来就给一条冷板凳,这反倒使村长何仁德很不习惯,对镇长的亲热警惕起来。

镇长已换过七届,可麻柳村村长依然是何仁德,村上一直没设村支书,村上也没有一个党员。镇上不是没有想过,也委派过支书,可到了麻柳村就是落实不下去。何仁德历来跟模范先进不沾边,可麻柳村的百姓骨子里服他。最近,麻柳岛要开发的风声传得很紧,县乡两级领导怕落实不下去,他们知道何仁德的牛脾气,像块盐渍的石头,油盐不进。其实,领导心头有个打米碗,虽然何仁德横,但横得有几分道理,非常佩服他的能耐,现在一方百姓诚心服从领导是很少见的。张镇长通过了解,似乎懂得其中的奥秘,如果真能驯服这只老虎,事情就会顺利得多,就能刀砍斧切,一竿子插到底。镇长从何仁德的口气中知道,在麻柳岛开发的事情上他寸步不让,已到了势不两立的地步,这让觊觎这块宝地的人望而却步。在这节骨眼上,何仁德盼望儿子早点回来。现在儿子回来了,他喜出望外。镇长愿意他带家驹和少全一起到县招商局去。

招商局的领导向他们谈了上级的意图。老何不言语,记不清两个小时局长讲了什么,只记得第一句说,有位老板愿意出巨资开发麻柳岛这块荒滩,建一座水上乐园,这是县上的意思,也是市里的规划。第二句话,你老何是为百姓着想的,这是改变麻柳村落后面貌的机会,县乡两级领导已经考虑了,土地的赔偿和村民的就业安置问题,像城郊一样。这让老何没有话说,但他没有点头。镇长很着急,一边向上级解释,一边耐着性子等老何开化。镇长看了家驹和少全一眼,补充说,如果麻柳岛开发,像家驹和少全就不必去外地打工了。年轻人听了心旌摇曳,眼放光芒。老何就是麻柳疙瘩不开窍,只是看着镇长的脸。镇长的表情有些尴尬,转头问过两个年轻人在外的一些事情后,似乎就结束了谈话。本来招商局的领导说了要盛情款待老何的,到了这份上,招商局长眼缝里扫一眼镇长,这让镇长很不舒服,便打发走了麻柳岛的三个人。

何仁德从镇上回麻柳岛,上了渡船,撑船的老格兜见了,忙问开发的事是否定了?村长不开腔。过河的时候,老格兜很卖力,觉得能撑村长过河,也许是最后一次。到了岸边,每人五角过河钱,格兜不收,村长摸了三个五角的钢镚,塞到他手里。渡船是祖上留下的老船,每年除了船只维修,还要上缴部分给村集体提留,每次老何都照给不误。村长能给格兜这碗饭吃,格兜很感激,村上除了付给他口粮,还有一点余钱可买烟买酒。每次在河边钓到大鱼,他就请老村长去吃二两烧酒。渡船是麻柳村与外界连接的唯一通道,什么人走村进岛,格兜都了如指掌,他们的来头也明白八九。

一个月前，就有五个人开着车，把车子停在河边，过河考察，说是要开发。麻柳村的人是从格兜的嘴里得到的消息。人们去问老村长，老村长莫明其妙，但不奇怪。多年来，一直有人打麻柳岛的主意，都没有得逞。这次来头不小，今天村长前脚刚走，后脚就有几部轿车到麻柳岛。格兜见村长回来，就想弄个明白，却碰了灰，心里便高兴起来，这说明开发的事村长没点头，自己的小日子照样过。

村长没有直接回家，在村子里沿着天脚印的沙地转了一圈。肚子早就饿了，但他一点食欲都没有，让家驹先回去了，一个人焦肠索肚地回忆麻柳岛五百年的历史。何家原本不在岛上，先祖何开元，因为造反得罪了一方恶霸，才隐姓埋名来到这块孤岛，起初打鱼，或者为镇上的石灰窑捡石灰石，勉强维持生计，闲时在岛上种些菜，是季节性的，因为孤岛随时可能被河水淹没。后来，在岛上种了一片麻柳林，不想麻柳根系发达，成了淤泥藏沙纳石的堡垒。沙墩一年一年长，后来成了一个天足脚板形，扁长地踏在牧马山悬崖处，隔断了崖下的水道，孤岛有了靠山，才没淹没。何家在这方岛上已有十代了。解放后农业合作化，集体又砌浆保坎，植树造林，岛子蔚然成了景观，这是何家祖宗始料不及的。越来越美的景致给麻柳岛带来了灾难，好像村姑因美貌被选作妃子。当皇亲国戚是有幸还是不幸，何仁德不清楚，所以才让儿子回来，保卫何家故土。

何仁德想到这里，心里便生起一丝恐惧。上世纪九十年代初，因为有人打岛上沙石的主意，山水镇的地痞想借机敛财，借收保护费，强行霸占岛上的沙石，沙石场、石灰窑，打鱼子、沙船都被纳入地痞的“保护”范围。这是麻柳岛有史以来从来没有过的事。村长得知消息很犯难，打鱼子不是没有向派出所报告，但过不了多久，自家的船就莫名其妙地被人砸烂，或者放水漂走了。面对这些，老村长召集村社一班人商量对策。就在大家说话的时候，河边传来消息，说已经闹起来了。村社干部前脚才走拢麻柳林，一行十多个人手拿二节棍、飞锤、火药枪等，来到茶馆里找到何仁德。地痞老大和颜悦色给村长点上烟，村长也还礼给每位上茶。老大单刀直入说明来意，老村长打马虎眼说：“我是村长，只管公粮统购，农税提留，土地不是我的，我咋向群众说。”

老大答：“我也不会让你白干，保护费可以免收，只要沙石老板来，你在土地使用权转让协议书上签个字，每年两万酬劳你，先把第一年的钱支付一万，”说完，从裤兜拿出一摞钱摆在桌上。

何仁德见了忙收了起来说：“一言为定。空口说白话，要立字为据。”

老大知道何仁德的霸道，但有钱能使鬼推磨。他递上烟，拍着老何的肩：这个朋友交定了。于是，白纸黑字立了条款，画了押，写毕，老何收了字据，起身去召集群众。老大心想，我叫你吃了桐油吐生漆。

兄弟伙喝着茶向老大伸出大拇指，得意忘形地笑起来。村长前脚迈出大门，反手把茶铺门锁了。一声吼，几百人黑压压地包围了茶铺，村长端起打猎的砂枪向内放了一枪，只听得屋内一阵“啊呀”声。

“小杂种，都给我听到，麻柳村不栖外来鸟。规矩的听话，不听话的，今天叫你们白脸开红花。”接着，村上的二十多杆砂枪“铳铳铳……”向茶房放了一排。

屋里三十几岁的老大哪见过这阵势？先是吓傻了，见了兄弟伙的熊样，硬气地向外吼道：“老杂皮，看老子以后咋收拾你！”

话音未落，茶铺墙上留的花砖洞内放了一枪，一团火光冲进屋内，地痞都躲到桌椅下，老村长放的是只装火药不投砂子的火枪。里面顿时鸦雀无声。外面的群众喧哗起来，冷不丁村长背后的麻柳树挨了一枪，大家躲到树后防备。刚才听了地痞老大一番话，都有些后怕，强烈要求把老大就地正法，解放前这里就发生过类似事。

村长考虑的时候，有人喊起来："干脆一把火烧了茶铺，火葬了这批狗杂种。"有人抱来甘蔗叶用打火机点燃，火光在晃动，里面不知谁告饶喊道："外面的叔爷老辈，放了我吧，我上有老下有小，我是被老大逼的。"相继，里面传来哀嚎声。

老大说："放你妈的狗屁，哪个给老子下软蛋，杀他全家。""啪"刚才告饶的小子挨了一耳巴子。

老村长听了，说："你们听着，冤有头，债有主，既然你说你们是逼的，账就算在你们老大头上，把老大给我捆起来。"

扔进一根绳子。老大不肯就范，地痞齐声喊道："老大，对不起，不是你死就是我活，你就成全兄弟们一回。"

"我日你先人，哪个敢上来，老子先出脱了他。"老大举起手中的火药枪。

里头面面相觑，外面见没有动静，柴火又在茶房外晃着，不知谁向里放了一枪，铁砂子打在屋内的茶盅上当当响，有人中弹叫唤起来，手臂上像被火药燎了一下。地痞感到外面来真格的了，刚才挨了一耳巴的小子见愣在柜后的老大，提起板凳劈过去，老大应声倒地，大伙七手八脚把老大捆了，向外发话把老大交出去。

村长怕出意外，先让地痞把家伙丢出来。大家才打开门，地痞流氓一窝蜂跑出来，村长厉声喝道："站到！"几十杆砂枪对准他们，他们吓得脚打闪闪，屁眼收凹子。

"你们听到，麻柳村不是好惹的，哪个胆敢来肇皮，我就拽下他的脑壳当尿壶。都给我滚！"

地痞要跑，村长叫他们把受伤的老大抬回去，一伙人仰姿八叉把老大扛走了。

事后，地痞老大因失血过多死了。公安局找到老何了解情况，他把地痞头子写的条约和一摞票子交给警察。最后老何去局里待了两天，沿河靠河吃饭的居民联名保举，这事便不了了之，却使麻柳岛消失百年的霸道名声重新恢复。

老村长想到这里，那次收拾地痞的事，无形中给麻柳村起了保护作用，只要是麻柳村出去的人，知道的都让三分。如今，政府要拿麻柳村开刀，事情远非自己想象得那么简单，他感到回天无力，愧对先祖。他来到牧马山崖，一个岩洞供着祖宗的牌位，拂开垂悬的藤帘，洞壁长满青苔，一股阴冷的气息扑面而来，他长跪不起，老泪纵横。

回到村中，老麻柳树上的鸟一片聒噪，他"哈去"一声，树便静了，叶子颤抖，似在担心。

连更晓夜，麻柳村召开社员大会，通过了一项决议，坚守麻柳岛，决不撤离故土。同时，宣布麻柳村新的掌舵人何家驹走马上任。众人在麻柳树下散会后，天上一个月亮，水中一个月亮。天脚印子似乎迈出了大半步，一条狗踏在天脚趾隙间，静卧在老麻柳阴影里。

第二天一早，格兜发现，渡船口摆了好几辆轿车，从车上下来的一个比一个官大——因为镇长握手的时候，腰越弯越弓，他想到旧书上说的俯首称臣。他们大摇大摆地上了渡船。一、二、三、四、五……格兜大声数着上船人，把手伸给镇长，镇长不悦，无奈付过渡河钱，一边护着领导小心留意。

要开渡了，格兜弓着虾背，像绷满的弦，吃力地把船撑出去。这让他想到三国草船借箭的故事，他把船上的人当成草包。船一靠岸，还未等渡河人站稳，他急急骑了自行车赶在一行人前头告诉老村长。让他不要中了他们的计。村长得到消息，举起锤子在麻柳树上吊的钢板上敲了几下，把消息传给各家各户，很快五六百号人齐集麻柳树下。

老格兜骑着爆鸡婆车往回转，见一行人已上了堤埂，擦身而过时，他回头"呸"了一声。

领导神采奕奕走出树林，远远看见一堆人围在老麻柳树下，满意地向镇长点点头。镇长幸福地挺直了腰杆。他知道，这个项目是市长亲手抓的，是他走马上任的第一宗业绩，是新中国成立以来山水镇最大的一笔投资；也是改写历史新篇章的创举，游乐园建成，堪比城市公园，给本镇带来的效益将无法估量。市长的眼神里还有另一种兴奋的东西，这无疑给以后的仕途搭了一架登天云梯。镇长按下心头的激动，很明白，这梯子是搭在麻柳村何仁德肩上，他愿不愿意扶自己一把，还得凭自己的造化。何仁德是一个飞起来吃人的角色。镇长心里有一盘棋，今天是第一步，先探虚实，同时给何仁德一个下马威。虽说姜是老的辣，但羊角朝天椒更霸道，沾上就有火燎的感觉。以他多年搞宣传工作的经验，昨天把这一消息抖了出去，既给市政府增了光，又给麻柳村套了龙套，他要借上级的力量拍平麻柳村，摆平经济发展路上的障碍，举一反三，杀一儆百。镇长踌躇满志，志在必得，看来昨天分手后给何仁德打的电话发生了效力，人们已自觉聚在树下。他自信地走在前面，到了岔路后停下来让领导前行。

市长看了孤岛景致，想到毛泽东的一句话：风景这边独好。自己两袖清风半辈子，升迁已无望，得留条退路。天道酬勤，机会是给善于把握的人。撤县建市，提高地方品位，营造投资环境，仅仅凭修几条大道和城市规划是不够的，要利用得天独厚的自然优势，发展特色产业。他看好麻柳岛这片风水宝地，请园林设计院的专家评估了麻柳村的地理环境和发展前景。在市委政府意见统一后，从市政建设基金中拨一千万元作为启动资金。他把这赚取第一桶金的机会给了老同学的儿子——川西建筑开发公司总经理赵明。

市、县领导一行到了麻柳树下，群众如临大敌，虎视眈眈。镇长见市长脸色不好，一时不知如何收拾局面，县长附在镇长耳边，镇长醒豁过来说："大家好，今天市县领导到麻柳村考察，大家欢迎。"群众无动于衷，市长脸色阴转多云，向大家挥挥手。

"老村长呢？"

老何的儿子家驹递过来一份辞职书。镇长晃了一眼递给县长，最后留在市长手里。镇长还没有回过神来，家驹把村民的联合签名直接递给市长，联名书上的手印像祖传的血脉，昭示着保卫故土的决心。

市长用怀疑的目光盯着家驹。镇长忙告诉市长这是老村长的儿子。市长冷眼看镇长，看着何家驹说："我在市报上看过你的文章，是一位不错的青年。我说啊，张镇长，这样的青年人，要好好利用，年轻有为嘛。"

家驹见过大世面，不像父亲一根筋。他招呼少全从家里抬来竹椅板凳，让领导落脚坐下，让张镇长松了口气。

紧张的空气似乎松弛了，村民窃窃私语，放下锄头扁担，席地而坐。这时，众人看见少全和赵明在祠堂的酸枣树下说话，感到奇怪，家驹的老婆秀芳说，少全跟赵明是同学。大伙似乎明白了。

"乡亲们，今天大家都在这里，领导很高兴，说明群众是有觉悟的，面对改革的大潮，大家并不是无动于衷。市县领导看得起我们麻柳村这个荒岛，是我们的福音。"镇长清了清嗓子。

"大家想一想，城市周边的土地多的是，就拿我们麻柳村来说，全市靠近岷江的村社很多，为什么领导看重我们这块鬼不生蛋的地方？这是县市领导关注贫困村社，希望改变百姓生存环境的集中体现。"

"麻柳村被征用后，祖祖辈辈居住在荒岛上的村民将告别朝湿阴暗、虫豸聚居的恶劣环境，免受洪涝灾害的侵袭，和城镇居民一样过上小康生活。"

"我们丢了土地吃啥子？喝河风呀！"人群冷不丁传出吼声。

"这个问题，请大家放心，政府会考虑的。比如赔偿土地款，可以进城务工做生意，游乐园建成后，可以优先安排你们工作。"

"五六百人天天逛公园，安逸，还有工资。说的比唱的还好听。"

"牛皮不是吹的，火车不是推的。大跃进放卫星，遭罪的还是农民。旮旯头要成气候，除非把天安门搬到这里来。"

"你们要相信政府，相信领导，开发麻柳岛是经过科学论证的。"

"三皇五帝到如今，农民就是农民，只会种庄稼不会游乐玩。"老村长从柑子园里走出来，打断了镇长的话。

"这是落后的小农意识。"县长见了何仁德，气不打一处来。

"我们是农民，意识里根本只有小农。"

"政府口口声声说改革要因地制宜，麻柳岛一个五六百人的栖身之地，世世代代生养的命脉，竟为几个贵族游乐玩，把几百人的饭碗打水漂，强迫农民进城务工栽金种银，我们收获了什么？除了两个钢镚在口袋里叮当响而外，我们的地荒芜了，集体观念消失了，一群盲流在城市里，既非农又非工，像二流子行走在城市，三天打鱼，两天晒网。他们就像水葫芦，漂到哪里都被整治。金钱的光芒，让我们什么也看不见，看见的是苟延残喘的河流，土地一毛不生的颓废。"家驹接过县长的话，针锋相对。少全拍了拍他，他没有理会。

"人们像蜂子朝王涌入城市。开发商成群结队采集乡间野地的花蜜存在砼的巢穴里，存在那里发酸，也不给农民一点甜蜜的想头。他们掠夺我们乡间的美景，还给我们的是寸草不生的垃圾和腥臭恶心的废水。经济的浪潮让农民有土不耕，有家不回，人心浮躁，背井离乡。民工，宁愿像蛆一样在城市寻一块烂肉，也不愿意像蚯蚓一样耕耘沃土。农民只有回到土地，还原本色，方显价值。做土地的主人，保护家园，我们义不容辞。"

"乡间跑着快乐的小孩，城市到处是流浪的狗。混凝土上，一滩狗尿在城市上空挥发，到处是尿素，污染着空气，可它在乡间是上好的肥料、红花绿树的佳肴。土地是一块大容器，它变腐朽为神奇，化苍凉为生机；土炼可砌墙，围城是坟墓。麻柳树古怪，可擎日月，泥巴碗丑陋，可担江河。"

县长拍了一下镇长的肩，站起来说："希望大家，用发展的眼光看待政府的决定，不要端着金饭碗不要，去捡泥巴饭碗，不要听信少数人的谣言。"

说罢，一行人沿来路走了。老村长走过来，拍拍儿子肩膀，回头望望麻柳树，秋天了，树子开始落叶了。

事情远不像何仁德想象的那么简单。他这边认为儿子的骨头长硬时，那边县乡两级领导正运筹帷幄。

少全历来敬佩村长大爷的为人,对于家驹只有感谢,当初去深圳的时候,连路费都是家驹出的,他总想有一日出人头地。这次回来,没想到麻柳村何家的大旗改由家驹擎着。今天同学赵明的一席话,他似乎觉得是希望。他要说服大爷和家驹与领导回到一条路上来。市县领导并没有寄希望于他,只是他一厢情愿。因为有了这样的想法,他到家驹的屋里探寻口风,家驹说,这事他不敢作决定,父亲虽然说了算数,但还得村上的叔爷老辈点头。这无形向少全关了门。

走过祠堂的时候,老村长叫住少全。

“少全,大爷给你说件事,我们关了门是一家人。你真心实意说说麻柳村建水上游乐园的想法。”

少全没有想到老辈子这样问自己,也不知村长的意图,只好打一个擦边球。“麻柳村是何家的祖业,我们不能只图一时之快而出卖祖宗。家驹说得对,眼看河西沿岸已开发,只有我们这块孤岛,是山水镇的一块净土,何氏的家园。”他看着老村长,想从他眼里捕获端倪,他觉得老村长的眼光有些迷惑。

“大爷,其实镇长的话不是没有道理,如果麻柳村开发了,对我们不是没有一点好处,表面好像败了家业,可何家后辈的生存境况也将改观,这是大势所趋。”

“你说的不是没有道理。家驹和我是一个牛脾气,凡事你要帮他一把。”

“大爷放心,提笔写不了两个何字,我们是哥俩。”

少全和父亲的谈话,家驹一点也不知道,少全扯了半边老村长的意思去了县城。第二天回来的时候,走路都掺得起风。他没有去见村长,径直去找家驹。

家驹因为那天父亲受县长奚落,才陡生豪气与县长理论,他没想到自己会说出那些话,虽图了一时之快,过后还是有些悔意,毕竟领导是公事公办。这几天,他很少跟父亲说话。父亲住在何家祠堂的老屋里,自己去年在大路边踩了新屋基建了楼房,父亲不愿意搬过来住,说楼房不沾地气跟鸟笼子没啥区别。母亲已故去几年,回来才知道父亲是孤单的,但他不明白父亲的孤单是骨子里的。

何氏的老一辈已经故世了,现在的年轻人都外出了,岛上一遍萧疏,特产土菸这十多年没种了,庄稼都普种广收。农民命根子一样的土地,现在贱了,年轻人根本看不起种地。以前,一说到麻柳村的叶子菸,劲道,灰口好。大集体的时候,是山水镇的招牌,现在呢销声匿迹了,人们都去找现钱把上好的土地放白鹤。何仁德觉得,自己就是那棵老麻柳,树老心空,人老心多,所以很少说话,平常爱去的地方是山崖下的岩窟,何家列祖列宗的坟地。

家驹回来后,每天都让读小学的儿子给爷爷送饭,他明显感觉到,这几年不在家,和父亲的关系有些疏远。这当然和老婆秀芳有关,但主要还是自己不听父亲的话,即使听了也当耳边风。父亲是个聪明人,他一定感觉到了,只是不说。

少全到了家驹屋里,家驹告诉少全老父这几天怄气,少全笑笑。家驹还不如自己了解大爷,他和盘托出自己的想法和大爷的意思。

家驹不知道父亲转弯转得这么快。但他清楚,麻柳岛开发是迟早的事。少全临走,交给家驹一样东西,要他转交大爷。中秋节要到了,是少全孝敬大爷的礼物。

家驹送少全下楼时,秀芳在堂屋里看电视,见少全提着纸袋进来,以为又是《北京文学》

给家驹寄的书或信。她很庆幸,这些年来家驹孜孜不倦的文学追求结了果,这是家驹强于少全的地方,也是她愿意嫁家驹的原因。

少全和她是同学,矮家驹一届,那天见赵明和少全说话,赵明以前是调皮蛋,现在是大总经理。世事造人无定局,头脑灵光的人总是跟钱沾光。当听说麻柳岛要开发,家驹在这个时候被推选为村长,她想这是一个发财机会,因此总给家驹吹枕头风,这让家驹心烦。秀芳觉得家驹的顽固跟老公公如一个模子倒出来的,也是他与老公公格格不入的原因。

何家驹提着纸袋到祠堂见了父亲,把少全的意思说了一遍,老村长没有开腔,只是把少全送的中秋月饼解开,打开纸盒,发现是一叠叠崭新的票子,一下傻了眼,惊慌失措把它收进纸袋,忙关了门,一屁股坐在椅子上,眼里满是惊恐。家驹突然想起给少全打电话,少全已关机,他要提着纸袋去少全家。老村长站在祠堂门口左右观望了一下,确信没有人,这才跟着家驹去找少全。

到了公房,少全关门闭户没有人影,父子俩折回祠堂,坐下来,商量对策。他们数了一下,整整二十万元。二十万元,不知来头是什么?父子俩一致的意见:以观动向,再作处理。少全找不到,送钱的人会来找,到时候把钱还给人家便是。为了安全起见,家驹打算把钱存银行,可是老村长不同意,存在银行要用身份证,写上自己的姓名,就表示自己收了钱。少全这龟儿子抓屎糊到大爷脸上来了,真是好狗日的。把这钱交给政府,又怕节外生枝,把事做得太绝,影响少全。他一而再再而三告诫家驹,凡事小心,不要搅在这稀屎里面。

老村长夜夜做恶梦,一天到少全家跑几趟,这小子却人间蒸发了似的不见人影。每天出去一会儿,就担心放在神龛墙洞里的钱不安全,急急回去照看,觉得那东西是个定时炸弹,随时都有惊天裂地的危险。老村长每天待在祠堂里,他时时感觉到麻柳村人的鄙视,届时口水都能将自己淹死。过了半个月,少全没回来,也没有人找上门来。是不是少全偷窃,被人黑办了?那么,那伙人迟早会找上门来。想到这里,家驹吓出一身冷汗。他找到父亲,俩人一合计,到镇上买了两圈不干胶,把钱装在一个铁盒子里,密密匝匝把铁盒缠死。在一个月黑风高的晚上,在祠堂外的酸枣树下挖了一个坑,把铁盒子埋在树下,还在新土上面栽了棵万年青,惶惶的心才安定下来。夜来,老村长密切注意外面响动,把黑狗拴在酸枣树下。

转眼到了第二年春天,那棵万年青已吐出了新叶,麻柳树开发的风潮好像肥皂吹起的泡影破灭了。河西开发得轰轰烈烈,这让麻柳岛的人热望起来,只是碍于老村长的权威不敢言语,村里大部分人都到河西参与修建,沙石用量越来越紧,岛上传来挖土取沙卖的消息。这是吹糠见米的买卖,只是老村长没有发言,无人敢动。就在这时候,少全回来了,派头和从前大不一样。听说在河西包工,买了小车,并带回一个如花似玉的洋派女朋友——早春时节,穿着皮靴皮裙,很抢麻柳村人的眼睛。

家驹等少全来找他,可是一天两天过去,少全没有来,只是见他和漂亮的女朋友跟秀芳搭白一句,从门前一晃而过。时常有穿得很阔气的人到少全家,门前很是风光。麻柳村的人对少全刮目相看,很多人在他手下打工。

少全并不像家驹的老婆想象的那么趾高气扬,人们到他家,精装的云烟放在桌上随便抽,糖果见人就散。少全举行订婚仪式那天,麻柳村的人都去了,他拒收礼金,摆了三天三夜的流水席。

秀芳去喝酒听人称少全是“何总”,心里有种被冷落的感觉。以前,家驹是麻柳村的才子、麻柳村的骄傲,她虽然装作无所谓,表情上总有些掩不住,当大家围着少全吹得天花乱坠时,她偷偷地回家,把电视的声音开得很大,以免听到远处的嬉笑声。看见家驹埋头伏案写作,心里恨得摔打家什,发出很响的声音。

家驹托人带信要少全到家里来一趟。少全得到信息来到家驹家,他不忘哥俩情义,带来一瓶五粮液。

"驹哥,实在抱歉,本来打算忙过了这阵好好来陪你聊聊,今天才有了空闲。"

家驹一听,有些不屑,于是开门见山:"你去年送给老父的东西,他要还给你,你明天来取吧。"

说这话的时候,他觉得自己很硬气,这让少全有些不自然。"那是孝敬老人家的。"

"无功不受禄。"家驹起身送客,把那瓶五粮液退了回去。

"你明天来吧,一分不少给你。"少全不置可否地讪笑着,转过身,径直走了。

是夜,家驹来到老祠堂,父亲身边守着黑狗,站在酸枣树下,黑狗是父亲的撵山狗,老来是他的忠实伙伴。家驹说明来意,便从门角里取了锄头,父亲拿了电筒来到酸枣树下。那棵万年青已盘根错节,完全掩盖了树下的珍藏。家驹把厚土挖开,现出几块河石,刨开鹅卵石,父子俩惊得目瞪口呆:铁盒子不见了。家驹飞快地把石头甩到远处,没有;又往下挖了几锄,锄头碰在石头上,闪出火花,仍然没有。老村长望着天上的一盘冷月,低低喊了声:"老天爷。"

家驹慌忙把坑填了,挽着呆在那里的父亲走进祠堂,忙把门掩上,拉灭了灯。父子摸到了床上,黑灯瞎火,黑脸对着黑脸说话。老村长说话打着呜噜,字字句句从牙缝里挤出来。"咋个会呢?万年青一直栽着,黑狗守着,我天天浇水,到镇根发芽。"

家驹不说话,他似乎在追寻光阴,脑子里一片空白。他可怜父亲,听他喃喃碎语:"埋下的时候,万年青就一直长着……"

天将麻麻亮的时候,老村长睡着了。家驹起身回到新居。秀芳问他昨夜到什么地方去了,他说陪父亲。这是以前从来没有这样的事。昨天少全来过后,晚上就出去了,一早才回来。最近山水镇很繁荣,不过几十家的镇子夜夜笙歌不歇,歌舞升平,灯红酒绿,烧烤店、冷淡杯、夜啤酒,出入的都是醉生梦死的小姐和夜游的先生。家驹一夜未归,不是跟少全出去鬼混才怪呢。她把对少全的反感发泄到家驹头上。"陪老汉?眼睛像灯泡一样红肿,不熬更守夜,会这般狼狈,你坟山上撒花椒,麻鬼去!"

家驹屋里一大清早吵得鸡犬不宁,是从来没有的事,这引起猜疑。人们支起耳朵在窗口听,在门口张望,并没有劝架的意思。他们知道,家驹的婆娘是个争强好胜的女人,加上何仁德为人斩钉截铁,大家很少跟她计较。这会儿,少全家的火焰山烧起来,肯定要烧着孙猴子的毛,不恼火才怪呢。家驹两口子吵嘴是偶然中的必然。

家驹走到阳台上,分明听见竹篱茅舍瓜棚柳下有稀牙漏齿的扯淡,发现窗后有一双眼睛窥视,不知趣的婆娘还在堂屋里骂着。家驹怒不可遏,一耳刮子过去,破音的喇叭哑了。秀芳看着男人眼露凶光,杀她的心都有了。刚穿衣起床的儿子吓得呆如木鸡,他从来没见父亲这么凶过,眼泪滴答着跑下楼梯。家驹听着脚步声,如下地狱一步步下沉,看着老婆脸上五个指印,奇怪自己竟没有半点怜惜,心里冷得像块铁。他从抽屉里拿出纸笔,给少全写了一张欠条。写毕,收拾行礼。老婆抱着他不让他走。这时候,听到儿子在楼下惊抓抓地喊:

"爸爸,爷爷上吊了!"

这喊声，麻柳村的人似乎都听见了，大家从门后窗下站出来，一齐朝祠堂走，黑狗在祠堂门口呜呜咻着。

老村长悬梁自尽了。

散了的人心一下收回来，为老村长哀悼。

大家七手八脚把老村长送上了山。众人回头的时候，老黑狗还守在坟山上。

家驹没有一滴眼泪。他找到少全，把写好的欠条交给他，少全正要说什么，家驹不由分说已走过篱栅，留少全在老麻柳树下形影相吊。

家驹从此离家出走。

五年过去了，家驹的儿子上了初中在县城读书，住在幺爸少全家里。星期天，少全开着小车送侄儿回来看秀芳嫂子。少全把家驹写的欠条还给秀芳，秀芳不明究竟，不知道家驹借那么多钱干什么。等秀芳看过欠条，少全拿过来随手撕了，说他根本就没有让家驹还的意思。

秀芳知道家驹出走的原因后，把银行里存的土地赔偿款二万元取出来还少全，少全高矮不收。秀芳告诫儿子，一定好好读书，将来报答幺爸。秀芳想，要是家驹知道少全的这番心意，何至于背了良心债远走他乡。她去电话问深圳的厂里，家驹不在厂里，不知道家驹在哪里。母子俩望着西沉的月亮，希望楼下突然想起家驹的敲门声，或在某一天早晨，看见他在老村长的坟山上。

家驹走后第二年，镇上提名少全为村长，各家得到二万元安置费。岛上人家都迁到了镇西，建了一条新街，不足部分由银行担当着，从土地赔偿款中划拨，其余部分三年免息贷款。

通过一年蚂蚁搬家的迁居，留下一个空落落的岛子。整个麻柳村只有家驹一家未迁，还有远处的老祠堂与老麻柳树形成一个三角。经过五年采挖，沙石掘了一丈多深，三角成了岛中岛。月夜时，一块一块烂水坑映着天光。秀芳站在老麻柳树下，望着东山更远的地方，可惜牧马山阻挡视线，她只能看见绝壁和壁上的月亮，河水从掘开的口子灌进，冲在沙石上，沙石不断垮塌，一只白鹭独立麻柳树上，像一了百了的“了”字。

麻柳村的百年老渡船搁浅河滩，已裂开了几道缝。老格兜发现常有老鼠从里面出入，他怕把船咬坏，起心买毒药来毒杀，却奇怪地毒倒了一只白鹭。是守船的黑狗发现白鹭在浅滩的水边扑腾，打湿了翅膀。格兜见鹭尚有一丝气息，取刀放了血，划膛破肚，放在浮柴上烧烤，肠肝肚腑扔给了老黑。黑狗是老村长的遗伴，村长走了以后，一直跟着格兜。格兜现在钢架搭的浮桥上当护桥工，赵明老板为他在河滩上建了二间活动棚子，他便进了些饮料和烟酒来卖，过往的司机和民工和他混得很熟。运沙石的车辆车水马龙，源源不断地把沙石运往省城和河西市的建筑工地。

装载机像地拱子把麻柳村拱了个底朝天，祖坟山上的白骨一堆堆露出来，何家的后人用坛坛罐罐装了，在牧马山堆成一座大坟山，住在山水镇的人推开窗子就能看见。晚上，月亮从东边的坟山上升起来，人们便会讲关于麻柳岛的传奇故事。起初，坟山是一座半圆的黄土堆，现在已长满青草，黑黑的一团，细小的麻柳树迅速在周边围起来，生怕坟山的幽灵跑出来似的。浅丘有了新名字：何家山。最近，老黑狗爱往何家山跑，站在坟山上向天吠叫，声音悠长而凄凉。

十五一过，月亮渐渐残缺，老黑又站在老麻柳树下，向过往运沙的车辆咬，司机起心收拾它，却撵不着它，更激起它的愤怒，咬累了它又回到格兜的棚子里，善菩萨一样不吱声。它的眼睛开始流眼泪，常糊着白眼屎，头和尾常拖至地上，嗅着什么？寻着什么？

老格兜看见柴火上已烤出油来的白鹭肉，想到了老村长。但他喝下二两后就忘乎所以了，他现在的收入比老村长在世的时候多得多。饱暖思淫欲，他就想女人，昨天晚上他到镇西海伦宫逍遥了一回，体会了女人的味道。这会儿，他觉得吃的是天鹅肉，可以展翅上天了。

格兜醉倒在河滩上，醒来时，陪伴他的黑狗死在船边，他到河边洗了把冷水澡。把狗拖过来吊在棚架上，操刀剐了，几刀碎了，放在铝锅里炖着，回头看见白花花的一滩狗肠在河水里漂荡。“吃了狗肠不穿衣裳。”他舍不得上好的肥肠，就河边的清水翻了肠子洗净，扔进锅里炖着。到了半夜时分，一锅狗肉已熟，他先捞了狗肠凉拌，取酒和月和风和东山大坟里的列祖列宗，开怀畅饮。

岛上的水上游乐园，除了一块招风的大牌子，却看不见影子。麻柳村失地的农民闲得心里发慌，土地赔偿的几个钱还不够修房置屋，眼看坐吃山空，便捡了烂水坑养鱼。半夜三更守在渔棚里的养鱼人，听见远方隆隆的雷声，起来，看见老格兜棚子外篝火通明，便邀约到棚店买烟，赶一趟烧酒喝。走在河滩小路上，才发现天色大变，牧马山上，闪电像金鞭子甩在崖上，黑暗处一片惨白，阵阵闷雷从河滩上滚过。先前还月朗星稀的天空，乌云已掩去了月亮，乌云从北边逼着河风卷起狂沙，几个人便朝河边跑。过了浮桥，格兜吊锅儿的柴火被风刮倒，飞着烟花。他们往棚子里望一眼，喊一声，没有人答应，被风刮起的棚布像一面风帆，啪啪掀响，棚子着火了，呼啸的火焰一直窜向天空，狂风暴雨席卷而下。

第二天，住在新区的人们发现，麻柳岛被洪水淹没了，只有那棵倒了的老麻柳树上，挂着一件破衣衫，在风中摇着破旗。

（盛云树，四川省彭山人，四川省作家协会会员。在全国报刊发表作品若干，长篇自传小说《树郁天苍》获东坡文学奖。）

张狗肉

■刘光富

一

张支书突然在门前的桃树丫杈半腰那挂了块红布，红色红得很艳，像吃饱的蚊子打死在掌心留下的那种红。红布在风中吹着，飘起来就如同一面旗帜。几乎不识字的顺溜跑过去看稀奇，还以为就会看出个究竟来，却不认得，跑回来说就是斗大的几个字，哎呀，像几块干柴块子横七竖八地摆放在那里。

听他说话的人就笑话他，那几个字恐怕倒识得你哟。他就有些生气地挑起眉毛说，认得老子又咋样？我就是死了化灰，傻子照样不会认错我，可我就敢明目张胆睡他婆娘，嘿嘿。

敢睡傻子婆娘的顺溜绝对不是个糊涂人。随后就找人打听，张支书那块红布上到底写着啥，终于问明白了，原来是“张狗肉”三个字。顺溜就想，张支书开狗肉馆呢。可他哪来那么多狗肉？况且，狗日的属牛不属狗，自己那一百多斤身体顶多算牛肉，莫非他是孙悟空会变出狗肉？还是他拉的吐的都是狗肉不成？

二

顺溜说的傻子其实就是村子里的连三。一开始，大伙并不觉得连三傻，一切只因普济老师上课时发生的那事。

那天一早，天气很好，几朵云悠闲地在天空中或蹦或跳，像村子野地里的几只野兔子。一走进教室的座位，连三就对顺溜说，我吃得很饱，很饱就不是一般的饱。因为淘气被后娘扣掉了早餐饿着肚子的顺溜听到这话，就差没气死，在连三屁股那狠狠踢了一脚，对着正在哎哟哎哟的连三说，你就不知道少吃点？连三并不生气，扮着鬼脸说，你等着。接着，普济老师就走上讲台来了，摇头晃脑不断吟诵“日照香炉生紫烟”，顺溜喜欢望着天空不断跟着念这句古诗，一唱一和，整个课堂就好像只有普济和顺溜两个人似的。

这时，只见连三在位子上神不知鬼不觉地轻轻动了一下，还把手放在顺溜鼻子那里，普济老师以为连三要站起来背古诗或是捣蛋，可是，很快他平静了，像一片平静的水域，普济老师松了一口气。这一下，顺溜却不平静了，嘴里咬牙切齿地喊着连三你个狗日的，一拳头已经向连三的头部飞了过去。没想，连三躲闪及时，拳头重重地落在了墙壁上，顺溜顾不得疼痛，气得鼻孔生烟。普济老师见状，生怕出事儿，就三步并作两步急忙赶过来制止。普济问顺溜凭什么欺侮人。顺溜向来就不把普济老师放在眼里，说，你是狗眼？明明他连三欺侮我呢。普济却弄不明白他们到底是咋了。这时，连三屁股那突然炸响了一个闷雷，沉沉的，但很有分量，顿时，一股子臭气冲了出来，弥漫在空气中，浓浓的，连三忍着在那里偷偷地笑。顺溜却意外地哭了，嘴里说着，我都快饿死了，你却吃了不消化当屁放，还故意拿来臭我。傻子、傻子，连三，傻子……顿时，教室里那写着傻子声音的旗帜飘荡在天空，飘荡在连三眼里，淹没了连三放出的一连串臭屁。从此，大伙不再喊他连三，都喊他傻子。

这不算啥，更让顺溜生气的在后头呢。顺溜和连三字没识得几个，恐怕两个人脑袋里识的字加起来总共还不到一箩筐，顺溜识的更是少得可怜，后来又全忘掉了。小学没毕业，连三和顺溜已经长到十七八岁了，爹娘骂他们读书是瞎子点灯——白费蜡，更何况连他们自己都觉得读不出个啥，也就灰心，成天只把绿眼睛落在教室里那些女同学身上。

连三现在的婆娘何英和他们一个班，在班上无论年龄和个头都是最大的。连三很喜欢长得丰满的何英，其实何英心里也喜欢连三，原因是村子里连三老爹勤快，就数他家庭好，他每天可以吃得饱饱的到学校来，而且时不时裤兜里还装着几块红苕干或是干花生什么的。何英和连三坐在一排那阵，连三总是永远让自己的裤兜对何英开着，像敞开一扇门，里面露出那些诱人的干货来，何英明白连三的意思，那双手随时伸进去都可以得到满足。有两次，何英掏完了里面的干货，还意外地触摸到一样硬硬的东西，她把脸躲开连三悄悄一红，过后低声说一句，好坏，连三却装作没有听见的样子。后来，普济老师调了他们的座位，但连三照样悄悄为何英敞开着裤兜，何英因此很感激连三让她少了许多饥饿。

那次臭屁事件发生后，大伙就都叫连三傻子，何英知道他只不过人老实，并不算傻子，但她怀疑大伙这样叫下去，说不定有一天就会变成傻子。何英在心底里告诉自己，无论别人怎样叫，自己绝对不能这样叫，可有几次嘴上还是不自觉地叫了出来，但连三并不恨她，他很明白她有难处。可那以后，何英往裤兜里掏干货的次数少了，有时直到放学了，那些干货还原原本本地躺在连三的裤兜里，又沮丧地瞪着眼看着连三，连三示意何英，可何英渐渐地不再伸手过来了。有一天，连三意外地发现，何英悄悄地躲在墙角背对着太阳像狗啃骨头似的啃着红苕干呢，而且啃的红苕干和自家的没有两样。连三好不生气。

顺溜翻墙拿连三家的干货到底还是被连三老娘给逮住了，连三老娘拿起把雪亮闪着寒光的砍柴弯刀，唰地举起，明晃晃的，像一弯月亮悬在顺溜眼前，嘴里说是要割了顺溜裆里的东西。顺溜早被吓个半死，跪在地上央求说，连三老娘，手做的坏事就割手吧，怎么能……说着，主动把手伸出来。其实，连三老娘心里软作一团，不过嘴上随便吓唬一下，然后放走他。但事后连三老娘就后悔了，用她的话来说，早知道顺溜这狗日的后来要睡自己的儿媳，恐怕就是上刑场也要断了他裤裆里的东西。

顺溜偷连三家干货的消息就像一团火落在纸上，在邮票大的村子里，怎么也包不住，很快就传开了。何英嫁到连三家里那天，顺溜拿着自己的弹弓一直对着天空胡乱扫射，嘴里吐出一泡口水，呸，偷干货事儿小，老子偷你傻子的婆娘。

三

顺溜整日里在村子前后游走，和村子里的那些野狗形影不离，要是哪里钻出一只野兔子或是野鸡来，顺溜只需“嘘”的一声口哨，不出十分钟，便被某一只野狗叼在嘴上。等顺溜拿回家炒出来放在桌子上，再用一斤包谷酒吞下去，吐出骨头和混着酒味的口水统统归野狗们，他吃得香，野狗们同样吃得津津有味。

却说张支书，整日在村子里忙碌，就像妇人躲在厨房，一直在忙却一直没有忙出个究竟来，有时还要忙到深更半夜。村子的路就像一根根血脉，哪根通向哪家，张支书一目了然，就像胸口里摆着一张村子的地图。可是最近一段，他老是觉得在村子里走路的时候，身后有响动，这让他不安。他决定喂一条狗，跟着自己，那样，再遇上这样的情况，狗就会发挥作用了。

张支书喜欢黑色，连穿的衣服差不多都是黑色，决定喂狗后，他就在隔壁选了只黑狗。走在村子里，远远看去，一前一后两个黑点在滚动，和天地间任何事物没有半点不同。黑狗是只毛色极好的狗，毛黑得发亮，照得见人影儿呢。要不是只母狗，说不定晚上张支书会让它到床上睡。说到底，张支书真的很喜欢这只狗，甚至胜过自己家的歪嘴老婆。

说起来，狗和人其实上没有多大区别：喜欢交朋结友，尤其异性朋友。通常，张支书在开院坝会或是交代计划生育事情的时候，黑狗总是悄悄地溜出去。支书家的狗，哪条狗见了都认得，还不断和它打招呼，可它爱理不理的，甚至不愿哼一声。这时候，顺溜已经瞅见它了，随便打个口哨，像招呼张支书一样，亲热地说一声，张支书家的。黑狗听起来就很舒服，晃动着尾巴走到顺溜跟前，顺溜待它不薄，这时会抚弄一下毛色或是搔搔痒什么的，黑狗也轻轻吠叫几声。

黑狗发情的日子是油菜花开得正好的时候，满坡满岭像晒着黄金，一块一块地贴在地面；黑狗钻进油菜花丛中，钻到很深的地方，那里真安静，听不见张支书的呼唤，野公狗们在那里等着。风吹着油菜花荡漾起波浪的时候，是黑狗最惬意的时候，发出小声的呻吟，像一首小夜曲，连照在它身上油菜花的金黄都跟着醉了。张支书是过来人，知道黑狗和人一样，在满足着七情六欲，先前想好的骂黑狗的那些话统统咽进肚子里。

黑狗怀孕的消息最先是顺溜在一群野狗中间说起来的，野狗们好像听得懂他的话，纷纷露出不同的表情，可他很疑惑，这些狗日的表情怎么都那么难懂？谁留下的种子从它们脸上怎么就连一点迹象都看不出？不像自己这么简单，村子里除了傻子哪怕随便一个人都看得懂，何英的怀孕跟自己有关。

黑狗一下子生了五个崽，这是张支书没有料到的，他在心里骂，照这个样子，计划生育多难搞？但狗的国度里是否搞计划生育显然不归张支书管，包括自己家的狗，但何英的计划生育却是张支书非管不可的。何英不到年龄就想生孩子能成？乡党委领导已经在大会小会说过了，村支书不是官，但在一个村子里却顶管事；一顶村支书帽子恐怕也值不了几个钱，但钱买不来。全乡计划生育已经亮起了黄灯，哪个村子要是再超生一胎，说白了，就是一顶村支书的帽子。张支书非常明白，按照领导的说法，这次何英要是生下一个孩子来，就意味着这村支书不是自己了。可是，要拿下何英的计划生育，又是多么不容易的事啊！原因是，何英放出狠话，哪怕就是自己死了,孩子还得生;更何况,连三老娘也央求他放一码。要是村子里死了何英,那是更大的事儿,绝不是一顶村支书帽子的问题。想到这,张支书的背脊那里就有些汗冒出来,不知怎的,张支书这时突然有些不高兴顺溜,除了不高兴顺溜,其实他同样不高兴怀孕的黑狗,但不高兴又能拿它们咋样?

张支书坐在院子纳闷着何英违背计划生育的事儿,却看见黑狗把小崽子们引出窝来玩耍,一只一个颜色的小崽子把张支书看得眼花缭乱,可他喜欢的黑色却一只都没有。这时,张支书的烦恼就在心口那儿涌起,像塞着一团棉花,嘴里就骂,狗日的都是些杂种,天知道。对的,那些小狗到底是哪些野狗的种恐怕只有天知道,毕竟天看着黑狗在油菜花地里放荡呢。

四

可连三真的傻了,这是何英当初没有料到的,要么她可是死也不会服从父母嫁给连三的。可连三还是傻了,傻得一塌糊涂,甚至连屎都拉在裤裆里头。但何英恰恰忽略了一个最重要的事实,那就是连三的傻是由她造成的,可以说,她为自己制造了一个苦果。

确切说,连三在成为傻子之前,其实也并不见得聪明,得承认,虽不是傻子,却很老实,倒也勤快,每日里总是天色不明就跑去山上忙活了,把庄稼抚弄得水灵灵的,一株株像喝了蜜似的,在阳光照耀下,更像一位位山姑。连三腿长像两根竹竿,跑起来很快,像箭射出去一样,见到野兔子的时候,他就把锄头丢在一边追出去,说不定就会抓回一只来,用何英事先为他准备的蓝色布袋装着,带回家交给何英拿到集市上卖了,弄几个钱补贴家用。每次拿野兔回去的时候,何英总是夸他能干,他也觉得自己能干,村子里除了那些顺溜手下的野狗,谁可以抓到野兔子呢?只有他连三了。

那天一大早,何英和连三一起上山,说好了干一阵活再把带来的干粮拿出来两个人坐在地上吃,于是,就把干粮先放在地边上的一窝茂盛的草里。两个人干活正起劲,何英突然听见放干粮那地方传出一阵阵声音,轻轻的,但很清脆。何英是识得声音的,知道是野兔,就对准连三的屁股使劲掐了一下。连三一辈子只聪明了这一次,可就这一次聪明给自己带来了麻烦。他意会了何英的意思,突地将身一扭蹿了出去。可那是一只非常狡猾的野兔子,估计一定和狐狸有过多次较量,闻到风声,不往后跑,却警惕地迎着连三跑过来,把连三弄得措手不及。眼看着到手的野兔子就要逃脱,何英慌忙之中使出了杀手锏,把手中的锄头对着野兔子狠狠地砸了过去,可野兔子还是从眼皮底下跑得无影无踪。就在何英骂连三的那句还挂在嘴边时,连三整个人猝不及防地重重摔倒了,额头顿时流出了一点点血,只有被猫抓了一道血痕流出的那么一点点,可连三却用手捂住那里对何英说,很疼。何英不在意,就说,那么一点点的血不可能太疼,问题大不了,心里却闷闷不乐,暗自骂:今天一大早真的就像遇见鬼了似的。可连三还是坚持说很疼。

连三的傻就是这次落下的。每次看见连三像一截木头似的在院子里来来回回地走动,何英心里很不是滋味,像被捅进了一把刀子,但她不会对谁承认连三的傻是她造成的,包括对她自己都不会,永远也不会。偶尔回娘家,她就一个劲地埋怨父母,明明连三在村子的学校读书那阵就是全校都知道的傻子,是一个无底的坑,却偏偏要把自己塞进那个坑里,年纪轻轻守活寡。

这样走一趟回来，何英心里就好受了许多，有时甚至还哼几句小曲走进院子。和何英一道走进来的还有顺溜，他竟然对着何英的屁股捏了一把，迫不及待的样子，不知道的人还以为一旁的连三会举起拳头向顺溜劈头盖脑打过去，可连三却嘿嘿地笑着，嘴里说着，顺溜屁臭吗？你是闻到了的哈……何英，兜里的干货都被你吃完了呢。

连三老娘看见这对狗男女走进来，知道不会有好看的，就悄悄躲进屋子里，自己流眼泪，连眼睛也红肿了，像两颗葡萄悬挂着。这时，她就听见何英的屋子里传出某种声音，虽然连三老爹死后这些年已经听不见这种声音了，但这是她曾经熟悉的声音，常常在那时的夜晚响起。听起来已经够烦。她告诉自己，还是不要看见的好，但她又觉得那是两个狗日的在明目张胆地欺侮老娘——那样子连三傻了，好像就连老娘也跟着傻了，老娘耳不聋眼不瞎的。

连三老娘知道，年纪轻轻的何英，也不是循规蹈矩的那一路货色，到这个田地，她离开这个家只是迟早而已。但在离开之前，无论如何还得让她跟连家留条血脉。但连三老娘很担心，连三傻了能成吗？是不是裤裆里的东西也傻了？于是，连三老娘想出个法子，就是悄悄把墙壁上的那道缝扒大些，尽可能大些，直到眼睛放在那里就可以看清楚隔壁为止。这样，每天晚上，她就可以悄悄趴在墙缝那里，注视着墙的另一面。但她渴望的一幕始终没有出现，有几次，她怀疑眼睛不对劲，就使劲用手擦，好让自己看得清楚些，可还是啥也没看见。终于有一次，还是出现了动静。她看见何英躺在那里，要把连三拉上去。连三老娘有些喜出望外，心里叹说，何英也苦啊。可是，连三却死死地躺着一动不动，活脱脱像条癞皮狗，嘿嘿地笑着。后来，何英只好自己爬到连三上面去，但很快就带着一脸沮丧下来了，在一旁委屈地流泪，连三老娘在这一边也跟着流泪。看来，留下血脉的事儿靠连三已经毫无指望了。可何英明确告诉过老娘，再怎么说也不能断了香火啊。精明的连三老娘心里明白这个理儿，可香火不比现实中的火，随便划一根火柴就可以得来。香火的事儿大着呢，顶得上这个家的一片天。

想到这些，无可奈何的连三老娘索性把头探过去，把眼睛贴着她费劲扒开的那道墙缝儿那里，看看是否正在发生自己想象的一幕。果然，她看见赤条条的顺溜很熟悉地就上去了，就像爬后面的那个小山坡一样轻而易举，一溜烟就已经顺利地像一条鱼游在水里似的，生龙活虎。何英也很配合，像条乖乖的小母狗，还发出很微弱的呻吟，溢出一种满足后的酣畅淋漓。连三老娘说不出心里到底是啥味道，总之，复杂得很。她几次想把躺在墙角明晃晃的那把砍柴弯刀提起来，然后冲过去，砍开那道木门，可事实上她并没有这样做，只是强烈压制着心中那股怒火，待在那里，甚至还安慰自己：哪天孩子出来了，还不照样叫自己奶奶。

五

要说，何英是在张支书家的黑狗怀孕的时候怀孕的。连三老娘在得知何英怀孕后，总在背后朝何英吐口水，还骂她烂腿，可她在天大的不满面前还必须接受这个现实。何英怀孕确实不是个时候，黑狗怀孕张支书无所谓，顶多在心里骂一句连狗都淫荡，可结果还不就是村子里多几只狗，反正村子里的狗也够多的，再多几只也算不得什么，可何英却把张支书给弄紧张了。要在平时也无所谓，哪根杂草底下不藏鱼？虽说计划生育工作上头抓得很紧，但事实上，也不是一个也藏不了，村头老李儿媳不是也违背计划生育吗？照理，像何英这种特殊情况只需睁只眼闭只眼,顶多出点罚款不就过去了?可问题是,偏偏遇上这项工作亮起了黄灯,要是再出现违背计划生育情况,就只有张支书的支书帽子落地了。

连三老娘和张支书要好不是说的,在村子里头众所周知,甚至还有人在背地里说他们有一腿呢,倒没有人拿得出依据,总之他们就是好,不是别人能理解的好。别的不说,连三老爹死了以后,连三家的日子过得比过去艰难了很多,有上顿无下顿,每年的春荒、冬荒粮,张支书总是优先考虑他家。担任村干部的,平时也得在村子里走走,少不了问寒问暖的,连三老娘生怕别人的误解深入下去,连一句感激的话都不敢大声说出来。可轮上这事了,她还得暗地里求张支书保住连家一脉。张支书见她一副像淋了浑身雨的可怜野狗样子,望着她,沉默着。

何英已经下定决心,必须把连三家的孩子生下来,而且抛出狠话,谁阻止生孩子就死给谁看。张支书到她家里来,把所有话都说尽了,可丝毫不起作用。看到这样一个支离破碎的家,干了几十年村干部的张支书不知从哪里生出了恻隐之心,心里打定主意,就让何英生产孩子。到时,村子里对他有意见的人必然会去乡政府举报,自己来个引咎辞职就行。索性一不做二不休,懒得过问这事了。

张支书为何英违背计划生育的事作好了丢掉帽子的心理准备,就躲在院子里等待上头的动静,也在寻思找点别的事做。这时,他意外地发现,不断有野狗明目张胆地窜进院子里幽会被他套养在桃树下的黑母狗,都很满足的样子。于是,一个大胆的设想很快在他的脑子里诞生了。隔天,那棵桃树的丫杈半腰那挂出一块红布,几个黄色醒目的大字像几把火炬在风中燃烧。

"张狗肉"的生意随着一年一度的冬至到来格外红火,大冷的天,大伙谁不想喝碗价廉物美的狗肉汤暖暖身子?张支书心里乐着呢,像开着朵花。每天一大早,他就在院子里摆开长案,把汤锅弄得热气蒸腾,汤面上腾起的狗骨头像一双双狗眼睛张望着大伙。顺溜看张支书那小小的院子里总是挤满了人,热火朝天的,很想挤过去看个究竟,但看到张支书挥起虎头大刀,抡圆膀子,呼呼飞刀,手起刀落,脸上隆起一棱一棱的横肉,像对着山野酣唱自己喜欢的山歌,畅快极了,淋漓极了,只好借故绕道走开了。

常常有人向张支书报告说,村子里不断有野狗消失,已经又有十几条不见了,张支书嘿嘿一笑,继续忙自己的狗肉生意。忙完了,他就和歪嘴婆娘躲在内室里蘸点口水数着皱巴巴的钱,还悄悄对着墙壁数了一下:一、二……用木炭画下的线条足有十六条了。看来,大伙说得一点不错,张支书用黑母狗的姿色设套,自己亲手勒死的野狗明明白白就摆在墙壁上——一根线就一生命呢。

最近一段,顺溜总感觉村子里弥漫着一种特殊的味道,一会儿是狗肉香,一会儿是血腥味。闻到狗肉香味时,他的脸上不由得闪现出如同在何英身上舞动时隐秘的笑;可闻到血腥味,顿时又感觉一股寒气从背后袭来,像有把钢刀在逼自己,不知怎的,顺溜忽然身上蹭蹭地起了一层鸡皮疙瘩。

(刘光富,中国国土资源作家协会会员,中国国土资源作家协会首届签约作家。1990年以来,陆续在《四川文学》、《青年作家》、《北京文学》、《中国校园文学》、《大地文学》等发表小说、散文、诗歌等文学作品500余篇。出版散文集《我的土地我的村》。2012年获得"中华宝石文学奖新人奖"。现供职于四川省叙永县国土资源局。)

玉米还没有醒来

■墨　村

一

老玉头的声音虚无缥缈，爹老了，不中用了，钱都是你挣的，你想咋折腾就咋折腾吧，回吧，你回吧。放心，爹没事儿，爹只是心里瞀乱，想在地里坐一会儿。玉米犹犹豫豫地走了，影子样飘出了麦地，飘进了停在地头的小轿车里。轿车扭捏着，屁股一颠，放出一股白屁，沿着坑坑洼洼的土路走远了。

老玉头瘫坐在锄把儿上，茫然四顾。四周一片荒凉，长满了杂草。那是几家邻居的地，他们不愿种了，都外出打工挣钱去了。每年正月十五一过，热闹的村子里就一下子变得死气沉沉了，年轻人只要不憨不傻，不缺胳膊缺腿，都一窝蜂拎着大大小小塞满衣服、被子的长虫皮（化肥袋子），像过冬的燕子一样，纷纷涌向城市了，只留下苟延残喘的老头儿老婆儿和蓬头垢面的女人孩子，在一马平川的野地里挣扎劳作。唉，缺气少力的，磕头马趴累得吐血，怎么也赶不上匆匆时令，地是再也种不过来了。眼睁睁看着一块一块肥得流油的地，变成了荒草湖泊，一点儿办法也没有。

老玉头的脑子里乱成了一盆糨糊。刚才，老玉头正锄他的二亩麦地。麦苗似泼了一层小磨香油，绿得人眼花。微风吹过，整块麦地绿浪翻滚，甜甜淡淡的麦草清香，在空气中无形地摇来摆去。

刚刚发生的一幕又出现在了老玉头眼前。当时，老玉头看到终日不着家的儿子玉米走过来了。一把锄头依旧在老玉头双手里翻飞自如："哟，太阳从西边出来了，你这大老板咋有空儿找爹来了？有事儿？有事儿就说，别耽误我做活儿。"

玉米笑笑，塞给爹一包"红塔山"。老玉头不要，这烟不冲，还不如旱烟，爹吸不惯。玉米将烟塞进爹兜里说，我想跟爹商量个事，这些年为了你孙娃叶子，杀生多了，如今叶子已上大学走了，我不想再杀生了，我和石英把屠宰公司卖了，准备回来建一座养牛场，乡里已经批了，这二十亩麦地的十五户主家，都与我签好了土地租赁合同，一年一期，租期五年，每亩一年一千！爹，你就别再锄了，这……这麦苗要割了喂牛哩。

老玉头一个趔趄："啥？你说啥？老天爷，没有了地，你让爹干啥哩？娃儿，腰里没铜，没有个啥，没肉吃，咱还有凉馍啃，可手里没个事儿做，那树叶一样稠密的日子咋打发？"

玉米说:“我知道爹一辈子握惯了镰刀、锄把儿,闲不住,一天不做农活儿,浑身骨头儿就这儿不疼那儿痒的。”玉米朝绷着脸的爹身边凑了凑,扳着指头说,“爹,种地太不划算了,现在谁还稀罕那点地?一亩地才打多少粮食?一年三百六十五天风调雨顺,满打满算,也就赚三四百块钱,若旱涝不匀,或突然来场冰雹旋风(龙卷风),就更难说了。养牛场就是再不中,一年也能赚他个四五十万。爹,你老算算,一年五十万是几个四百?一千二百五十个哩!爹,你想想,一亩地你可要手脚不停地种上一千二百五十年,才能抵上我一年挣的钱!”

老玉头松弛的脸皮下,浓稠的热血在暗潮涌动,满脸皱纹一惊一乍,神经质嘣嘣乱跳。几辈子以土为生的老玉头,愣愣地看着周围撂荒的土地,心里也如长满了草,一揪一揪地疼。“是啊,这个账爹会算,可爹知道人是要吃粮食的,要都光为钱不种地,没了粮食,这钱能当个吃?造孽啊!世道变了,可这地咋还是老样子哩?咋就不一棵麦,结他个千二八百的麦穗呢?人啊,咋就不变成光吃风喝沫的牲口呢?”老玉头嘟囔着,突然身子一软,瘫跪在了麦地里。

玉米慌得一个趔趄:“爹,爹,你咋了?咋了?快,不中咱赶紧上医院!”

老玉头用力甩开玉米的手,手指头差点戳在玉米鼻子上:“你走吧,我是死是活,不用你这大老板操蛋球心。农民农民,地都不要了,城不城,乡不乡,工不工,农不农,羞先人哩!分家吧,我啥也不要,我只要我的地!”

玉米心里直翻酸水:“爹,娘死得早,你又当爹又当娘,不容易哩!接你进城,你又不去,如今,这么大岁数了,还整天下地干活,知道的,说你是闲不住,不知道的,还以为儿不孝顺哩。你这样,儿在人前难做人哩。”

“好嘛,我的大老板,茄子老了一包籽,黄瓜老了傍臊气。我说不过你,可老祖宗留下来的这些命根子一样的地,白白给糟蹋了,老天爷要报应啊!”

玉米不想做农活,几年前跑进涅阳城杀猪卖肉,数年拼搏,生意越做越大,开了一家屠宰公司,手下管着百十号人,不光杀猪杀羊,还杀狗杀牛。玉米杀生多了,就到处捐钱捐物积德行善的,当上了县政协常委、市人大代表,拽哩不得了。可这会儿突然心血来潮,要回村办养牛场,这不是手里钱多,烧包烧迷了?

二

涅阳黄牛养殖场开业那天,玉米从县城请来了西洋乐队。县长、书记都坐着小车赶来捧场,亲自持刀剪彩,场面那个排场,让彭村人真正开了一次眼。

养牛场生意那个旺啊,半岁口的牛娃儿、一岁口的架子牛,成车成车地从毗邻的汤河、信野、登舟等县,拉回养殖场,经过三个月大水大料的强度育肥,每头增重一百多公斤的成品牛,又源源不断地拉到南都市交了外贸。钱哗哗哗挣得那个易得哟,把老玉头唬得一愣一愣的。玉米乐善好施,村里人谁想养鸡养猪发家致富,只要言语一声,他千二八百地无偿资助。村小学房屋裂了缝,他捐资两万,眼都不眨。为方便村民出行,修了一条四里长直通 207 国道的村级公路。逢年过节,村里缺儿少女的五保户,家家都收到他送的钱物……做的好事多了去了。

无数的表扬信写给了县长王一鸣,王县长对宣传部长说,你手下的人都是干什么吃的,这样的好新闻为什么就不见报道？新闻科一干人不敢怠慢，一窝蜂窜到了养牛场。玉米躲避不见，可事迹还是接二连三地上了《南都日报》、南都电台、电视台。玉米一时成了轰动南都的新闻人物，涅阳黄牛养殖场也成了取经学习的胜地。每天蜂拥而至的参观考察者害得玉米疲于应付，找到王县长叫苦不迭。这年夏天，由《南都日报》记者采写的长篇通讯《金色的田野里玉米飘香——记涅阳黄牛养殖场场长、农民企业家玉米》，在《南都日报》刊登时，省委机关报也不惜版面全文转载，并加了编者按，引发了一场轰轰烈烈的大讨论。

炒得沸沸扬扬如火如荼的"玉米现象"，最终引起了省、市领导的关注。彭村人牛了，整天把"玉米现象"挂在嘴上，到处显摆。

秋高气爽，阳光普照。一辆卡车停在一座水泥平台下，后车厢已经打开，车厢底板与平台保持同一水平线。玉米和工人们小心翼翼引导着一头头成品牛缓缓走上水泥平台，向车厢走去。他们要把这一百二十多头牛运往南都市出售。突然，玉米腰间的手机响了。

县长王一鸣兴奋地说，老玉啊，告诉你个好消息，接上级通知，下月五号，省政府顾省长要来咱黄牛养殖场调研，为确保万无一失，成品牛要暂停出售。玉米说，扯蛋，这可都是精料喂养，为让省长高兴，多养一个月，损失可就大了，这不是坑人嘛。王县长急了，我说，老玉啊，你咋就不明白？你把肥牛卖了，省长来了你让省长看什么？为了咱县的荣誉，算我求你了，你可不能让我在顾省长面前丢脸啊！

不卖了，不卖了！玉米悻悻合了手机，把装上车的牛全部赶下来。老婆石英第一次与玉米吵了架。就在人们还没醒过神的当儿，检查工作的市、县、乡三级领导，接二连三坐着小车，风风火火地赶到了养牛场……

八月末，离顾省长到来的日期仅剩十天了，老天下起了连阴雨。百忙之中的南都市白市长冒着绵绵秋雨，心急火燎地来到养殖场做最后的巡视。

看着既办公又兼住房的十几间平房，白市长的眉头皱成了一团疙瘩，太简陋了！一个农民企业家，住房如此寒碜，这让省领导看后作何感想？马上扒掉，盖座小洋楼！玉米说，白市长，恐怕来不及了，再说牛卖不了，资金也周转不开呀！白市长说，这你放心，成品牛不能卖，小洋楼也要盖。

白市长当场拍板，责成王县长在最短时间内为养牛场贷款十万。老王，你要当成一件政治任务来完成，要不惜一切代价，动用所有力量，力争在省领导调研时，把农民企业家的风采呈现在省领导面前。

王县长信誓旦旦，立下了军令状。当天下午，潇潇雨丝中，推土机隆隆轰鸣，养殖场那排平房土崩瓦解。紧随其后，头戴安全帽的施工队伍，一辆辆满载砖瓦、水泥、钢筋、楼板的汽车，风风火火开进了工地。

一时间，养牛场红旗飘飘，人声鼎沸，搅拌机、卷扬机、震动棒不分昼夜地应和着瓦刀磕碰砖瓦声，呼呼隆隆，叮叮当当，经久不息。烦人的秋雨好像专与人作对，下下停停，停停下下，没完没了，小洋楼在秋雨的滋润下，节节升高……

喝完工酒那天，玉米遵从王县长的安排，特意杀了一头肥牛。人们大碗喝酒，大块吃肉。

王县长喝醉了，临走的时候，仍没忘带上那条牛鞭。那是杀牛前，王县长嘱托玉米专门为他留存的。王县长说，离不了啊，我就好这口。

从打地基到外墙粉刷竣工，仅三天两夜，一座黄色的欧美风格的尖顶小洋楼便矗立在涅阳黄牛养殖大院里。

“神了，城里人会变魔术哩！眨个眼，一座小洋楼就盖好了！”人们禁不住连声感叹。

老玉头的嘴撇得像一只老茄子：“蛋球，盖得快未必是好事，慢工出细活。说是高标号水泥凝结快，可我老觉得那糊在墙里面的水泥，还没有凝结牢固。”

“哟哟哟，这人，看你这人，那可是政府为你们家盖的，得了好处，还一肚子风凉话！”

“屁话，那咋是我的？我早就分家另过了。”老玉头的话像吃了枪药。

三

忽然就有了太阳，突兀得让人措手不及。

起初，玉米和王县长还有点不适应，争先恐后把或大或小的眼睛眯了起来，眯着眯着，心里却一下子敞亮了。王县长乐了，好哇，真好哇，老天爷晴得真是太及时、太有眼色了！

连续半月的连阴雨，老天爷就像得了尿结石，憋了一肚子的尿水，却尿不出个痛快样，今儿挤点儿，明儿挤点儿，漓漓拉拉，总也尿不净。到了第十五天头上，一直努力鼓劲的老天爷终于失望了，丧气了，大老爷儿们似的，拨拉拨拉，一甩，再一甩，甩出几点儿滴挂的残尿，勒紧了裤带。就这么，十几天的连阴雨就停了。就这么，灰不拉叽的云缝里闪出个太阳。

湿润清新的养殖场围墙粉白，藏青色大理石镶贴的大门门柱，威风八面。悬挂一旁的“涅阳黄牛养殖场”铜字场牌，金光张扬，醒目四溢。临时搭起的一架两丈高的充气拱形彩门威武矗立，霸气十足。彩门两旁，四只用绳索牵牢悬浮空中的大气球上，四条“热烈欢迎省领导莅临检查指导”的标语，齐刷刷瀑布样飞流而下。

玉米和县长王一鸣把捂得快要发霉的脸，翻晒在丝丝缕缕的阳光里。他们心情都很激动，眼巴巴望着那条通往207国道的村道尽头。这条以前裤带样瘦弱的村道，半年前已被玉米开膛破肚改头换面了，如今，沥青路面平展展，湿漉漉，黑明闪亮，一个劲地远走高飞，把两人的眼睛拉得又酸又痛，可他们谁也不愿眨动一下眼皮，扔掉酸涩。

“省领导的车队马上就要开过来了，请同志们做好欢迎准备！”高音喇叭里抑制不住激动的提醒，让空气一下子变得紧张起来。公安民警十步一岗，如临大敌。村道两旁，两长溜延伸二里多长的无数小彩旗，在湿润的秋风中，激动得浑身发抖，小蛮腰献媚般死扭活缠，扑棱扑棱，春光乍现。

呜哇的警笛响了，耀眼的警灯亮了，一溜儿车队牛哄哄开过来了。近了，近了，更近了，鞭炮轰然炸响，噼哩叭啦声中，无数彩带筒冲天开花，五彩缤纷的彩带、碎纸屑飘飘洒洒，花花绿绿铺天盖地。唢呐锣鼓铿锵应和，将金属激情击溅满空。

村子里，鸡飞了，狗跳了，就连体态憨笨大腹便便的猪们也失去了往日处乱不惊的稳重样，一个个撩开短粗的腿脚，触泥搭水地狂奔于房前屋后街头巷尾。它们像喝了烈酒，手舞足蹈，龇牙咧嘴，不停地吼喊着“欢迎、欢迎”的猪言猪语。

顾省长钻出轿车，在市、县官员们的陪同与各路记者闪烁的拍摄灯下，与玉米亲切握手。在玉米谦逊的指引下，一行人踏着干净的水泥地面，来到了左院的饲养区和粪便污物处理区视察参观。

用钢筋混凝土石棉瓦搭就的棚舍式牛舍里,通风良好,长长短短的牛吼声此起彼伏,鳖翻潭一样的喜庆热闹。钢管隔离,对尾双列排列的牛床上,五百多头毛色或黄或红或草白的纯种涅阳牛,肩部宽厚,背腰平直,蹄脚浑圆,要毛色有毛色,要身板有身板,站有站相,卧有卧姿,引来众人喝彩。

绕过一座连着一座散发白色水汽的浑圆麦秸垛，和一口连着一口封存的秸秆氨水处理窖,闪出一座黄色欧式古典小洋楼,让顾省长眼前一亮。不简单,不简单,都住上小别墅了!县长王一鸣趁机眉飞色舞地介绍说,首长,这小别墅,一楼办公,二楼是会客室,玉场长一家住在三楼。

进入一楼,多日的连阴雨,使办公室洁白的腻子墙异常潮湿。潮湿的腻子墙面对顾省长,犹如做了亏心事,密密麻麻的汗珠子一个劲地出,都快虚脱了。贴满四壁的涅阳牛挂图,犊牛、育成牛育肥期饲料配方,每日营养需要量、微量元素需要量及中毒界限等种类繁多的列表,都松垮垮地耷拉着湿淋淋的肚皮。

尽管如此,却没有败坏顾省长的好心情。顾省长简单听取了玉米的汇报,赞不绝口……

顾省长的调研圆满成功,市、县领导皆大欢喜。然而,谁也想不到,一场灾难悄然逼近。

顾省长的车队刚刚从视野里消失,将要正午的太阳,哧溜一声就没了影。黑云陡暗,还起了狂风。积患多日的尿结石,让老天爷吃尽了苦头,忍耐力达到了极限,声嘶力竭地狂奔嘶吼。一番电光石火般上窜下跳激烈颠簸之后,奇迹出现了,堵塞的尿路竟然一下子畅通无阻。老天爷喜极而泣,立时气沉丹田,腹部紧缩,压抑已久的尿水势如破竹,摧枯拉朽疾射而出。

那份酣畅,那份痛快,妙不可言。瓢泼碗倒,山摇地动,水流如箭,混沌一片。待众人手忙脚乱地收起了彩门、气球,一个个被浇成了落汤鸡。

四

疾风暴雨整整折腾了一夜。

黎明时分,玉米和石英被接连不断的炸雷和牛群惊恐的嘶吼声惊醒。两人立刻意识到出事了。玉米说,石英,慌啥哩,睡你的瞌睡,我出去看看是咋回事。

玉米麻利穿衣下床,披上雨衣,打着手电,一步并做两步地冲下楼梯,一头撞进恶风疾雨里。十几天来,由于应付领导调研,来不及清理运走的成堆牛粪,经过大雨冲刷,便软了垮了。粪便堵塞了排水道,整个大院污水横流,一片汪洋。

玉米蹚着没膝深的积水,跌跌撞撞地冲到了左院,借助刺目的枝状闪电,吃惊地发现狂风暴雨不知何时已把所有牛棚的屋顶掀翻了,数十头牛被木梁砸中,倒在血水中。

牛们一个个恐怖地瞪着铜铃似的眼睛,在电闪雷鸣中左冲右突,有的挣脱绳索,逃得无影无踪。工人们被玉米变腔失音驱赶牛群的吆喝声惊醒,一个个窜出宿舍,在大院里手忙脚乱地奔跑着,驱赶牛群。

与此同时,伴随着一声巨大的轰响,漂亮的小洋楼在暴风骤雨中轰然倒塌。奔跑中的玉米被一块飞起的水泥砖块击中了脑袋,一头栽在雨水里……

事情发生得太突然,突然得蛮横,突然得霸道,突然得绝情绝义,不等人醒过神,轰的一声就发生了。就像当空划过的一道闪电,唰拉一下,就完成了出现与消失,干净利索得让人瞠目。

砸破了脑袋的玉米,身心疲惫地躺在医院病床上,满脑子的可怕画面仍走马灯似地重复着。后来,玉米终于安静了,然而,可怕场景的慢镜头仍挥之不去:

二十米高的庞然大物,犹如被一只无形巨手慢慢抽去了筋骨,就那么身子一扭,一斜,一仄歪,便自上而下,朝中间软软地凹下去,凹下去。四面墙体不堪重负,龇牙咧嘴呈放射状分崩离析,倒卧成一堆奇形怪状的废物。水花四溅。缓慢飞起的碎砖烂瓦,像一只只被掐了脑袋断了翅膀的鸟儿,抛物状横切在斜织的雨柱里,婉转地叠翻,旋转,再叠翻,再旋转……忽然,玉米看见老婆石英站在一堆碎砖烂瓦上,正满脸血水向他招手。

玉米感到心口猛然一阵钻心剧疼,便什么也不知道了。

五

儿媳没有了,儿子生死难料。老玉头一夜之间须发皆白,整日龟缩在土屋里,搂着一瓶“卧龙玉液”,嘴对嘴地吹喇叭,酒液和着泪水,顺食道热辣辣一路而下,燎心烧肺,呛出老玉头一脸的浊泪。

一只刚刚下了一个蛋的菜花鸡,从搭在窗台上的鸡窝里飞下来,兴奋得红头涨脸,“个个个个……个大啊个大”,向老玉头夸张地报喜。颇有成就感的菜花鸡见老玉头鼻涕邋遢,理都不理它,就合了嘴,傻傻地站在院子里,歪着头研究起了反常的主人来。半晌,这才扭腰晃屁股地跨进门来,娇喘吁吁地绕着主人搔首弄姿。老玉头依旧鼻涕邋遢,纸醉金迷。母鸡讨了个没趣,狠狠地剜了老玉头一眼,蔫头耷脑地趴卧在饭桌下,不动了。

酒瓶已经见底,有细汗从老玉头满脸褶皱里渗出来,歪歪扭扭汇成一条小溪,钻进下巴的胡丛里。渐渐的,老玉头气粗了,脸红了,眼也红了,擤下一把鼻涕,抹在鞋帮上。

“老天爷会报应的!”

事隔一年多,这气话,竟被自己这张乌鸦嘴言中,老玉头把肠子都悔青了。气话,一说过,就风吹云散了,咋能算数呢?老天爷,你不仗义啊,咋像个女人似的小肚鸡肠呢?

时令已经进入冬天,一场大雪之后,养牛场和石英的坟头,一片洁白。

躺在医院里的玉米,还没有醒来。

注:本文获“昭通杯”首届全国国土资源题材短篇小说大赛优秀奖。

(墨村,男,本名李玉祥,广西作家协会会员,广西小小说学会理事。作品散见于《花城》、《读者》、《意林》、《北京文学》、《小说月刊》等。曾获“孙犁散文奖”,多篇作品分别获得《天涯》、《长江文艺》、《延安文学》优秀小说奖及入选数种年度选本及年度排行榜。出版有小说集《八条汉子和两个女兵》。)

恰同学中年

■武玉强

一

偶然想起同学尹月生来。

当时，我正躺在港城一个部队医院，像个处于生蛋高峰期的母鸡一样翘着屁股，艰难而又无聊地看着电视。这电视一点也不比那位文雅而又固执的女军医作用小。我是说，只要遇到好看的，比如二战之类炮火连天的节目，就能暂时忘记屁股里那滞胀之痛，觉得哪出悲剧里都有我的影子，会随着剧情一把鼻涕一把泪地感动，成了智商超低的老娘们。

我与高三班长尹月生可谓有缘，走出校门的几十年里，竟数次见面，并建立了密切联系。他大学毕业后投身仕途，我入伍参军远离家乡，成了大头兵一个，可我们硬是联系上了。其中的原因，还真一句话说不清楚。

我在选择电视节目时看到了一个广告，想到了尹月生，也有了一个好主意。

"秀美山水，真情沂蒙"，随着这句煽情话的还有清亮得能钻进耳膜的少女歌声——"人人那个都说哎……"荧屏上出现令人眼花缭乱的画面：五彩炫目的地下大峡谷，神奇的天马岛山水，雾气蒸腾、宛若仙景的地热温泉……

尹月生就在这神奇的地方佛县干得风生水起：前年就从乡党委书记提拔为县国土资源局局长。他前后两次到我所在的部队，讲了许多国土人的故事，让我对国土资源这个行业产生了浓厚的兴趣。从那时起，经不住尹月生多次请求，我开始搜集资料，准备写一写国土人。我自不量力地认为，要解剖一个社会，分析当代中国人的精神裂变，从权高位重的热点部门入手，能一下子抓住要害和实质。

自从动了到他那里去的念头，我连着几夜在梦里与班长尹月生相会。他时而不认识似的，急急擦身而过；时而坐在面前，面露悲戚，嘴里嘟哝着，欲说还休。一觉醒来，除了对尹月生的牵挂外，更增加了佛县之行的迫切。

我是个做事求稳妥的人。同学谢非曾开玩笑说，这哪是求稳呢？是首鼠两端罢了。但我一贯军人作风，一事当前谋划在先，不打无准备之仗。

我心里盘算着，坚决地摁响了床头铃。

几分钟后，一个小护士来了，在我床头柜上放了一个药盒，说晚上服的，别忘了。说完转身要走,好像根本不是我叫来的。我只好说,让你的戴军医来,我找她有事。小护士一闪眼珠,说戴军医不在,有什么事告诉她就行。

我挪挪身体,腹内一阵难受,便不耐烦地对她嚷道,我要询问病情治疗情况,你能回答吗?

你不知道,自从住进港城医院,我就变了个人,动不动就发火,以至于在这些小护士眼里,我病情无足轻重,倒是精神方面问题多多。有时深夜影院结束,我从故事情节里走出来,也会问自己,你才四十多一点呢,顶多算个中年,怎么会这样颓废?总不能就这样看一辈子电视吧?难道就因为那个阴骘无常的奶奶灯政委的一句话?

面对我咄咄逼人的反问,小护士见惯不惊,反而微微笑了,连脸也不红一下。我心中的火蹭地蹿起来,几乎要捂着屁股从床上站起来,“啪”拍了一下桌头柜。

小护士如惊弓之鸟,一转身跑了出去。

一激动,肚子又有情况了,只好急急奔厕所。但一如往常,白蹲了半天,警报解除,那便意来有影去无踪,只撒了一泡尿就出来了,白赚了一身臭气。都他妈的什么毛病!

回来,就见病房门口站着戴蓉蓉医生,还有她那个让人心里发毛的笑。

二

平心而论,戴蓉蓉长得不算漂亮,肤色有些黑,听那个多嘴的小护士讲,戴军医渔民女儿出身,让海风浪雨打磨惯了,大上海四年的军医大学生活都没能让她变白一点。如果在街上碰上,你是不会侧目回顾的。但相处长了,也许还有岁数相当的缘故,就慢慢觉出她与众不同的美来。但现在优秀男人都浮躁得坐不住,没工夫来打量戴军医,所以至今待字闺中。

此刻,她仪态万方地站在我面前。

她这个样子,我自然没脾气。进屋躺到床上,恢复侧身、弯腰、撅腚的姿态,才费力地仰视着戴军医。

一个月前,自从团政委找我谈话,暗示可能今年安排我转业,我就得了这个毛病:一天二十四小时,甚至在睡梦里都让便意憋得难受,可到了厕所又便不出来。长期的腹痛滞胀让我觉得得了不治之症,甚至想着处理后事了,可戴军医给了我完全相反的诊断。

来医院第二天,戴军医就安排了一次灌肠检查,是带着一个乳臭未干的小护士干的。每当想起我躺在那张铺着绿色胶垫的特制床上,虾米一样弓着身子,把大半个屁股露出来,让她们往我屁眼里捅管子,就无地自容。我期待的那个严重后果:瘤子、结肠病变、直肠癌,或其他什么大病都子虚乌有。当我龇牙咧嘴从床上爬起来,手忙脚乱地整理衣服时,瞥到戴军医和小护士脸上诡异的表情,立刻满脸涨红,逃也似地跑出去。她们议论:我们脏乎乎地忙了一通,还没说什么呢,他倒来事了。

今天又去了几次?她到底把嘴角的讪笑吞到肚里,换上一本正经的表情。

今天已经是第四次了,可刚才这次又是放空炮,连个屁都没有一个,想便便不出,不便又胀痛……我断断续续说着,心里恨自己狗嘴里吐不出象牙。但还是忍不住眼光在她身上扰过来扰过去,眼看又要迷失在她的笑靥里了,好在想起了班长尹月生,想到了请她来的初衷。

那么，按你的看法，我这病住院治疗意义不大，不如找地方疗养，彻底放松……我盯着她问。

你终于想明白了，得这病的人，精神因素占主要方面，紧张、焦虑、恐慌，持续时间久了，就会引发失眠、腹胀等诸多不适，这都会让你身上正常运转的系统发生紊乱，对你来说，这股火气跑到肠胃里了，现在正乱套呢……

这个你告诉我多次了。我打断她的话。根据我观察，如果是专业的话题，她会啰嗦个没完。谁要斗胆娶她做老婆，将来会很麻烦的。

好，好，就这点耐心。一句话，如果想办法换一个怡人的环境，待一段时间，你的这些症状会不治而愈，尤其是你这四十如虎的猛男……

说到这里她突然暧昧地笑起来，我感到她的表情与白大褂很不般配，脸上不自然起来。因为我们肯定想到了同一个问题。这里确实不能再待下去了。

我下决心去找尹月生。可我一会儿一跑厕所，坐不了长途车。这里距蒙山沂水有四五百公里，如何去？灵机一动，想起一个人来。

三

什么？你老兄住院了，没听说哪里有战事呀！怎会受伤？嘿嘿，什么肠子问题，就你那儿狼心狗肺的，子弹也打不出个洞来……好了，我正忙着呢，告诉我地址，我晚上过去。

谢非在电话里一贯咋咋呼呼，像瞄准镜里的虚光，模糊着视线，让你看不清实际距离。但听说我住院了，还是从他那夸张的“什么”里，露出了一点惊讶。

谢非与尹月生不同，岂止不同，简直是两个极端。用化学元素来比喻，尹月生是标准的惰性气体，谢非是活跃分子。当年还没读完高三，他就谈了班里半数女同学，而作为班长的尹月生始终如一地与班花苗雨厮守，直到迈入婚姻殿堂。谢非后来大言不惭地说，不是自己无能，是看班长的面子罢了，总得给别人点机会。

其实，谢非屡试不爽的法子，就是用我的文他的字给女生写情书。现在讲，文章是三分写七分读，其实还有一个说法，就是三分文七分写。在电脑不知为何物的年代，一手漂亮的钢笔字成为他捕获女生芳心的利器。

尹月生欣赏谢非的字，看好我的文章，而我们俩则崇拜尹月生，觉得他正直无私，聪明俊秀，吃苦耐劳，将来必成大器。

真正把我们拧在一起，成为铁三角，是高二那年的国庆文艺汇演。我们三人声情并茂朗诵了毛泽东那首著名的词《沁园春·长沙》。多年以后，想起来依然时光重现——

“恰同学少年，风华正茂，书生意气，挥斥方遒，指点江山，激扬文字，粪土当年万户侯……

我们在台上激情澎湃，同学们在台下呼应配合，全场欢声雷动，有女同学甚至激动得哭了。那是多么纯真的年代，多么纯情的年龄！那时的我们，无知无畏，觉得整个世界都在视野里，只要去努力，就没有实现不了的理想和蓝图。

尹月生大学毕业后从政，由于务实肯干，很得上司赏识，仕途颇顺，在我看来，完全是“班长”的再版和续篇。而谢非则走上了经商之路，他从汽车修理起步，打造第一桶金，逐步涉足建筑、油料、股票等多个领域,是有几百万身家的成功人士。只有我长期蜗居海岛,一身绿军装裹得青春发霉生锈,无缘识得佳人,至今形影相吊。

谢非之所以苟富贵勿相忘,我之所以想到他,还因为我曾为他办过一件大事。那时,我还是师部卫生科的一名助理员,好几年音讯全无的谢非一天突然来到了我办公室。他身材发福,脸胖得都有点变形,递给我一支烟,恭恭敬敬地给我点上,然后有一句没一句地叙旧。我有点拿不准,他这个样子,只有当年在校偷老百姓苹果时才会有,现在他肯定遇上什么尴尬事了。士别三日,当刮目相看。我有些担心,他不会是找我买枪买弹玩军火吧?

你到底有什么事?我不想这样被他弄得心神不定,直接问。

在你算难事,也不算难事,只要你肯……

我苦笑了,说老弟,你看这门框上的牌子了吗?卫生科。在部队里这是最不起眼的角落,就是打仗的时候,也是个跟部队屁股后头的保障单位,除非你有病……

对对,要的就是你这个。他打断我的话,突然把嘴附到我耳边。

原来,他不改当年,猎艳不止,这次是把一个女副镇长的肚子搞大了。这个女人在当地颇有知名度,容易被人认出,所以他眉头一皱,想到了部队医院。

你这里封闭,安全,再说技术也好。他末了不忘鼓励我一句。

尽管我对谢非的荒唐不以为然,甚至有些反感,但我不得不佩服他找对了人,找对了地方,他还不失时机地点了我的穴。

老弟,我知道你有志于文学,有本散文集不是一直想出吗?交给老弟吧,你说印多少就印多少,包你满意。

他说的这本散文集名字我都起好了,确实因资金问题搁在抽屉里发着霉呢。

这下我彻底投降了。投降的结果就是我下了真工夫,不但找到了师医院的一把手帮忙,而且设法贿赂了那位冷面妇科大夫。结果,那位女镇长白林林一下手术台,说了一句惊人的话,咳,来了一回那个一样嘛。冷面大夫后来问我,听女人那话,倒是有点巾帼英雄的样子,她干啥的?

临走时,我见到了这位女镇长。她无比幸福地靠在谢非肩头向我致意,并礼貌地要了我的电话。我心里想笑,难道他们还要再来第二次?但不得不说,这位白镇长确实白,且风度迷人,是那种一大半女人气质里又加入少量男人风骨的独特韵味,怪不得谢非被弄得颠三倒四。今年春节,她给我寄来了一张明信片,里面竟是那句老掉牙的话:献给最可爱的人。不过落款是汶上县,不知她什么时候离开了港城。

谢非夜里快十点才来,蹬蹬的脚步声打破了医院走廊的岑寂,睡意朦胧的值班护士烦烦地站起来,好不容易才被他的吵嚷和手里的鲜花弄醒。他晃动手里鲜花的样子,好像我不是住院,而是刚拿了国际大奖载誉归来。

但他的笑容很快就消失了,屁股在沙发上扭来扭去,恨不得马上就走。

我让他明天用车送我去佛县。

谢非晃晃脑袋,发了研究式的疑问。你认为尹月生会接待你吗?即便他是个有权有势的国土局长,这个我在港城领教过,招待你吃顿饭可能没问题,但给你找个山间别墅,还有什么温泉疗养,即便是老同学,你也有些过分了,或者说,你会让他为难的。

为了说服他,我不得不费口舌讲了尹月生的几个故事——

四

那是他上任不久,还未满月,就遇到了一件棘手的事。

那是个傍晚,他正要到饭堂吃饭,准备晚上加班研究一个土地整理项目,国土局大门口突然乱成一团。从窗户里望出去,大门外不知什么时候摆了一排大型挖掘机,有一个光膀子的男人手里提着什么,疯子似地来回走动,嘴里大喊大叫。等他带着办公室和执法支队的人过去时,那人嘴角都喊出了白沫。

他一到,那人就对着他来了,说,你是头吧?今天你看怎么办,你不让我们活,我也不能让你们好受,我们鱼死网破算了。如果你说我们矿山违法,我立马把这些挖掘车烧掉;如果你说我们不违法,那好,让我们继续开业,我们二话不说马上撤离。

办公室主任曾对他说过,这人前年承包了一个铁矿,承包期共六年,是一年一交年审的那种,今年县里重划旅游区,他这个矿在界线之内,前不久县里对他下了停业通知。

你们不是违法的事,是要顾全大局,县里也会考虑你们损失,会给予补偿的……尹月生试图说服他。

补偿,管个屁用!我可是投了血本,还贷了款,五千万呢。你们能补这么多吗?

那你先撤回去,冷静一下,我们认真研究你这个事,好吗?

不行,你今天非给我个答复不可,不然,我和你们,还有这些车一起升天。大汉眼珠子发红,一点也不让步,空气中充满了刺鼻的汽油味。

闻讯赶来的警察悄悄围上来,那大汉一惊,手里紧紧攥着打火机,厉声道:别过来!

尹月生脑子一热,冷不防冲上去把大汉手里的塑料桶夺过来,对着自己的头浇下来,立马成了一个落汤鸡,然后对着大汉吼,来吧,要烧先点我!

大汉一看,愣怔片刻,"扑通"跪在了地上,警察一拥而上,制服了大汉。尹月生也由此大病一场。

听到这里,谢非说,哎哟,我们班长幼稚,什么年代了还要个人英雄主义。不过这么看来,他倒是本色未变,还是当班长时那样一股愣劲儿。

没出一年,尹月生又捅了个马蜂窝,导致和苗雨分手。

尹月生上任不久,调查发现佛县乡镇国土所一直没有归编到国土资源系统,老局长见难而退,把包袱留了下来。这里面最大的难题是,十八个乡镇在册职工加起来多达 368 人,而只能定编 103 人,要收编势必裁员三分之二,减谁留谁,非常棘手。尹月生决心把这个历史遗留问题解决了。可没想到,这马蜂窝一捅,最先被蜇的却是妻子苗雨。

苗雨几年前为支持尹月生,主动放弃在县城一中的教学工作,到芍药乡国土所当了一名普通职工。这次得知有机会进入国土资源系统,早就在准备,可就在录用考试前夕,尹月生让她放弃考试,以避嫌。他说,苗雨即便靠真才实学考上,也会有人不信服,而且解释不清。

尹月生心有苦衷,当时他办公室的抽屉里塞了一叠各级领导要求关照的条子,七大姑八大姨的,什么关系都有。当时没把实情告诉苗雨,是怕吓着苗雨。

苗雨一退,反而为尹月生竖起了一块挡箭牌,他理直气壮地按组织程序完成了国土所的收编工作。

尹月生在县城工作，苗雨在乡镇上班，两人的距离没有产生美，却产生了隔膜。这已是两年前的事。

苗雨顾全大局后，内心里受到什么样的打击，感受到什么样的苦楚，只有她自己清楚，由此对尹月生有意见，也是正常的。因为我们的班长做了件大公无私的事，苗雨成了尹月生事业舞台上的祭品。

谢非连连叹息，这事玩得一般，赔了夫人又折兵。唉，我的苦命老班长啊！

五

和尹月生接上头，是他十年前第一次到部队。当时我到卫生科不久，科长觉得我年纪轻轻坐办公室，容易浮，派我去组织卫生员复训。一天，我正在操场上组织队列训练，门卫跑来告诉我老家大哥来了。我心里纳闷，在家我是老大，本族里大哥倒是不少，但素少来往，会是谁呢？一见面，我就愣了，来人竟是高中时的班长尹月生。他还是矮矮壮壮的，穿着一身白上衣，黑裤子，褐色皮鞋，很像乡村供销社的售货员，只是脸色比在学校时更黑了。最引人注目的是板寸头，齐刷刷，显得精明而干练。他身边的人介绍，这是我们尹乡长……尹月生一挥手，上前热情地和我握手。

尹月生那次来，是我们毕业十年后第一次见面，彼此陌生里透着熟悉。他说他受人之托，来求我帮忙。他们县一位副县长的公子就在我的司训队，要让他把技术学到手，合格毕业，回到连队能当上卫生员。他说，那位副县长对我很关照。我听了既惊讶于他对部队的了解，又惊讶于他的变化。

那天晚上，我请他喝酒。酒至半酣，尹月生讲起了革命老区佛县一片喜色。他说他们终于找到了一条致富路，建起了万亩核桃园，产品畅销全国甚至海外。他那乡叫芍药乡，名有几分浪漫，但老百姓是真穷啊，山上全是石头，十年九旱，老百姓基本上处于温饱线之下，一遇天灾人祸就吃了上顿没下顿，他们有句顺口溜：远看青山羊，近看是石廊，仔细一看石头缝里还有几根地瓜秧。现在好了，他们乡成了全省最大的核桃生产基地，年产核桃一百五十万公斤，亩均收入达四五千元……

说到这里，尹月生叹了口气。走到今天，确实不容易，现在社会风气不好，政府在老百姓眼里的信任感日渐式微，凡事事倍功半。当初为种这个核桃，我差点被人“黑”了。

听着他的话，吓了一跳。我说，班长大哥，不，尹乡长，都是人民内部矛盾，有那么严重吗？

核桃苗刚栽上，也就食指粗细，半人多高，种在地里确实稀稀落落的。我们给老乡讲，三年之后这小苗就会长大挂果，五年就可丰产。但他们不信呀，第一年他们见苗小根浅，不耽误他们种地瓜种豆角，就半信半疑地让我们种，可第二年小树苗刚长几个叶，发几个小枝，他们觉得影响了作物生长，就晚上偷偷拔掉，拿回家晒干了当柴火烧。我们这个方案是经过反复研究考察过的，乡党委坚定不移，群众在前面拔，我们在后面栽。后来不行，我们乡村干部晚上全部到地里上岗。一次夜里上岗的时候，我差一点被人用石头砸趴下。

对了，亏了这个小伙子。他当时来给我汇报个事，远远地看见有个黑影悄悄靠近我，就大喊了一声，那人一惊，手里的石头擦着我肩膀飞了过去。

他说的那个小伙子姓文，是乡党委秘书。

他们当时认为我是一个贪官呢。当然，后来他家富得最快，也是第一个到我办公室给我送锦旗的人。

最后，尹月生关切地问我，文学搞得咋样了？你可不能停笔。每当我遇到迈不过去的坎儿，遭受委屈无处诉说时，就想到你。我没有你的文情才华，我觉得，是在经历一场没有硝烟的战争，非常值得书写。今天我说这么多，就是想给你提供素材，你可别陈年的黄豆——油盐不进。

他现在也世俗了不是吗？谢非歪靠在沙发上，从牙缝里说。

我知道，他是指尹月生让我关照他们县副县长公子的事。然而，正是这件事，让我对尹月生更增添了一分敬意。

六

当时尹月生告诉我，那个副县长的公子叫陈晨。我留意观察，这孩子竟没有一点官宦子弟的样子，一直是班里的骨干，学习、业务、纪律没的说。谁都喜欢好兵，何况有老同学打过招呼。培训期间，我有意培养他。毕业的时候，我把他重点推荐给了一个优秀连队，一年之后，他当了班长，入了党，成了连队长训练尖子。有一次我到他连里检查工作，听说他正准备参加全军统一招生考试，我为他找了一套复习资料。等我提升到营教导员时，他不负厚望，考中了北方一所炮兵学院。

陈晨报到前，尹月生借出差的机会，再一次来到了部队，而这时的他，已经干了两年佛县国土资源局长了。与几年前相比，还是那么干净利落，只是脸带疲惫之色。这次来，他才向我道出了谜底，陈晨不是什么副县长的公子，是他所在乡的一个孤儿。

然而，坐下没说几句话，他就长吁短叹起来。

我推推他，说古人有春风得意马蹄疾之说，你现在是堂堂局长大人，虽然只是一个县里的部门局长，但这个局听说跟其他的局不一样，是个重要部门，我下步转业还准备考虑这个部门呢。

他听了却答非所问，缓缓说，苗雨现在想离开他。

谢非一个劲地打哈欠，一听这话，来了精神，让班长这么不顾情面的折腾，神仙也受不了，看来，天下的爱情真到了岌岌可危的地步了。快说，他们现在到底怎么样了？

我说，明天路上我再慢慢告诉你吧，或者到了佛县，让尹月生亲口告诉你。你快回去休息，明天还指着你手刨脚蹬呢。

谢非听了一个鲤鱼打挺站起来。说你少忽悠，尹月生和苗雨这事我没多大兴趣，都老夫老妻了，离就离吧。明天我忙……说到这里突然停住，喉结滑动了一下，把准备好的话随一口唾沫吞回了肚里，一拍脑袋，说也罢，谁让咱这人心软呢？全当是照顾老弱病残了，明天我派办公室的那台帕萨特为你服务，再派一个老司机，这下行了吧？

我最怕长途和一个陌生人同行，得想法再给他加把火。

谢非转身欲走,临出门时,我在他后背说了一句:尹月生所在的县,从地图上看,倒是紧邻汶上县呢。

果然,谢非听了我的话两脚如被点穴,转过身,翻着白眼珠瞪着我,略带愠怒地说,亲哥,你怎么哪壶不开提哪壶呐?

七

这是初秋,许久没有下雨了,空气干燥得能擦出火星来,树叶上浮着一层薄薄的灰尘,车跑过之后,除了青色的尾气,似乎还能看见车轮带起的黄色土灰。万里无云,太阳火辣辣地挂在半空,这更让我觉得必须马上离开这个地方。

走到大门口,我才发现正上演一出闹剧。医院大门正中放着一口黑漆漆的棺材,上方是一条白布黑字条幅,上面用歪歪扭扭的黑字写着"庸医害人,杀人偿命",一群人披麻戴孝吵吵嚷嚷。

侧身绕出去,见谢非白衣白裤戴个墨镜,黑老大似的,正站在他那个帕萨特旁边等我。我回望一眼医院门口那群悲愤的人们,心里闪过一丝不安,这些和谢非的装束似是不祥之兆。

为了转换心情,我打趣谢非,你怎么大驾亲临,不是说好派你的老司机来嘛?

你别得了便宜还卖乖,老同学。我今天可是舍命陪君子。这一趟,我起码会损失这个数,他把手举到耳边,亮出三个指头晃晃。

噢,三百?三万?我故意说,见他继续在晃着手指,我又点了他一下。

古人云,良宵一刻值千金。现在汶上县的美女白林林女士正翘首盼君归。这鱼水之欢,其价几何呀!

谢非听了,从后视镜里露出一脸诚恳对我说,这个白,还真是让我念念不忘,她身上那股劲儿,除了风骚之外,还带着一种说不清的诱人气质,再加床上……咳,这就叫尤物,稀世珍宝,不可多得。她提升副处后交流到汶上县工作,正过着官瘾呢,还不让我过去呢。

我心里清楚,白林林的气质,其实与戴军医的军人气质非常像,男人如果适当掺些女性的柔韧,会更容易成功,同样,如果女人适当掺些男人的刚勇,则会魅力四射。但有个度,过犹不及。现在可好,牝鸡司晨,公鸡下蛋,让人恶心的娼娘和失掉女人味的假小子,都是走极端的典型,而我们马上要见面的尹月生妻子苗雨,则过软过柔了。

出发前办了两件没有结果的事。一是给尹月生打了个电话,电话关机,不知是开会还是出发了。二是告别戴军医。我把昨夜谢非送的鲜花到水房里又洒了点水,带着这簇鲜亮如初的花找到那个长睫毛、大眼睛的小护士,她蹦跳着过来,笑嘻嘻地说,少校同志,想借花献佛,是送给那位的吧?我点头,又指指花心嘱咐她,别忘了这里面有张纸条。那上面有一句披着羊皮的狼才会说的话:愿意让我永远做你的病人吗?她会给我什么答案呢?

车上了高速路,两边的秋景闪过,宛如画中行。因干旱,本该呈浓碧色的原野,过早地多了苍黄色调,但更增添了大地之美。我的心情随着车窗外的景色渐渐好转,那个鬼魅一样的腹胀感,似乎不翼而飞。

你看看那个包里,我给班长准备了什么礼物?谢非头也不回地说,这让我有点惊喜。本想他会到佛县敷衍一下，没想到他想得很细。打开他的包，意外地找出了一本厚厚的精装书《三希堂法帖》。谢非说，你不知道，大概五年前，尹班长在电话里莫名其妙地问我，练书法如何起步。你想这哪是几句话说清的事。我告诉他，这里有一套字帖，适合初学者，可以给他寄去，他说最近有可能去港城出差，还是登门拜师吧。没想到，打完那个电话，就再没有联系了，不知何故。你老说他忙得脚打头，怎么有闲情逸致想起练书法了呢？

我算了算尹月生给谢非打电话的时间，应该是当国土资源局长的前夕，正在乡党委书记的位上大展拳脚呢，有余力练字，说明他工作得心应手，如鱼得水。不久就调任县里当局长。“又被套上一副沉沉的轭套”，尹月生几年前说的话犹在耳边。

八

那次送陈晨上学时，尹月生满腹心事，说到工作，他说这活儿，最大的难题，是保发展，保红线，就是上面有红线，全国要确保十八亿亩耕地红线，建设用地限制死死的，用一分地，都要有指标，有批文，有手续。下面要发展，千辛万苦争取来的项目，要落地生根，但僧多粥少，一年正规下发的指标杯水车薪，不够塞牙缝的，得靠跑省厅，甚至跑北京争取指标，让人家照顾革命老区。就这样，一年到头还不一定让领导满意，到年底算经济账，有些部门还会把发展慢的原因和责任推到国土部门头上。国土人成了上压下挤的肉饼。

在乡里工作时，他就晓得国土资源局名声响，其实非常不好干。所以当县委书记找他谈话时，两天都没有做通工作，最后由组织部长直接下死命令，不然就撤职，他一看扛不住了，只好硬着头皮上任。

按上级下发的指标办事不就行了吗？为什么非得再要指标？我觉得这里有个理没弄明白。

尹班长听后苦笑，谁说不是？你不知道，我们佛县经济发展落后，已是全市垫底，眼看周围县市 G D P 蹭蹭向上蹿，我们县领导能不急吗？但佛县没有区位优势，没有自然资源，就像我以前搞的芍药乡万亩核桃园，也只是适合这个乡，难以改变全县的被动局面。只好安排招商大军四面出击，最后凯旋而归。可这只是纸上的合同，落地才能生金，所以我们压力就大了。你想，马路警察各管一段，他们千方百计争取来的项目，到你这里拿不出地来开工建设，县领导能不急嘛？

其实说到底，我们国土资源部门应该是个执法机构，违规用地要查处，超越界开采要制止，私占用地要拆除、罚款，有些当事人需要移交司法机构，甚至追究刑事责任，这些可都事关群众的切身利益，处理起来比较棘手。

这是正面的压力。还有抓班子带队伍内部管理问题，也非常挠头。由于我们的工作涉及许多公司、单位和个人的利益，有些人想钻国家的空子，想找政策的缝隙，对我们工作人员采取各种手段，一不小心就中了圈套，有时接二连三出事，我们也成了纪委和监察机关关注的焦点。不瞒你说，我现在天天如履薄冰，如临深渊呢。

说了你也不信，每年过年前后，我家吃饭都不敢开灯，怕人来送礼啊。都说做官不打送礼人，没办法就只有躲。昨天来之前，我才听说，有一个从纪委退休的老同志，不相信我不收礼，暗中监视，天天在我家门口转悠，一年之后才对人讲，服了我。最让人后怕的，是社会上的黑恶势力也盯着我们。去年我们一个建设局的局长被人绑架了,好在公安机关破案及时,赶在撕票之前救出了他,他在病床上说的第一句话,赶快救人。原来犯罪团伙计划绑架的第二个人,就是,你老兄我。我哪里知道,早被他们盯上了。

谢非不知什么时候,静静地把车开到了一个服务区,我们没有下车,沉浸在班长尹月生的故事里。

嘿,我们班长遭罪了。不过快了,算算时间,今年底不就满三年了嘛,他可以卸任,换个轻快的工作干了。谢非一说,我也觉得心头舒缓,一直担心的腹胀腹泻也没发生,怪了。

下了车,满目青翠,清风扑面。天空蓝得深邃而亲切,像是云朵蘸了大山的碧翠汁擦拭出来的。看来,佛县之行走对了。

可我总觉得心里发空,那个戴军医看来毫无动静。真是流水有意,落花无情?

临上车,谢非说,国土人那些事,倒是有点意思,不过,那是他们的职责。倒是尹月生和苗雨,是当年棒打不散的金鸳鸯,让多少同学羡慕,你老兄是不是也是眼中出过血呀!现在竟然走到这一步,可怕。

还是你小子潇洒,采取不结、不独、不专的策略,夜夜抱得丽人归,少了多少人间烦恼,看来我得改弦易辙步你后尘了。听说佛县距汶上县还有段路呢,急了吧?

这你老兄就小看人了,再怎么着,我谢非也不能重色轻友。今天到了佛县,我们要和班长来个一醉方休,也算慰劳一下他。听你这一路讲来,他是我们班里最大的官,是我们的骄傲,可干得真不容易啊!他比你大两岁,比我大三岁,都是奔五十的人了,可别累出什么病来。

不知怎么,我的心突突一跳。

九

终于到了佛县服务区。我们从厕所里出来,一辆新闻采访车从高速路上飞奔下来,下来一个衣着时尚的年轻姑娘,礼貌地问我们离佛县还有多远。谢非巴不得找机会搭讪,说你算找对人了,我们是佛县交通局的,跟着我们走吧。不过,有个条件,能告诉我们到佛县干什么吗?姑娘打量一下我们,推推眼镜,反问佛县怎么会是这样口音呢?不过,我们可以告诉你,我们是省电视台的,到佛县参加一个事迹报告会,这里出了个大典型,知道不?我看你们还不如我们熟悉呢,还是跟我们去见识见识吧。说罢钻进车里,飞驰而去。

谢非无趣地耸耸肩,这小妞,挺有个性。不过老兄,你该给尹月生打电话了。

电话拨过去,还是关机。会不会是换号了呢?还是谢非反应快,找当地的114,打他的单位值班电话,看他还往哪里躲。

电话终于通了。什么?找尹局长,他已经……你们是谁?同学,你们来晚了一步,他的事迹报告会已经开始了。你们稍等,我跟赵局长报告,安排人去接你们吧。

我和谢非对了一下眼神,笑了。老天,这尹班长真弄大了,成了省里的宣传典型了,我们赶的可不是时候,恐怕他没有时间招待我们了。

县国土局小院不大,门前的那棵松树主干怀抱粗细,虬枝盘旋,擎着如伞的树冠,把四层高的办公楼遮住大半。

县局办公室的同志一声不吭地把我们领到二楼的一个小会议室，让人送来茶水，悄声说一会儿赵局长就过来，请我们稍等。

我们的尹班长现在是架子大了。真人不露相，让什么赵局长和我们见面，大概是副的吧。

谢非这一说，我心里也有些纳闷。突然，谢非指着墙上的一幅字叫起来，看，这尹班长的手迹。

南风之熏兮，可以解吾民之愠兮。南风之时兮，可以阜吾民之财兮。

——舜弹五色之琴，歌南风之诗，尹月生丙午年敬录古贤《南风歌》

"楷中带隶，笔力遒劲，功夫老道，看来我的《三希堂法帖》送晚了，班长的书法简直是一日千里啊。"谢非以内行的眼光赞赏不已。

可惜，这成了千古绝笔。赵局长不知什么时候进来了，在我们背后缓缓说道，吓我们一跳，一时没明白他的意思。

赵局长与尹月生不同，高大，瘦削，戴一副透明框眼镜，显得文质彬彬，而那张古铜色的脸，则给人以老练稳重之感。

寒暄之后，他弄清了我们的来意，惊讶地说，你们不是来追悼他的，真不知道他已经……

我和谢非听了头皮发麻，蹭地站了起来，不相信自己的耳朵。

这是上个月的事。肝癌，发现的时候已经是晚期了。他知道后，放弃了治疗，隐瞒病情继续工作了一个月……他是在工作岗位上累死的，为我们县经济社会发展作出了贡献，我们已上报了他的先进事迹，各级媒体都进行采访，今天下午是第一场事迹报告会。尹局长为人正直，做事低调，工作拼命，他临终前最担心的是，有些工作还没干好，说的最后一句话，是感恩……

赵局长双眼满含泪水，低着头，语调嘶哑，神情惨淡。

有谁期待相会，却面临诀别?有谁满怀希冀，却陷入绝望？我和谢非呆坐着，怎么也不相信残酷的现实。眼前一再浮现尹月生当年领着我们唱歌的样子——

"恰同学少年，风华正茂，书生意气，挥斥方遒，指点江山，激扬文字，粪土当年万户侯……"

泪流下来，滴到衣襟上，落到桌面上。

十

我们跟赵局长提了一个要求，到尹月生的坟头看看。

一出县城，就进入了盘山小道，山路蜿蜒，两旁绿树掩映，浓荫四合，但新修的沥青路平畅顺滑，像是进了风景旅游区。

在副驾上带车的赵局长，不时让驾驶员减速，摇下车窗，指点当年尹局长亲自跑、争取来的项目建设情况。

"这片漂亮的现代住宅区，当时号称佛县'一城五地'一号工程，从跑项目指标到后来的房屋拆迁、征地补偿，尹局长带领我们苦干两年多……

这眼井，是国土资源系统支援沂蒙山区，由尹局长带人定位，四川打井队用先进设备打出的第一眼甜水井，现在灌溉覆盖周围一千多亩良田……

这是土地整理复垦项目，原是沙岩矿废弃的场地，已改建成一个四星级酒店，发展佛县的旅游事业……

这是‘两河’改造现场，是尹局长生前最后一次视察的现场，当时他已病入膏肓，但坚持察看每一个细节。现在看，河清水碧，两岸绿树成荫，当时可是几条垃圾乱堆的臭水沟……”

我们没有想到，短短不到三年，尹班长竟创造了这奇迹般的业绩!

来到一个高处，赵局长指着眼前起起伏伏的绿色说，这就是当年尹局长在乡里工作时开辟的万亩核桃园，硕果累累，再过一个多月就可以采摘了。远远望去，核桃林如绿色的海洋。

我们忍不住从路上拐进田里，抚摸着核桃树，流连忘返，灰白色的树干，疏密有致地站立着，如茁壮处子，擎举着一串串青色的果实，令人心喜。

当初栽这树的时候，可不容易。赵局长跟过来，指着核桃树间隙露出来的石头。原来这些核桃树全是长在石缝里、石窝里、石崖边，弯腰从树隙望去，绿色下面竟没有一块完整的地，这一棵棵核桃树就奇迹般地在青石间生长。

我想起了尹月生说过的话:骨头缝里的肉香，石头缝里的土肥。这是他实践得出的真言啊。

来到了尹月生坟前。这里是尹家的祖坟地，稀稀落落地散布着一些坟尖。他的坟很新，与周围荒草遍地的老坟包对比强烈。“尹月生之墓”几个大字，让我们相信，班长尹月生到了另外一个世界。

赵局长早就安排了香烛火纸，我们在坟前点燃，飞舞的纸灰像黑色的蝴蝶在头顶盘旋。我在心里喊，尹班长，我来晚了……

“这碑是芍药乡的乡亲们自发集资建立的，出殡那天，尽管烈日酷暑，千余名群众仍自发从四面赶来，殡仪馆内，花圈如海，挽幛如云，哭声动天……

他妻子苗雨因悲伤过度，忙完后事后到外地疗养去了，唯一的儿子去年大学刚毕业，已被县里安排到了县直部门上班。你们放心吧，他的身后事我们会安排好的。”

听赵局长说到苗雨，我不由问道他们的婚姻。

“看来你们也有所觉察，我们也是尹局长去世后才知道的。尹局长得病前，他们已分开半年多了，听说要离婚，不知为什么一直拖着。尹局长病了之后，苗雨就回来了，一步不离地陪伴着他，直到最后时刻……不过，她到外地疗养时，要求我们把她安排到芍药乡的核桃园工作。她说剩下的半辈子，要陪着尹局长亲手栽植的核桃树活下去。”赵局长擦擦眼角，缓缓地说。

我们站立在坟前，久久不愿离去。突然，谢非向车飞奔而去，回来时，手里拿着那本厚厚的《三希堂法帖》，他半跪在坟前点着了。纸张很厚，烧得较慢，夕阳下，翻转开的书页闪烁着金子般的光芒，旋即被火苗吞噬。谢非慢慢搅动着，轻声说，老班长，到了那边再也不用这么忙、这么累了，好好练你的字吧……

办公室主任抱着一个包在等我们。我马上认出，他就是当年陪尹月生到部队找我的那个腼腆小伙，此刻他红肿着双眼，神情肃穆地把包递给我，说:这是尹局长近三年来国土工作的笔记本，上面有他的工作计划、感受体会，还有问题建议，他临终前叮嘱我，一定要交给在部队工作的那个同学。他说你了解他，最懂他……文主任说着泣不成声。

我接过来用力抱着，像抱着班长那厚实的肩膀……

十一

返回的路上，戴蓉蓉给我回了一条短信：玩得好吧，如果条件不错，过几天俺也去享受享受。半天，我也没看懂这句话，眼睛在手机屏上弹来弹去。几天前住院的一切，变得那么遥远，好像已过去了一百年。奇怪戴军医竟然轻佻到这样不可容忍的程度！

等我清醒过来，才感觉到戴蓉蓉的话是那么温暖，那么及时，似一只小手在轻轻安抚着我，似有满腹委屈要对她倾诉，却又不知从何说起，泪水迷离了我的双眼，我回了四个字：蓉蓉等我。

在佛县去汶上县的分界牌下，谢非慢慢把车停下了。

我想起了出发前的约定，默默地拿着行李走下车去。回首望，大山高远神秘，像个和蔼长者远远地俯视，峰峦叠翠中，洁白的云朵缓缓移动。我不敢久视，回转身向前走去。前面有个服务区，我想独自搭车回去。

没多久，谢非的车“嘎”地一声停在身边。我对摇下车窗的谢非说，别不好意思，我们各走各的，再说我现在可没心情见你那个白林林。

你混蛋！没想到谢非勃然大怒，跳出来把我三下五除二塞进车里，然后坐到驾驶座上一言不发，只听见粗重的喘息。

你认为你高明是吧？用与白林林相会把我诳来。告诉你，这次你老兄可是小人之心度君子之腹了。白林林今年五月已到法国读博了，本来不想告诉你，让你那点可怜的自尊心平衡，免得让你觉得欠我人情。这些年来，我在名利场上混，在金钱堆里滚，但我不是混蛋，向来心里是有底线的。我也曾怀理想，向往崇高。不管你下步是为尹班长作书立传也罢，还是为国土人鼓与呼也好，那是你的事。我早想好了，得替尹班长做件实事。看那万亩核桃园了吧？我回去安排一下，马上带人来考察投资，我要建一个绿色生态核桃旅游园，再在最高的山坡上建一座亭子，立一块功德碑，让天南海北来参观的人，知道曾有一个叫尹月生的人，在这里留下过足迹。

我被震住了。看了一眼谢非，忽然发现他鬓角竟有白丝闪闪。什么时候，他也变老了？他的话让我自惭形秽。现在想来，现实的打磨，不但没让我坚强自信，相反变得虚弱，自私浅薄，成天缩在小圈子里固步自封，瞻前顾后，患得患失。什么时候我们都成了双脚离地的安泰？戴蓉蓉的话说对了一半，改变心态是对的，但无关乎自然风光，而最终的药方只能是精神的不断洗涤。要像我们尹班长一样，胸怀大爱，视野向外，关注苍生。

我对谢非说，那个万亩核桃园里的亭子就叫万寿亭吧。

为什么？

中医自古就把核桃称为“长寿果”，认为核桃能补肾健脑，补中益气，润肌肤、乌须发……咳，看我这张臭嘴！尹班长把长寿果奉献给了这方百姓，自己却英年早逝。

好，就叫万寿亭吧，然后……谢非迟疑起来。

然后什么？我觉得他心里还有什么经过深思熟虑的大事。

然后请苗雨来，让她当这万亩核桃生态旅游园的总经理！谢非说着，一踩油门，车箭一般飞驰起来，像骤然奔腾起来的一匹烈马。

我脑海里也像飞速转动的汽车马达，在酝酿着一个名字：《土地的歌者》。现在说不清这是个短篇中篇，抑或长篇，但注定是写国土人，写尹班长的开局之作。想到这里，我迫不及待打开尹月生留给我的包，从中抽出一个笔记本，翻开扉页，一首诗跳入眼帘：

“锄禾日当午，不如国土苦；既要保红线，又要搞服务；没有双休日，天天都忙碌；社会不理解，瓶颈说国土……

未读完，我的泪又涌泉般流出来。

（武玉强，中国国土资源作家协会会员，中国散文协会会员，山东散文协会会员，临沂市作家协会理事。参军25载，1993年发表作品，先后在《解放军文艺》等军内外刊物发表作品。散文《像枫叶那样红》，获2010年中国新闻奖报纸副刊类铜奖。现供职于临沂市国土资源局。）

诺苏人家

■吉布鹰升(彝族)

在山上和这片山地,我收获了什么呢?这似乎很难用一两句言词来表达。这次上山,是和一位朋友相约而来的。一路上,我俩的心情都很轻松。他不时用相机拍沿路的风景,似乎这些东西即将消逝想法留住它们。确实如此,在城里,我们无法再见到这些景物和人物。比如诺苏人用的印染植物生长在半山腰以下;村子里一家人在麦场打燕麦,周围是几个孩子玩耍的场景;或是妇女背着麦秆而来,或是男人赶着马匹,马背上驮着麦子。白云散在远山天际,阳光时而温暖并非炽热地散下来,时而躲在微云淡雾后,除了山顶笼罩了一些云雾,山地袒露眼前,豁然开朗。越往山里走,空气越洁净,草木散发清香,"各各"草绽出了白花,偶尔传来一两声清脆的鸟语,使山野更加寂静。我是第三次进入这里了,这里的风景每次感受都不一样,一个星期以前和现在,都在发生微妙变化。其实,大自然每时每刻都变化无常。现在半山腰的燕麦和苦荞都收割完了,坡地陡然有了荒凉的意味,草丛的蝴蝶们也似乎少了一些。不过,进入这片树林的时候,草木的青绿依然能让人感受到夏天的味道。我和朋友情不自禁地赞美起来:啊,这里太美了!

我张开双臂,徜徉其中。

这个时候,我感到我是个有福的人,而幸福又是那么简单:像今天这样有一个好的身体去旅行,自由自在地旅行,和山野融在一起,无所束缚,身心从尘世的欲望里超脱出来。很多时候,我们忘却了自然为我们带来的奇妙快意和本真的东西。我们为改变山里贫穷生活境遇而拼命努力走向城市。但是,多年以后才发现,我们只是城市匆匆的过客,城市原本就不是我们的故乡。

我们除了享受草木的清香和获得心境的无比轻松干净外,还为寻找诺苏人的家园和山地意外的收获感动。再往前走,山山梁梁,羊肠小路蜿蜒而上。到了一个陡坡,几乎是七八十度的险陡,我们彼此说要谨慎点。刚才上山的时候,我因为分心一脚踩空跌下。幸好我坠下的地方长了草。如果在这里,可能会滚落到沟底早已丢了性命。我的那一跤很幸运,也是个教训。如果朋友你要像我这样在山里行走,那是绝对不能分心的。朋友掏出相机拍远处和近处的景物,远处的山地空旷得有些荒凉味,近处是我们右手方将要收割的苦荞地。

一个星期以前,这里的苦荞还是青青的绿,现在荞籽变褐、荞叶泛黄的时候,你才发现季节在一分一秒地消失更替。走到垭口的时候,近处的苦荞已经收割,一捆捆立在地里,如一个个斗笠,很是好看。与苦荞相邻的一块麦地,青绿而泛着微黄的麦浪在微风里有无限的韵味。大部分洋芋地已经收挖。我们的右手方,两户人家在那里挖洋芋和割苦荞。到了这里,我立刻感受到了山地秋天特有的景致和气味。我欣喜运气不错,虽然在山下摔了一下,但这并不影响我的自在惬意。毕竟,眼前展现的秋天山地的景象久违了。

我进入那片已经收割立在那里的苦荞堆里，以淡蓝的天空和云朵为背景，让朋友给我留下一张永恒的瞬间：席地而坐，左手抚摸一簇苦荞，右手抱另一簇苦荞。我以这样的姿势和苦荞亲近。我对自己说我是苦荞的儿子。诺苏人叫苦荞为“格喏”，这种绿色的粮食作物，在山地诺苏人的婚丧嫁娶和日常生活里充当重要的角色。每个山地的诺苏人都那样热爱它，其间的感情凝重浓郁得似乎只有他们才能说出生活的原味。对面一户人家惊异地望着我们这两个外来客，然后继续收挖洋芋。而另一户人家，由于背对着我们收割荞子似乎未发现我们。朋友进入那片正在收割的荞地，不时咔嚓咔嚓拍照，像是意外惊喜的收获。这种自然、原生态、几乎没有丝毫人为修饰加工的景致和人物拍照出来的艺术效果，更让我们感动。他给一个四五岁的孩子对准镜头，准备拍的时候，那个孩子“哇哇”哭了，孩子的妈妈说，有什么照的？她的语气有些不高兴。诺苏人在过去第一次见到陌生人拿着相机拍人照的时候，以为“那个怪物”照相机会把被照的人的灵魂夺走，所以常常躲着。

我还记得二三十年前，一位外国人在县城准备给一位老妇拍照，老妇左躲右闪，身旁村里的同伴说，魂要被带走了。老外只有放弃。我朝这边走来的时候，想到了这一点，这家人可能不高兴，尤其朋友要为那位孩子拍照的时候。我站在这边想，我们这样的举动惊扰了他们，是对他们的一种侵犯。是呀，几乎所有的外来客总是以艺术的名义把陌生的镜头对准当地土著，没有想过当地人的自卑或尴尬等复杂的心情。说得不好，这是城市人对乡村人的一种歧视，是一种人对另一种人的侵犯。所以，当时我有点自责。我们的拍照能够给他们带来什么好处呢？而对我们这些在他们面前所谓的优越的外来闯入者而言，可能这些意外收获的照片给我们带来某些名利，比如把这些照片发表配些文字得到稿费，或是以为把当今农民正在迅速消失的最原始最真实的生存状态展示给外人而洋洋得意或沾沾自喜。可是，换个角度，谁为这些山村人想过他们当时的心情呢！试想一下，当我们这些外来客被另一些比我们更优越的人拍照时，我们又是什么样的心情呢？朋友和我，也是在山里长大，从山里拼命奋斗挤进城市的，现在我们拍出来的这些画面，是为了满足我们再也回不来的故土山地生活情结。

那个孩子，使我想到了过去的我。他的父母，使我想到了劳作的父母。而山地收获的景象把我带回了多年以前的家园。为了亲近他们，我主动和那位男人说话，“过来歇一下，抽一支烟吧”。然后，我又从朋友的包里掏出两个小面包给那个哭泣的小孩，孩子在我的友好中停止了哭声。朋友依然很高兴为他拍照，而我只有把话题转移到其他方面去了。

下来是另一块地，老妇、少女和两个孩子，朋友把镜头对准她们。少女，十七八岁，羞涩又腼腆地微笑，一再重复说，有什么照的？我又掏了两个小面包分给两个孩子。大的孩子在举锄挖洋芋，小的在后面站着。此时，那个大的孩子在挖洋芋，我有些惊讶，但并不那么吃惊。因为在山里，这般年龄的孩子挖洋芋是并不奇怪的事，他们只是出于一种喜欢而已。但这样的事，对城市人来说有些不可思议。我问了孩子的年龄，孩子的妈妈可能是因为我的惊讶一再解释：“五岁了，叫他别挖。他就是不听。”孩子对朋友对着他拍照的镜头，似乎没有什么异常，依然吃力地举锄挖洋芋。当然，也不时抬眼看着他面前陌生的城里人。三十多年来，我把童年丢在了远方的大山里，当年我像眼前的这个孩子一样，幸福地在父母身边挖洋芋，内心充满了大地收获的喜悦，也仿佛在这一天就懂事了。山村童年的幸福和快乐在不经意间悄然产生，来得那么简单容易。一生的经历中，最干净和单纯的莫过于童年，而此刻我是否寻回了尘封在岁月的记忆？母子俩一起劳作的幸福也荡漾着我的幸福？而单纯走向复杂，干净走向污秽，是否为每个人成长的经历？在我步入复杂和污秽的时候，我又怀念宝贵的山村童年。每个人的晚年呢，又是否逐渐洗掉那些污秽，干净和单纯得像个孩子般迈向天堂的大门呢？

我们朝莫获海子走去。海子附近的麦子微微泛黄，在轻风吹拂下，像绸缎一样飘逸舒展。远望去，使人那么舒畅轻松。海子西岸的草地开出紫色小花，艳丽烂漫。这里的每一种植物都在寂静地释放生命的激情。几只猪懒懒地躺在草地上，享受着高地的暖阳和风。几匹马散落在草地食草，那么悠然安详。远望海子只露出一溜，你疑心它只是一片沼泽，甚至那么不起眼，而让你失望。它的确那么渺小，但是走近的时候，你不得不惊讶它的美丽。轻风吹拂着海面，波光粼粼，海中央丰茂的绿草在风的抚摸下摇曳。几只鸭子在里面游走或栖息。一两只鸡在海岸浅水处闲步觅食。天光云影下，山色麦浪的怀抱里，草海越显宁静。好一处静心养神之地，美了这片山，美了这个隔世的村子。海子东岸村子的诺苏人的瓦板屋一律沧桑古老，其间树木掩映越显安详平和。

村子里的人多忙于收割，偶尔两三个人的出现和几只狗的活动，使村子更有了山村的味道。瓦板屋间几处废旧的残垣和几堵日晒雨淋后的篱笆，更添了旧时古老的味道。金黄的苦荞和金灿灿的燕麦将要收割。山地进入初秋的景象，天空也少了云雀动人婉转的歌唱。海子中央一种不知名的白花已然凋谢。但是，海子并不因此减少它的魅力。站在海子周围不同角度观赏，风景也不同，但一样的美丽，仿佛永远看不够。这里远离喧嚣，身心自然地和山地融为一体，尘世的灵魂得到洗礼，变为轻松自由，此处不是仙境，胜似我心中的仙境。我担心离开这里走下山去，尘欲卷土重来。我的这种担心，是否逃避尘世呢？我确实害怕回到现实污秽的城市，多希望一直守着这片天地，与之朝夕相处。但这样的生活是否会变得单调枯燥？甭想这些，此刻，因为惊异于这里的美丽，我担心我和更多外来闯入者的脚步破坏了它的美丽。对于某处自然的美景，一旦被人发现，观光者络绎而来，便使它的美黯然失色。我曾经对有关人员说把这里开发为旅游景点，现在，这种想法使我后悔。我宁愿让这个海子永远隐匿在山间不为外人所知。

上文提过，海子东岸的村子，是十几户诺苏人的居屋，一律为土墙，显得古老沧桑。诺苏人的这种居屋，在山下很难再见到，他们正在迅速被瓦房取代。如同居屋的消失，诺苏人的文化也在外来强大文化的碰撞冲击下面临土崩瓦解。当我们这些在山里长大的诺苏人的后人，有一天回味祖祖辈辈相传了千百年来的文化，是否感到沧桑悲凉？

要出村口的时候，见一家人在路边的荞地割荞。走近，原来是我二度上山二度见到的老妇。老妇善良温和地跟我们打招呼，然后叫儿子给我们冲炒麦吃。朋友跨过篱笆，给老妇拍了一张照片。老妇是这个村子里我遇见的最善良淳朴的代表人物。她几次对我们说，到家去做客吧，你们饿了吧？她的儿子把备为午饭的炒麦和水，还有一只碗给了我们。为感谢他们的热情好客，朋友和我折了荞秆当筷子，一人吃了一碗。

这里的人和山地一样，给我留下了深刻的印象。在路上想起的时候，一直感动。

几坡燕麦金灿灿的要收割了。路边，一些肥壮的牛悠然食草，微风中，麦浪使我们久久驻足，不愿离开。

（吉布鹰升，笔名流水，作品刊于《人民文学》、《儿童文学》、《广西文学》、《散文选刊》、《西部散文选刊》、《星星》等，曾获首届中国西部散文奖、2011 年冰心儿童文学奖、2012 年全国孙犁散文奖、第五届四川省少数民族文学奖等，出版了多种书。）

远山不再沉默

■李树伟

一

清晨，我正枕着大乌苏沟酣眠，阵阵钻机的轰鸣与清脆的鸟声将我唤醒，那声音似乎告诉我：河北地质四队在大乌苏沟发现了厚达180米的钒钛磁铁矿，几辈子想要脱贫的村里人不再做梦，正在迎接比梦还美的现实。

走出蓝色的板房，投入矿区怀抱，晨雾在脚下漫步，白云温柔得在掌间流动。深吸一口清新纯净的空气，顿感骨泰肌舒心畅，大有羽化成仙之感。

漫步山巅林间，犹如融进绿的海洋。晶莹的露珠儿挂在花草上，也打湿了钻塔外衣。钻塔旁的落叶松，挺拔得像个卫士，一字排开；微风拂过，松涛如鼓，令人心潮澎湃。

登临最高的钻塔，极目远眺：云雾朦胧，远山如黛，座座钻塔就像倔强的地质大汉，孔武有力，矗立在群山中。

林边，挂满晶莹露珠儿的树上，鸟儿们轻歌曼舞，我分不清是谁在唱，更无法评判谁的歌声最美。你听：咕咕、咕咕……啾啾、啾啾……如没有指挥的多声部合唱，细听起来，又是那么和谐。

不知道是早起的鸟儿唤醒了沉睡的群山？还是昼夜不停的钻机轰鸣唤醒了鸟儿？晨曦中的大合唱，最终沸腾了群山与林海，那蓝色的板房、红色的屋顶，在晨曦中更显得光彩夺目。

二

大乌苏沟的春雨是白色的，恰似多情的地质人，憧憬未来，柔情蜜意甜醉在机场边的杨柳下；大乌苏沟的春雨又是彩色的，她有着桃花的红、杏花的粉、梨花的白，多彩的希望孕育着丰富的地质宝藏；大乌苏沟的春雨又是寂寞的，当乍暖还寒时，她从遥远的地方飘飘而来，又独自化为云驾风而去。

大乌苏沟的春雨，在“吹面不寒杨柳风”的吹拂下，变成娇羞的杏花雨。雨如画笔，描绘出一幅水墨风俗画。农家小院浓浓的春意旁斜逸出一枝漫过墙头的红杏，偷偷地观赏着一个雨地里翘首仰望的地质郎。

春雨让人遐想，才有了“双飞燕子几时回”的盼望，那夹岸桃花蘸水飞的美景似乎就是梦里的妻子。桃花雨是肥美的，《兰溪棹歌》中写道：兰溪三日桃花雨，半夜鲤鱼来上滩。鲜美的鲤鱼，醇香的家酿，情深意笃的朋友相对而坐，彻夜长谈，绵绵心语和着帘外潺潺细雨，哪会有“对酒当歌，人生几何”的苍凉叹息？

大乌苏沟的春雨还有一种别样的爱恋，那就是杨花雨。“晓来雨过，遗踪何在，一池萍碎。春色三分，二分尘土，一分流水。细看来不是杨花，点点是离人泪。”折枝杨柳相赠，是古时候离别时对朋友最好的表达，所以有“只为攀折苦，应为别离多”的说法。而大乌苏沟的春雨过后，漫天的杨花飘飘，遥望钻探工友消失在远方的天际，“浮云游子意，落日故人情”的离愁别绪，自然赋予杨花追随朋友而去。

大乌苏沟的春雨以她纤巧轻盈的体态，凭借花香鸟语的吟咏，深得地质人青睐。“好雨知时节，当春乃发生。随风潜入夜，润物细无声。”乖巧的春雨理解地质人的渴望，带给他们蓬勃发展的机遇。“春水碧于天，画船听雨眠。”大乌苏沟的春雨是柔美多情的化身，这多情的春雨，迎来地质四队建队以来第一个全国劳模，期待他率领地质四队迎接一场更加彻底的春雨。

飘飘零落，滋润地质生灵，抽芽吐绿，舒展摇曳，尽显生机与活力。

三

盛夏时节，大乌苏沟阳光明媚，到处柳绿花红，百鸟啁啾。场地上钻机林立，彻夜轰鸣，像威武雄壮的地质人，点缀在蓊郁翠绿的景色里。

登山巅鸟瞰，连绵绿洲尽收眼底，撩拨遐想：那柔软白皙的雾团，恰似少女的纱巾，随风飘逸，扩展，漫延。犹如地质郎远方的恋人，遥祝心上人的事业，“流金淌银滴翡翠，骄阳似火生盎然”。

那绿色生命与地质郎竞相奏起炽热心曲，为早日探明矿藏储量，贪婪地吮吸着大地的乳汁。那片片绿叶印着地质人野外记录，那幅幅图纸拥抱着山民未来的阳光。还有被称为“水怪”的水文地质工作者，伴着淙淙泉水、溪流去哺育新的向往。

大乌苏沟的盛夏，也是最令人产生遐想的季节。每当夜幕降临，首先撞入眼帘的是幻觉的恋人，她摇动着双臂，在地质图上跳跃呼号。其实，在这个时节里，地质人的“爱河”闸门是关闭的，那娓娓谈论的人生真谛只能藏在心间；那缠绵的情话，辗转的衷肠，都与钻机的轰鸣一起，憧憬着美好的未来；此刻，那含情脉脉的溪水，似乎洗涤着他们的灵魂，陶冶着他们的情操；那激人奋进的眷恋，变得铿锵热烈，涓涓流进他们干涸的心田。这时的大乌苏沟，也听到他们的甜言蜜语，索性请来狂风和暴雨，猛烈地摇动周围的树叶和眼前的门窗，为他们拍手欢笑。人生旅途常常有风浪、艰难、暗礁与险滩，好伴侣就应该同舟共济，乘风破浪勇往直前。

倘若，你和伴侣徜徉在蜿蜒迤逦的山巅，目睹这鸟语花香，看那姹紫嫣红的花朵粲然开放，为地质人执著的梦想，散发沁人心脾的馨香，定会为之感动的。

四

已近深秋。

我站在大乌苏沟山上，看秋天的版画沉默而丰盈：落叶如雨，清馥遍地，万物皆在成熟的刹那趋于平和，无论飘飞的伤红、散落的残黄，还是漂泊的萎绿，都沉淀为寒雨衬映的秋景；而地质人的秋天，是一张张满载而归的笑脸。

风轻云淡，我追随着秋的脚步，慢慢拣拾着纯真的回忆……

是谁在樽前月下，传唱着幽香暗溢的诗篇？是地质，是物探，还是测量？不，都不是。在地质人香笺锦书中，辉映着地质报告与地质储量的梦幻；是谁在弹拨古老的琴弦？是钻探小伙，还是化探姑娘？他们在寻找地下宝藏中，应和着文人骚客的婉约情怀，于是有了“照影沐辉，琼浆茜光透，素手挽弦忆长秋”的诗句，也有了“见秋霜而悲白发、见残花而泪红颜、见秋风秋雨则夜雨闻铃断肠声”的无奈。

点点滴滴，都描绘在地质图幅中。那一条条等高线，像相思的泪水，终有闭合的时候。

残花败叶簌簌落地，静坐电脑前，听潇潇秋雨随心所欲飘洒，淅沥不绝。谁说秋天只剩凄凄惨惨戚戚？它有我们地质人一年的成果、一年的收获。你瞧，那矿山崛起的地方，人欢马叫，热气腾腾……

塞北何所有？聊赠一叶秋。那绚烂如霞、金黄如蝶的叶子随风飘落，将我的期盼和柔情，融进秋风的遐想里。

迷蒙的烟雨摇曳着几许禅意，青山秀水间写不尽恬淡与悠闲。钻机的轰鸣让我想到贝多芬的《田园交响曲》，年轻的钻工身影融入那优美的旋律，飘入我酣甜的梦。

让我眷恋的大乌苏沟呀，是赋予地质人联想的地方，是催发地质人驰骋与奋进的地方，也是地质人迎来黄金时代的地方。没有大乌苏沟晨的激情、春的给予、夏的耕耘，哪里会有秋的收获？

（李树伟，中国国土资源作家协会理事、中国散文协会会员、河北省作家协会会员、承德市作家协会副主席。现为河北省地矿局第四地质大队副总工程师。）

在故乡的土地上

■华玉红

板桥故居

早起，微薄的晨光渐明，温暖的光线一寸寸抚摸着小城的大街小巷，顺着诗句的足迹，我缓步走入板桥先生的故居。先生的故居位于兴化东门外的郑家巷，虽然每日上班总会从它的门前经过，但在眼帘中一晃而过的，却唯有门前的一抹翠绿，一直以来，每日忙于穿梭在城市忙碌的节奏中，竟忽略了这近在眼前的风景。

说是风景，却又觉得不能用风景来形容，对于这个定位，心中一直迷惑着，直至推开了板桥先生那扇吱吱作响的木门，走近了，这疑惑才得以解开。这里吸引人的，的确不是风景，而是一种自然而来的傲骨风气和肃然起敬。任时间穿越，它也一直无形地存在，存在于门前的一缕竹叶中，存在于泛着青色的石路上，更存在于板桥先生的名句书画中。

我轻轻地踏着故居的石板，将心慢慢渗入这寂静的竹风中，耳畔似乎飘来板桥先生的佳句"室雅何须大，花香不在多"。目光所及之处映入眼帘的竹子，有的默默地守在门前，向来往的客人致敬；有的像娇羞的小姐，躲在庭院的一隅；还有的像调皮的顽童，竟攀在窗格中，探头探脑地向内张望着，那晃动的枝叶仿佛仍在寻找先生，闹着要到他的画中去。难怪郑板桥的每一次抬头，眼前不是竹影便是幽兰或是雅菊了，也难怪他说："凡吾画竹，无所师承，多得于纸窗粉壁日光月影中耳。"

我不禁用手指触摸着这一片翠绿的竹叶，晶莹的露珠滑至掌心。好久以来，心情一直处于躁动不安的状态中，迷惘过，低迷过，而今站在这里，似乎一切都趋于平静了，心里好似吹进了一丝丝温暖的风，有了莫名的感动。眼睛看久了屋内的画，一时竟分辨不出哪是画中的竹，哪是院中的竹了，这些一簇簇青翠的竹子虽是后人所栽，却也不甘落后于画中的竹，鼓着劲儿嗖嗖地往上冒，于是这无数透明的绿色，竟将生命的美好在这里完整演绎。

静谧的院落将我迎进屋内，屋内陈设简单，一如先生所写"一肩明月，两袖清风"，最显眼的当属那句有名的诗匾——"难得糊涂"了。这一句平淡有味的名言成了后人常用来勉励自己的话语，然而可以真正做到"难得糊涂"的人能有几人？"聪明难，糊涂难，由聪明而入糊涂更难"，如此的率真、洒脱，想来也只有先生可以做到了。对于书画，我是外行，因对先生敬佩，此时也不由得认真观赏起来。说来也怪，不愧是名师的作品，细细品来竟有了无限的喜爱，那画的气势,那字的劲峭,无一不让我啧啧赞叹,一时间似乎找到了几分感觉,竟停住不前了,若不是院后传来游人说话的声音,我不觉已停留一些时间了。

游人渐渐多了起来,太阳的光线好似玉珠串成的帘子,盈盈地洒向这古老的院落,于是这院内更有了另一种别致的美,先前的寒气也退去了些。我沿着石路转到院后,有几对游人正极小声地议论着什么,想必也是不愿打扰这份宁静吧。在后院,依然可以看到板桥先生那“乐善好施,生活简单如旧”的品性,院后那一方小小的池内竟然有小鱼在游动,生命的迹象在向后延伸,于是这古老的院子竟有了邻家的感觉。尽管主人已远离我们而去,然而他留下的又何止是几幅画呢?

人称板桥有三绝:即画、诗、书,三绝之中又有三真:即真气、真意、真趣。诗、书、画其实都映照着板桥朴素的人文主义思想,就是对国计民生的关注。板桥一生爱竹,画竹,写竹,以竹自喻。板桥题画诗说:“衙斋卧听萧萧竹,疑是民间疾苦声,些小吾曹州县吏,一枝一叶总关情”,直接把对民生的关注,写在一片婆娑的竹影之中,这句诗绝对是板桥的心声。

水上森林

我的故乡,位于长江三角洲沿江经济带,已有两千多年历史,是战国时期楚将昭阳的食邑,《水浒传》作者施耐庵、明“嘉靖七子”之一宗臣、“扬州八怪”代表人物郑板桥、“东方黑格尔”刘熙载等文化名人的故里。

只是一直以来,我并未认真领略这片土地上特有的风韵,感觉中,它拥有每一片土地的共性,无论初春还是酷夏,凉秋还是严冬,总有一层灰灰的雾气在小城的上空挥之不去,到处是建筑留下的痕迹,张牙舞爪地在城市的血液里烙下一道道沟渠,看似美丽的高楼大厦任意践踏着这片曾经古老的土地,每天行走在熟悉的路上,视线早已浓缩成一条直线,收集在内的只有如我一般来去匆匆的人流与车辆。

直到有一天,我惊奇地看到了一片将水韵的灵动与秋的娇艳集为一体的“水上森林”时,才领略到了“水乡”所赋予这片土地的神奇与美好。

水上森林,距江苏兴化城17公里,面积1500亩。春天,大片大片的水彬,如同绿色的精灵,自水中轻盈地拔地而起,将清澈的水面用绿色渲染开来,于是这水天满眼竟是绿色了,直逼人心,让看的人分不出哪是水中的树,哪是水中的倒影了。

与友人一同站在这片美丽的地方时,是一个冬日的下午。此时的水杉,已褪去一身的绿色,显现在眼帘中的是分外明艳的金黄,阳光从树的缝隙间渗透下来,将斑驳的光线洒落在林间,恍惚间,竟有了一种身临仙境的感觉。

那笔直的枝干,无需指挥就自成一条直线,一眼看过去,竟似出列的军队,红似枫叶的水杉傲然挺立在寒风中,它们或扎根于泥土中,或将根须伸向水中,一片片、一排排,让人啧啧赞叹。视线穿过整齐的树木,有几棵自然长成月牙般的树木,竟成了一座别致的树桥,又有了另一番风味。满目皆红的色彩中,间或有一些青翠的绿色,那成片成片漂浮在水中的青苔,不知几时,居然将春天的色彩截留在这清冷的冬日了,有了这生动的绿与明艳的金,冬日的水上森林就更加美丽了。

行走在寂静的林中，细听仿佛可以听到鸟儿的呼吸声，我屏住呼吸，唯恐惊了这躲在林间的鸟儿。一阵风吹来，天空中扑腾起几百只不知名的小鸟，若是春天来，那鸟的欢鸣声会更加动听。这是一片野生动物的天堂，猫头鹰、野鸭、白鹭、黑杜鹃、草鹦鹉、山喜等在此筑巢生息。林中平时有3万多只鸟，最多时有6万多只。黄昏时分，百鸟归巢，遮天蔽日，景象蔚为壮观。

抬起头，浓密的水杉之间竟密密地聚集着鸟的巢穴。自小在农村长大，却从未见过如此密集的鸟巢，闭上眼，眼前仿佛出现了成群的鸟儿，有的在梳理羽毛，有的在栖息停留，只待春天一到，这些鸟儿们又纷纷飞回来，因为这里就是它们的家，不管走多远，终是要回来的。

突然，远处传来几声野鸭的叫声，让走在林中的人乱了心神，不由得张望起来，穿过密密的树林，眼前兀自出现一大片波光粼粼的水面，几只在水中欢腾的鸭儿正伸直了脖子，向着天空轻快地叫着，好似要与这空中的鸟儿一比歌喉。一瞬间，林中便热闹起来，这水中的鸭与空中的鸟儿，竟如此不费力地将这寂静的林子点燃。

木筏在水面缓缓地前进，撑筏的老大爷被我们的热情所吸引，与我们讲起这片水上森林的由来：原来这里曾是一片沼泽地，因40年前一次发放树种，村长舍不得浪费成千亩良田种这些树木，迫于是政治任务，只得命人将这些种子撒到这片沼泽地中，并没有细心栽植。谁也没料到几十年过去，当年不经意撒下的树种竟成了一处美丽的人间天堂。

小筏轻缓地穿过一条长长的水道，转个弯，竟有了“柳暗花明又一村”的惊喜，两棵紧紧相拥连在一起的水杉静静地立在大片的杉林间，有一种脱俗的美。老人告诉我们，它们有一个动听的名字叫“姐妹情深”，我不解地指着下面立着的木牌问老人：“这上面不是写的‘情侣情深’吗？”老人听罢哈哈大笑：“这是不懂的人弄错了，公树上面不结果，母树上才结果，而这两棵都有果子，你说能是情侣吗？”听完不禁汗颜，细细看来，确如老人所说，别小看这树，学问还蛮大呢。

夕阳渐渐地沉落下去，雾气在水面上渐渐化开，轻轻地将水杉揽入怀中，一刹那，那红的枝叶、绿的小草、欢叫的鸟儿、游动的鱼儿全静了下来，如此别致的美景真使人不忍离去，友人远道而来，初次见识久闻的水乡，直呼：太美了，不想回去了。

想来，若能在这林中安家，倒也是人生一大乐事，只是风景再美，也始终无法将我们行走的脚步停留下来。此刻，我们的眼中、心中都被这一片浓郁的金色所覆盖，只待春日再来领略这一处“水中有林，林中有鸟”的人间美景吧。

千岛菜园

风悄悄地将路边的树叶摘下，唯留一抹残阳斜斜地挂在枝头，在这片远离城市的土地上尽情绽放冬的色彩。也许是厌倦了城市的繁华与喧闹，在离开水上森林之后，我与友人并未急着返回城市，且将那“水上森林”藏于心中，去往下一目的地，采撷“千岛菜花”的美丽风景。

曾无数次在脑海中描绘过这片美丽的地方，那些成片成片的菜花就像一颗颗金灿灿的明珠在我的梦中争着出现，一次又一次地将心指引到这里。我暗自想，不知那些随风起舞的菜花粉末，是否会将我的脸颊涂上春的色彩？又可否让我的衣衫沾染上花的香气？

夕阳已渐渐地淡了下去，只在汽车行驶的空隙间偷偷露一露它的小脸，用柔和的光线轻轻抚过树梢,好像跟树在亲切地告别,只一会儿,便甩一甩它那可爱的脑袋,突地沉落下去。天空微微绽放着青灰的色彩,或浓或淡的光线在乡村的大道上铺洒开来,使冬日的田地上有了一种别样的美。

距水上森林公园约20分钟车程后,远远地便看到一个宣传图片,一片片耀眼的金色在上面翩翩起舞,"千岛菜花"近在眼前。这是一片由先民们从水下取土,一方一方使其堆积成的田地(我们这里俗称垛田)。千百垛田漂浮于水中,在幽静的村野里独放光彩,衬着渐淡的云朵,煞是壮观。

若是阳春时节,金黄色的油菜花盛开于垛田之上,犹如一朵朵祥云飘舞于水面,又似一片片流霞散落人间。人们置身于一望无际的千岛菜花间,感受随风而来的醉人菜花香,更有心旷神怡之感、美不胜收之慨。

冬的季节,映入眼帘的不再是迷人的金黄,却透着星星点点的翠绿,刚刚插在田地里的菜秧正悄无声息地伸展着它的小手小脚,只待春的季节再放光彩;弯弯的河流顺着那一方方田地缓缓而过,像一缕丝带将这些田地轻轻拉拢,又似一对对情侣在深情对视,演绎着最动人的冬日恋歌。

行走在红色木块拼成的田间小道上,脚底发出清脆的"笃笃"声,因是冬季,空旷的田地中仅有我们一行四人,刚刚还一路欢歌的我们,此时不禁静了下来,贪婪地将目光穿梭于远旷的田地,每一方田地都正将生命的希望尽情绽放,不谙农事的我指着一棵油菜对友人感叹道:"你知道吗,我真想将这些萝卜拔起。"话音未落,却已笑弯了友人的腰,"不知田间事,莫说田头语",菜花地里此时又怎会有萝卜呢?

远远划来一只小船,坐拥河流的田地间,落满了星星点点的绿色,一棵古老的槐树将臂膀伸向水中,好似要将河流中那叶小舟托起,这一组自然的画面,无意间组成了一幅绝美的风景画,友人不停地按动着手中的相机,划船的农夫怕是早已习惯了做这田间的主角,不慌不忙地将小船轻缓划动,远远地对着我们打着招呼,那笑容胜似春日的菜花。

顺着这红色的木头小路看过去,路的尽头高耸着一座高高的瞭望台,像导航灯塔般立在绿色的大海之中,站在塔顶,"千岛"的意思不解自来,俯看脚底下的片片田地,碧清的河流纵横交错,把无边的乡野分割成千万个大大小小形状不一的小岛,细细数来,怕是会乱了你的眼睛,若是菜花盛开的季节,那垛田上的菜花,宛如铺了一层金色的地毯被盈盈的水托起,定会醉了游人的心。

听当地农民讲,每年夏末初秋的时候,这里又成了向日葵的海洋。于是闭了眼,那一张张笑脸仿佛开始在眼前晃动起来。俗语说,"四月菜花赛黄菊", 我却更想说,"八月葵花赛金菊",想来到了八月,这熟悉的花,便在熟悉的季节里开放出熟悉的味道了。在这个微冷的冬天,一种被拥抱的温暖在蔓延……

(华玉红,中国国土资源作家协会会员,江苏兴化市作家协会会员。多次在《大地新叶》、《楚风》、《兴化日报》等发表散文、诗歌作品。在江苏环保征文比赛及"昭阳杯"征文比赛中荣获散文组三等奖。现工作于江苏省兴化市国土资源局。)

永远的思念

■刘 卫

1993年8月，我来到北京。这是我人生中第一次从南方小镇来到北方的大都市。那种被亲情管束的解脱所产生的兴奋和追求人生辉煌之梦的激情，都显示在我年轻气盛的脸上。

我不知道什么叫做孤陋寡闻，也不知道什么叫"在家亲人亲，出门朋友亲"。感觉整个世界是我的，宇宙可以玩弄于我的股掌之中。每天上完课，我过着蜗居生活，在小小的宿舍里寻诗觅文，几乎没有可以交往的同学。

同宿舍的两位女生都是安徽佬，她们俩一进宿舍用安徽话嘀咕着老师课堂上的长短，我不搭腔，并不是我不想搭腔，实在是她们俩也没把我放在眼里，总是当着我的面，用我听不懂的安徽话嘀咕老半天。排外的孤独并没有解除我面对她们时显露出来的清高与孤傲。

一天，一个名叫"外"的男生跑到我宿舍，开口就问我在吗，我抬头一看，不认识。懒得理他。"外"又说："想不到全班就两个湖南佬，一个是你，一个是我，想不到还是个女的，想不到……""外"好像知道那个湖南佬就是我，蹦豆子般蹦出一连串的想不到，竟然把两个安徽佬逗笑了，我也跟着笑了。

"外"常来我们宿舍，两个安徽佬与他谈得很投机，对我也慢慢地有了温度，"外"叫我卫子，我也不反对，欣然答应。我和两个安徽佬开始有了话题，谈论"外"的事情，都用普通话。

中秋节快要到了，班上要开联欢会，班主任让我们宿舍女生每人出一个节目，两个安徽佬积极爽快地报上节目：一个独唱，一个朗诵。吹拉弹唱我一样也不会，想躲开，可是不行，班上女生少，两个安徽佬逼着我非得报上一个节目，我只好胡乱地报上一个舞蹈节目《柳树姑娘》。节目刚报上去，班长跑来询问谁报的舞蹈？然后又是学习委员跑来证实。学习委员说一个舞蹈节目会在班上很流行，到如今她还没有听到有独舞出场。她说文人思想活跃，但肢体语言迟钝，催我一定要排练好，要让班上的男生汗颜一下女生的多才多艺。我一下子惊慌失措。与班上的同学比，我是个文不能文、武不能武的嫩头小生，就是报的这个舞也是儿童舞。心一怯场，说什么也不想在联欢会上露脸了。安徽佬天天鼓励我给我加劲，每天晚上陪我排练，还跟着在我后面学。她们并不羞愧于自己的动作如何地不合节奏，每天热情高涨，还赤诚教我唱安徽民歌以回报我教她们舞蹈。我在她们友善的鼓励中，心胸慢慢地舒展开来。

中秋节，我被两个安徽佬与"外"装饰来装饰去的，像一个衣架，没有了独立的思维。大教室布置的联欢场，圆规正矩，班主任、任课老师还有副校长与同学们早早地把个教室围得水泄不通，月饼、瓜果霎时收割了同学们的目光，嗑瓜子的声音暂时取代了同学们嘈杂的讲话声。

班长发言后，节目拉开序幕。我一边欣赏节目，随手拿上一个月饼咬了一口，那味道让我想起家乡的月饼。一股酸涩的思乡情结占据我的思想，我在一种孤独的游思中伤心地思念远在南方的父母。我不知道小安徽是怎样把我推上舞台的，只听到有轻柔的歌声升起来了，似乎看到故乡河畔的柳树，在秋风的吹拂下，轻柔地摇摆；柳树下的姑娘们穿着轻纱般的绿裙，梳理着辫子，风儿一吹翩翩起舞。整个世界又都是我一个人的了，周围的同学好像远在电视画面中，我随着柳树姑娘起舞，跳到最后，传来阵阵掌声，这掌声也好像来自天边，又好像从脚底的地缝里生出。我又一次惊慌失措，像是有一群狼在追赶我，我来不及敬礼，急急地跑下场，眼泪不听使唤"唰"地流了出来，回到座位更是抽咽成声，嘤嘤地哭了好久。几个同学围过来关切地问我怎么了，刚才还好好的，怎么一下子就这样呢？我没法回答，思乡之情怎么可以用语言表述出来呢？那是一种悲泣的感觉啊！我哭着逃回宿舍，躲在被窝里放声大哭。

当我从被窝里爬出来时，第一眼看到的是两个安徽佬与"外"站在我的床边。看样子他们已经站了很长时间，他们的眼睛也是红红的。我们一句话也没有说，小安徽给我倒来一盆水让我洗脸，"外"开玩笑地说这个样子很好，不要洗，更像个诗人啦。我被"外"调侃，居然无缘无故地笑了。"外"提出到球场去赏月，我抹去眼泪，不等两个安徽佬回话，穿上鞋子，挽起"外"的手臂便往球场走。操场很安静，月亮高高地挂在树枝间，操场被它装扮得树影婆娑，我把"外"丢弃在树影阴暗的角落里，自己选了一处明亮透彻的地方，仰望星空，默默地祈祷，请求北方的月亮把我的思念通过繁星传递给正在南方赏月的亲人们。可是，两个安徽佬追过来，说操场像鬼打死人一般的静，怪阴森，不如去学校的舞厅跳舞。我不想去人多的地方，"外"却说人多容易忘记不良的情绪，硬逼着两个安徽佬拖我去舞厅，并嘱咐："卫子就交给你们，你们不能再让她半场跑了。"

现在要说说"外"了。"外"是个佛教人士，不苟言笑，十三岁入佛门，那年正好二十三岁。在他的身上看不出年轻人的活泼与奔放，在他的气场里也见证不到年轻人的多情与浪漫，他常常露出一副老成持重的成熟与稳重，不参加学校任何活动，在学校交往最多的人便是我。仅仅是老乡？仅仅是佛门深院外说不清理还乱的思乡之情？我说不清楚，只知道我们如同死党，在班上许多事情上，我们可以结成联盟，心照不宣地想到同一件事情。

我们把"外"丢给窗外的繁星，三个人手牵着手，在舞厅里疯狂地跳舞。研究生班的人过来问："你们仨谁是柳树姑娘？能否邀请跳一个舞？"我们只顾跳自己的，不理会任何人的干涉。

有了中秋特别的经历，从情感上我已经不能离开两个安徽佬，从学习上我又不能离开"外"，我提议：我们四人结成生死同盟，金兰之好。这个提议很快通过。可是，"外"始终是"外"，结盟的只有我与两个安徽佬，在两个安徽佬中，我排行老二，称为二姐。

已经是寒冷的冬天，我们不敢到北京的名胜古迹去消耗课后多余的时间。大姐在北京处上男朋友后，三妹与我结成小同盟，在背后嘀咕大姐的男朋友。大姐干脆星期天把我们接到她男朋友家改善伙食。原来她的男朋友是个小官僚，刚离异，三十多岁，长得风流倜傥，男人的魅力与迷人的光芒都可以在大姐的男朋友身上找到。我和三妹又在背后嘀咕，说大姐想攀高门。大姐听到我们的议论，干脆让男朋友每个星期天到我们宿舍来，她的男朋友对我们友善有加，从他的目光中可以看出对大姐爱慕有余。原来大姐的男朋友也是个安徽佬，打小就认识大姐，于是，我又生出许多的羡慕与敬仰。

三妹生日那天，高兴地对我们说，她爸爸汇来三百元钱，她去邮局取钱，回来请我们海餐一顿，地点限于学校食堂。我当然知道食堂的"海餐"是怎么回事，我们再怎么整也不会花掉五十元钱，即使这样，我与大姐也期待着这样的海餐，便与大姐在宿舍里左等右等，一直等到傍晚，三妹才嘟着小嘴回来了。我一见情况不对，但还是忍不住心里的埋怨，说：你没事吧？我可是饿晕了，等你请客真难。三妹"哇"地哭了，我惊慌地想：哭的专利怎么一下子成了三妹的呢？大姐一边为她抹眼泪，一边问她到底发生什么事。原来三妹取回钱，到商店去购物，付款时，才知道那三百元钱不告而别，独自归去故里。三个月的伙食费都没了(每月的伙食费大约在一百元以内)，接下来就是无底的沉默，我们都不知道应该怎么办。

我们在宿舍里沉默，谁也不说话，或许只有这样，才能公平合理地优待彼此之间的万千思绪。当天暗得看不见彼此，我拉开电灯，三妹见到灯光，像是见到了前途的广阔，从床铺上一跃而起，扯下床头的湿毛巾，擦干鼻涕与眼泪，拥抱着我，在我的脸上重重地打了一个kiss，然后又去拥抱大姐，也在大姐的脸上打一个 kiss，宣布："生日快乐！快来给我过生日吧！"

我用稿纸为她折一只纸青蛙，在纸青蛙的肚子里塞上二十元钱，悄悄地放到她的手里。说："传说青蛙王子可以消灾灭难，但愿青蛙王子能帮助你度过艰难的两个月。"

她笑成晨曦的梨花，白艳艳得让人心疼。

北京的气候越来越坏，我已经习惯南方湿润的气候，对北方干燥的气候深恶痛绝。晚上剥去身上的衣服，一层白头翁般的死皮，雪花般飘落在地板上。我必须每天洗澡，且也不敢光着身子钻进被窝，必须严严实实地长衣长裤裹着四肢睡，害怕被窝也被我的"牛皮癣"感染成重灾区。即便这样，过两三天我还要抱着被子到操场去晒太阳，不然疑神疑鬼，睡不踏实。其实，长衣长裤裹紧身上的肌肤睡觉就很难受了，白天晒被子还要受此折磨，同学们以为我有洁癖，北方人是一个月才洗一次澡的，哪有我这样子天天洗澡、隔三差五晒被子的？又加之我不爱交流，也不与大姐三妹说出我的隐私，她们也就不怎么爱理我，谈恋爱的谈恋爱，出去疯逛的疯逛，念经的念经，唯独我寂寞地坐在宿舍里，守着一身的死皮过日子。每天洗澡造成了恶性循环，护肤品对我的皮肤也无效，头发如秋天的叶子一样一把一把地落下来，让本来就不宽敞的宿舍随处可以见到我思乡的愁丝。

有一天，收到母亲的一封信，信中尽是家庭琐碎之事。回家。回家。成为我每天的忧郁与牵挂。快到期末了，我想到学校就要放假了，心里舒坦了几天。我与三妹说："回去后再不来北京，梦境已经破灭，北京不是我可以长待的地方。"三妹并未对我疏远，而是与我建立起了深厚的感情，她听我这么说，紧紧地抱着我，哭着说："我一定是要留在北京发展的，绝不放弃。"这句话虽然坚韧，也使我怜悯，我想起了一些电影中的画面，一丝不快由心头爬上我的面颊，我的泪比三妹的泪流得更快了。

大姐因为男友是留定了北京，她说："不管在家乡待多久，想到北京来时，可以来找我，我是你在湖南可以思念的北京人。"我默默记在心里。

我走时，是"外"与三妹把我送到火车站，三妹使劲地向我招手，眼泪流得与火车一样长，只听到"外"说，如果有缘我们还会相见。

如果有缘我们还会相见。或许是我与"外"的缘分已尽，从此以后，我们再也没有联系。那些年，通信条件不太好，网络、电话都未能普及，而我又沉入繁杂的生活中，也懒得给他们写信联络，有缘的我们就这样在我的心中化成一盏不灭的思念之灯。

转眼十多年,他们杳无音讯。生活的磨砺与时间的距离,不但没有改变我对他们的思念,反而越是生活舒适与工作轻闲,让我有时间与精力来寻找他们的足迹。世界何其之大又何其之小?我留意大姐夫的工作单位在杂志上留下的线索找到了大姐,大姐在某报社当记者。然后,又找到三妹,三妹在央视就职。“外”如同我一样消失于人们的视野,她们一直在寻找我和“外”的下落。

我买来摄像头,相约在网上用MSN视频对话。在网络上,我与三妹相见了,三妹已经变得让我不敢相认,三妹的笑纹很深,眉宇之间尽是岁月的痕迹。我说她成熟了,她说我还是原来的样子。一个人过了十几年的光阴,怎么会没有变化?是安慰我吧?大姐正在上班的路上,得知我与三妹在网络上见面了,便急切地给我打来电话,叹息地说:“听三妹讲你了,你还是原来的样子。你回家乡生活是对的,地方生活好,养人养颜,我老了还是想回地方生活。”我一听这话,思绪万千,她们漂泊在北京,举目无亲,定是吃了许多的苦头。大姐的话是发自内心的感叹,人生最难得的是一种安闲的自由生活。

我放下大姐的电话,对着电脑中的三妹,眼泪又不由自主地流下来,以至于手指都不听使唤,字也不会打了。我怀疑我出生时,上帝是不是把我的眼睛浸泡在悲伤河里过,每一次分离与相聚中的浓情与温存,我的眼泪就会一滴一滴地往下流淌,不知道什么时候才是尽头?

生活的安然让我未能历经风雨,就连独自出门的胆量也没有磨砺出来。我泪眼未干,又听到大姐夫于2006年12月底因患肠癌而离开纷繁复杂的人世,丢下大姐,独自去安享他的极乐世界了,听到这个噩耗,让我不敢相信找到她们的真实性。在寒冷的冬天,总是让我无法承诺让自己快乐起来。中年丧夫是人生中最大的不幸之一,怎么就降临到这么年轻的大姐身上呢?大姐一个人拖着年幼的儿女,怎么度过这寒冷而伤心的冬天?

死亡是阻止不了的,如果可以,我相信大姐宁愿用生命去阻止姐夫的死亡。但是生命是短暂的,而死亡又是那么的长久,人类最终的归宿便是奔赴死亡,谁也逃避不了。我们能否在短暂的生命中找到一种幸福,让我们将来的死亡不再是枯寂与长久的思念?我们能否找到一种快乐,让我们将来的死亡没有时间去牵挂,去伤感,去流泪?

可是,这个承诺,谁来帮我实现?

三十年河东,三十年河西。人世间变化莫测的祸福灾难,印证了这句古老的语言。2008年,我在安闲的家乡遭遇生活中前所未有的磨难,坚固的婚姻冷落了我,期望过高的爱情把我打入了冷宫。我在冷宫里度日如年,不知道怎么办。我向三妹寻找光明,她说,光明是在自己的需要上。她问我需要什么样的生活?活了大半辈子我真不知道自己需要什么样的生活。只知道自己的人生走到了最痛苦的阶段。她又说,世界上唯有痛苦是谁也帮不上忙的。我像是失去可以依赖的人,生活一下子没有了方向。在那段艰难的日子里,我天天在想,我究竟需要什么样的生活?其实,我的需要很简单,我只需要一个爱我的人,给我一个安稳快乐的家,我在快乐的家中看着儿子快乐地成长,高兴大声地喊我为妈妈。而现在我的家,正处在战火中,只有烟雾弥漫的火药味与锅碗瓢盆的枪战声,还有就是无休止的抱怨与愤恨。我的泪水在洗涤儿子迷茫的眼神,儿子在叫我为妈妈,可那声音却是小心翼翼、谨慎胆怯的,我在他的眼睛中像一块易碎的玻璃,声音大了,便会碎裂开来。我心疼得想钻进地缝,结束自己苟且偷生的人生。我如一枝残花败柳,要到哪里才能为自己寻找到春天的阳光?为儿子寻找到爱的暖流?

逃离。离开伤痕累累的地方。我的心坚强起来，决定朝着自己的心向走，九匹马也拉不回来了。

逃离。这是我的弱点，遇到困难的事，我不想去解决，而是逃避，躲开。惹不起总会躲得起吧？也是我的处世哲学。

就这样，我坚定地逃出了让我深爱又深受其害的家乡。在三妹的鼓励与安排下，又一次来到北京——让我深恶痛绝的干燥的北京。在北京，我住在三妹家里，三妹有一对混血儿女，白净的面貌，镶嵌着一双深蓝色的眼睛，十分可爱。三妹的洋老公在周末的时候带回一群洋鬼子，他们都称我为中国诗人，这些洋鬼子拿着我的诗朗诵，洋鬼子们千奇百怪的声音与三妹家的洋娃娃给了我无限的快乐，同时也大大增加了我对家乡的牵挂，每到夜深人静的时候，思乡的泪水便会顺着我的耳根流向我的脖子。在北京，不管我是在经历爱情还是在寻找工作，我首先考虑的是儿子会不会接受我的生活环境？生活的磨难不但没有逃避掉，反而陷入生活的困境。大姐便把我接到她家中安顿好，以便摆脱大家庭给我带来的负面困扰与思乡之情。大姐与三妹都在积极地影响我的思想，营造爱的氛围，给我撮合新的婚姻，希望我能够站起来，独立起来。最终，我不能在北京独立地站起来，头也不回地离开了她们，也毅然决然地离开了一段深陷其中的爱情，回到南方的家。

回家。回家。家中并没有心仪的人在等我，而我又一次急匆匆地朝着家的方向赶。一辈子我不管处在哪个城市、哪个地方，我都会想尽办法，千方百计、千山万水地赶回家。只有回家的路，不管有多艰辛有多困苦，永远阻挡不了我急切的心。

回到家后，我可以建立健全的家庭，可以找到安稳的工作，也可以让儿子高兴快乐地喊我妈妈，可是，我的心仍然不能安然。此刻，我在无恙的家中沉痛地思念我的大姐与三妹——一对与我毫无血缘关系的亲人。她们仍然奔波在北京的大街小巷，磨砺生活给她们带来的重压。空闲的时候，她们是否也在淡然地思念着我？

我的思念永远是那么的长远。

(刘卫，笔名尘子，湖南邵阳人。中国国土资源作家协会会员。现工作于湖南省邵阳县国土资源局。)

期待春天

■王举芳

每一个春天来临的时候,我都会想起你曾经说过的话:春暖花开,定来赴约。于是,心怀期待,期待这场酝酿许久的相逢早日来临。

一

与你相识是初春。那天早晨我去上班,经过一家商场,你站在商场门口,单薄的衣衫温暖不了同样单薄的你,你问:何处有卖御寒服的?你问:为什么北方的春天这般寒冷?明天会不会暖和些……我听着你“奇怪又幼稚”的问题,没有回答,心里早已笑得汹涌澎湃。

我指着一处商店说:看好了,这是羽绒服专卖店,质优价廉,你去买吧。

第二天下班,在相同的街头,我看到了穿着红色羽绒服的你,相对一笑之后,你说请我去喝茶。不知为什么,我没有拒绝,一向不善交际的我为何就答应了你呢?与你并肩走着,嘈杂街市的喧嚣覆盖了你和我之间的距离。

原来,你来自遥远的南方,你的南方有着温暖的春天,你以为北方的春天也有着同样的温度。

看着你孩子气的神情,不知道说什么,只是笑着,笑着笑着,脸上就盛开了桃花。

你邀请我给你当导游,一起去爬山,看湖。一路都是风景,一路都是快乐。你问:等明年春暖花开,我再来,你还会陪我吗?

我摇摇头,又点点头。你说:那算你答应了,明年,我一定来。

原来,你是路过我们这个城市的。你说因为我已耽误了一些时日,必须出发了。我感觉,鼻梁间有酸酸的气息在涌动。

二

说实话,我是不相信“一见钟情”的。我以为,“一见钟情”是那么的不可思议。两个陌生的人只一面之缘,何来感情?然而,自从你离开后,我萌动的心事,随着春天萌生的万物一起葱茏生长,我无法安静下来时不想你。

春去秋来,我就那样为你等待,等待那个属于我们的春天快点来临。

那天,天上飘着细细的雨。在我们相逢的路口,我又遇到了你。我欣喜地奔上前,面色绯红的站在你面前。你笑笑说:“果然,你还每天经过这里。”

你说:“我没有等到春天就来看你了,你觉得我这是言而无信吗?”

我使劲摇摇头,说:“其实,我希望天天看到你。”我不知道你有没有听懂我的“表白”,你只是淡淡地笑了笑,说:“花开花谢,四季更替,我不知道这份爱意和牵挂,能不能带给你足够的快乐和幸福。”

我坚信,坚信我们的爱情在春天生长,一定会有繁花似锦的未来。

你又匆匆地踏上了路途。

那天,天上飘着细细的雨,你说:这样的天气,让离别变得有些忧郁。是啊,它让我的心零落成碎片,湿了眼眸。

你知道吗?后来,我喜欢上了雨天,那绵绵的情思,软软地印在流年里。每次下雨,我都会倚靠窗前,手捧一杯温热的水,聆听风雨呢喃,还有雨滴落在地上溅起水花的声音……

三

同事成像大哥哥一样照顾我,也会在我烦闷忧愁的时候陪我散步。

那天,我们坐在护城河的堤坝旁,看人来人往。那是个宁静的黄昏,有对老夫妻互相搀扶着,也到堤坝旁的长凳上坐下,满头的白发,在夕阳的照耀下,闪着动人的光泽。

成说:“看,这才叫幸福。我想,我们如果在一起,也会有他们的幸福。”

我有些愕然,虽然我们在同事间算是关系有些“亲密”,但我对成,只是像对待自己的大哥一样,亲情远胜于爱情。重要的是,我心里有了你,再也装不下别人。

我对成说:“能遇到你是我的福气,但我心里已经有人了。”我对他讲了我们的相遇,还有我对你的牵挂和思念。

成说:“我会为你们祝福的,相信你们的爱情在春天里发芽,一定会结下丰硕的果实。”

成在新年的时候结婚了,新娘是他的同学,一个像我一样喜欢安静的姑娘。他说:“娶不到你,那就娶一个和你相像的女子为妻吧。”我听了,提前想好的祝福词一句也没有说出来,转过身,眼泪不争气地滑落。

四

终于到了春天。

天天盼望你的来临, 在我们相逢的那个地方, 我徘徊复徘徊。而你的身影在哪里呢?好久不上 QQ,打开,意外地看到你的留言:如果没了青春,老了容颜,你还会爱我吗?

我满怀欢喜,轻敲键盘:会的,一定会的。如果没了青春,老了容颜,你还会在乎我吗?

天天上网,等待你的头像亮起来,等待你像我回复你一样,给我一个肯定的回答。

我多想当面告诉你:岁月可以苍老容颜,却苍老不了爱情。我那颗因爱而跳动的心,会陪你走过所有时光。

可你像蒸发了一样,从此再也没有出现。

一个春天,两个秋天……时光如此多情,让多少有情人终成眷属。

春天又来了,而放在心上的,还是那个未知的答案。倚靠在春天的路口,眺望你来时的方向。

你可记得,我就在你对面?

我会一直在这里,静看你来时的方向,春暖花开时,候着一缕芳香飘然而至……

我把心浸在生命的忘川,你打开,或者不打开,情就在里面,不增不减。远远飘来谁的歌声:给你我的心作纪念,这份爱在任何时刻你打开都新鲜……

(王举芳,女,生于1973年。笔名一枚芳心,风絮等,山东新泰人。泰安作协会员。自幼喜爱文学,于2010年8月投入创作。曾在第十七届、第十八届全国文学青年大赛中获得优秀奖。迄今已在《意林原创版》、《思维与智慧》、《读者乡土人文版》、《扬子晚报》、《新民晚报》等发表散文、随笔、小小说、诗歌等1100多篇,并有多篇文章入选各种文集。)

下南门与城

■徐云林

说来惭愧，我真正意义上的第一次到县城，是在初中快毕业的那年夏天。那年，我获得了考中专的资格，虽尚未正式考上，尚未端上铁饭碗，这在乡里却是很大的事。舅舅一再对我说：要好好考，将来做一个城里人。我似懂非懂地答应着。那时考点设在城里，全县的中专考生统一集中在县城考点，所以是必须要去城里的。这是我自己挣来的机会，我对母亲这样说。

我没到过城里的事，母亲是当着同学的面对校长说的。母亲的意思我明白，是说我还没到城里去过，要带队老师多照顾我一点。然而，我因此得到了不少同学的嘲笑，就这事，我在心里对母亲有不少的意见，但碍于母亲的威严，回到家只是默默地不和她说话。离城这么近，居然连城里都没有去过，的确太丢人。后来听母亲说，其实她在我三岁的时候就带我进过城，因为父亲生病，在老城人民医院住院，带我来过。三岁的时候就进过城？那自然是不算进过城的，我以为。

于是我很期待平生的第一次进城。同学们在议论城里的繁华熙攘时我沉默不语，躲到田间地头去复习的时候，我想象着县城的模样。也许是小时候看小人书的缘故，我首先想象着城里高大的城墙，然后，是城里各种好玩的场所，各种可口的食物。想象城里房子的高度时，抬头看着天上的云彩发呆，似乎城就在云彩里，想象城里几乎成了我那段日子的主题。

那一次进城住在中南门有二层楼的小旅社里。第一次感受到什么是摩肩接踵，第一次看到有成堆小人书的书摊，第一次看到老电影院门口的放映广告牌，第一次看到染黄头发穿短裙的女人……然而，并没有想象中的城墙，这让我有一点失望。但太多的第一次，还是让我的第一次进城变得心思躁动甚至于失眠。晚上睡不着，就坐在床上看书，并骗得与我同房的陌生旅客的夸奖。说我如此废寝，定能考上。

后来，我便进了县一中读书，有机会较长时间地生活在老城里。在我上学的一中老校门口，只能看到靠南岸的江水。老城层层叠叠的青瓦屋顶遮住了大半个江面，泊在北岸的那些船是看不到的。但我有时仍会去看，踮起脚尖，江面就往北露一点，似乎差一点就看到了。没事时，我就钻进老城的巷子里转悠，感叹中南码头轮渡的大力，去过太常的四中找同学玩，也因此看过通河桥成排的吊脚楼，这些都是乡下所没有的。

然而，我对老城下南门印象是最深的。

每次上学，我基本上是坐船从老家进城。公路也是有的，只是没有坐船便利。泊在下南门河边的船多是老城下游的客货船，它们从黄草尾、深溪口、北溶等地段而来，多是木制的。印象中，下南门没有齐整的码头，只是自然的河岸。除非连日的雨，河水上涨，泊船便随水位一律上移。每日,从早晨七点多到下午两点多为河边最繁盛的时段。船背上插着各色旗子,顶棚上架着喇叭,一溜铺在江面上。有船的拦头人拖着船篙大声吆喝着,甚至争执一番,用篙撑开先到的船,找到昨日泊船的位置,定了船位。季节虽然变换,乡下来的木炭、薪柴、桐油、板栗、山鸡、竹制品等却总是汇集于此。小贩们各显神通,与卖家讨价还价。整个河滩散满了人。搭棚做生意的地方往往围坐了许多人,多是沾亲带故、眼熟的人。做这些小生意的,多是从乡里来的下河人,见了熟人老远就打招呼,买家们也很有地方观念,有口食要买是绝不到别的摊点去的。

在靠河岸的第二个位置往往泊着一条把船窗涂成白色的船,船主身材魁梧,黑脸,爱抽烟斗,戴帽子。待客人们上了岸去,他便慢慢踱到小吃铺,蹲在那里与人抽烟闲聊,这人便是常叔。每次回乡或是进城,我并不坐他的船。乡下人坐船有固定的模式——只坐自己村里的船,嫁出去的女人只坐夫家村里的船,哪怕只是一溪之隔,也是分得很清的。我常常从家乡来的木船上取米菜,常叔的船就倚靠在旁边,他会笑着和我打招呼,露出被草烟熏黑的牙齿,眼角有很深的皱纹。

我之所以对常叔颇有印象,是因我有一次遭了危险,得益于他的帮助。那日,我扛了一袋米从船舱走出,过跳板时感觉飘忽,竟跌到水里,是常叔麻利地把我拉起来,回头叫,桃子,取件干衣服过来。我下半身湿透,幸好米未全湿。瞥见一女孩子快速从船那边跑过来,顿时觉得很丢面子,竟也不谢常叔,扛起米快速混入人流,头也没回地走了。但以后见了常叔,我会含了感激看他,他也笑笑,只是我仍不坐他的船。一日,见到常叔船上有一个约莫十六七岁的女孩子,长头发,长得很好看。常叔不在时,旁边有年轻人想与她搭话,她却并不太搭理。等客人们走了,她便麻利地用拖把清理船舱。后来我知道她就是常叔的小女儿,名叫桃子。有一天,她问我,你把米卖到哪里?我说,学校。我问,你天天跟船?她说,也不是。我试探着邀请她到学校去玩,她却红着脸摇摇头说,我才不去呢。再后来,常叔还在开船,只是不见了桃子,听说去了省城,并在那边安了家,至今没再见过。

上世纪90年代初,下南门似乎失了一场大火。老城沿江的房子多是木质的吊脚楼,一律盖着青瓦,临河的多是廊子,房子间紧挨着。有一段房子因火灾化为灰烬,到处是黑焦的柱子、家具和动物的焦尸,有的地方还冒着青烟,残垣断壁的样子,有些惨,那次我站在下南门的街道上来回看了很久,以至于钥匙都不知遗落到哪里去了,后来不得不砸坏了房门的锁。

如今,下南门的旧址已无迹可寻,它只作为一个符号残存于某些人的记忆里。其位置约莫在现在的文昌码头处,只是由于陆路交通的快速发展,水路交通自然萎缩,泊船已是不多。很巧的是,我的家现居于昔日的下南门地段。假日的早晨,我常独自去文昌码头泊船处看看,虽然没了原来下南门泊船的气势,却依稀有点下南门的味儿,我甚至还想象着常叔,想象着桃子披着长发从那条白窗的船舱里钻出来。特别是在有月亮的晚上,河岸沉寂,有波浪逐岸的声音,经水浸泡过无数次的老城河边,经常能碰到散步的人们,不知他们是老城遗民还是新来的住客,是来对月怀旧还是趁月怡情?不得而知,每个人的内心都有一个深邃的世界。然而,我却常思忖常叔的心思,他的子女都到城里安了家,他的年岁已老,这船他能割舍得下吗?月晖静洒,风清宜人,我常常独自在码头坐到深夜回去,想想常叔,想想他的船……

每日穿行于小城的人流里,自己已然是一个所谓的城里人。然而对城里人的概念依旧很模糊,一味地觉得自己尚未真正融入。老城里人的气度总是有些不同,那神情、步态、话语和服饰与后来的住客总有些差别,或者说总想表现出某种优越,这也许是世事变化所注定的,接受、拒绝和融合总在默默之中。我虽比不上老城人对那些已不复存在的角落那么熟悉，对老城的印象似乎也只剩下南门了，可这地方就像一张黑白老照片，一直在脑海里没有褪色。母亲已经逝去好多年了，我对母亲的意见也已成了美好的回忆。我一直想象着母亲描述过的场景：在下南门的人流中，三岁多的我在人流里蹦蹦跳跳的，急得她在人群中左冲右突地护着我。

（徐云林，湖南省怀化市作家协会会员，沅陵县作协副主席。有作品发表于《短篇小说》、《文学界》等。现工作于湖南省沅陵县国土资源局。）

西泠于我的记忆

■谭会东

西泠竹径下，
拾阶觅朱砂；
孤山春雨落，
小荷未著花。
《题西泠(之一)》

日照孤山映柳霞，
缶翁印老冠百家；
张生却与枯莲属，
未知小荷赋新芽。
《题西泠(之二)》

——作者题记

先后四次去杭州，都去了西泠印社。去西泠自然是要去西湖的，西湖的地理范围不大，但从人文地理的角度说这个概念的内涵实在太丰富、外延太大。西湖是世界的西湖，是天下人的西湖，它可以吸引和容纳所有人，但是没有哪一个人能装得下它的全部，哪怕真正钟情于它的一隅也可以心安了。

西泠可以假设建在别处，而西湖少了西泠，就仿佛中国少了篆刻。不过西泠选在西湖落脚，自然也是西湖让吴昌硕们再找不到比这更好的地方，这是一种积淀了千百年的机缘。

第一次去西泠是1997年的初冬，到的时候已经是下午，天上飘着绒毛似的雨，只能让你感觉到但看不见。

从前门进去不远就来到了一个小池塘，旁边的石壁上凿了一个龛洞，里面供着的并不是佛，而是缶翁吴昌硕的坐像。这雕像是吴昌硕的铁杆粉丝日本雕塑家朝仓文夫于1920年慕名来华拜访吴昌硕与之结成忘年之交，回国后亲手塑造并亲自将塑像送到杭州的。吴昌硕在铜像背后题了字：“非昌黎诗，咏木居士；非裴岑碑，呼石人子；铸吾以金，而吾非范蠡，敢问彼都之贤士大夫，用心何以？”大师收下了雕像，置于印社里一个叫小龙泓洞的地方。民间传说，一日晚间，吴昌硕在印社散步，突然惊呼头疼，只见有人误把他的雕像当佛像在拜。头痛自然是假，但大师毕竟还是幽默和敢于自嘲的，人活着就立了像，无论如何都是要尴尬到头痛的。

对面临着池塘的一个立像是邓石如的雕像，邓石如是清代中期的大篆刻家、大书法家，邓派创始人。自创一派，也是大师级前辈，而他站着，吴昌硕却坐着，可见吴昌硕在西泠的地位。

因为来得晚，已经快下班了，我赶忙跑到治印的工作室去看看。那是一个明清式的木结构房子，很古朴，像一个老人，虽然须发花白，皱纹满面，但气色很好，硬朗得很。那时候，我很穷，刚开始学篆刻不久，很多事情不大懂。进了门，有三位在那里坐着刻印，坐在中间的一位先生先站起身招呼我，像掌柜的迎接顾客一般，但这里毕竟不是一般的店铺，我反倒紧张起来。先生问，您需要什么？我说想看看石头，其实那叫章料，只有入行很深的人才有资格随意地叫它石头，但是当时我就这么叫了。先生欣然从里面的一个柜子开始，一个一个打开给我介绍。柜子是一排实木柜子，门是轻巧的木格，木格里面是一层玻璃，柜子整体分成两层，每层又分成三格，每一格上都摆着我当时只在照片上见过的名贵章料，有的甚至连照片都没有见过。之前，在新疆自己亲手刻过的只不过是几块早年买的青田石。

看到第二个柜子我才恍然梦醒，我是买不起的，赶紧说谢谢，我自己到别处看看。先生似乎看出来我的紧张，他笑着问我看样子你西北人，第一次来这里吧？我说是新疆兵团人。听说我是兵团人，他高兴地说，赵彦良先生你认识吗？我说认识认识，那是我们兵团书法家协会的主席。先生说，我们是朋友啊，还在同一个书里出过作品呢。说着拿起一本印谱翻给我看，那是一本西泠印社纪念香港回归一次展览的作品集，里面确实有赵彦良先生的印，也有眼前这位先生的印。我知道了先生的名字，朱恒吉。

我赶紧买了一本，请朱先生题个字。他笑着说自己的字写得不好，就盖一方名章算是留个纪念吧。说着拿出一方一公分见方的小印章，轻轻蘸上印泥，正了正身姿，很认真地盖在了印谱扉页前空白处，一方汉印风格的白文印，印泥是朱膘色的，很是醒目。我拿着印谱赶紧退出了工作室，出门时，一群日本老人每人手里拿着一方章料，小声交谈着进了工作室。后来才知道，朱恒吉当时已经是篆刻名家了。

从工作室里出来，看到跟在那群日本老人后面的一位女士，穿着蓝色的工作服，一看就是西泠印社的工作人员。早就听说西泠印社出最好的印泥，莫非这印泥就在这院子里做出来的？我赶忙上前问这里有印泥吗？女士说有啊有啊，说着从口袋里就掏出一袋仿古印泥。我问多少钱。她告诉我，这是西泠印社手工制作的仿古印泥，要 80 多块钱。我一听就不敢再问了，当时一个月的工资也就 300 元，何况买了回去的车票，身上再没有更多的零花钱了。只好望泥兴叹了。女士似乎看出我的窘态，说看你是北方同志，今天快下班了，要不你明天带上钱再来，我就在前面印泥的店里。我什么也没有说，只能装作明天还要来的样子说了再见，走向通向后门的石阶。石阶旁种着竹子，茂密而轻盈，下了石阶，回头望去，夕阳已经接近远处的柳梢，不禁拿起相机，拍下了这西泠一角。

第二次去是九年以后，这一次是春天，去宁波参加一个会议，要从杭州返程，需要住一夜。我赶到杭州吃午饭，饭后搭车直奔西泠，司机师傅说印社里的事情他不清楚，他只知道印社在孤山公园里。这一次倒是有些时间细细看，但是，第一个念头就是到印泥商店里去。进去以后直接要了一盒仿古印泥，一盒朱膘印泥，然后揣着印泥在印社里走了一大圈，似乎每一个角落都走到了，拍了很多照片。眼看又要下班了，我只能让相机尽量多地记录我看到而又来不及细看的东西，等回去细看。这次去，买了很多书。但是快结束的时候，觉得很渴，在出口的商店买了水站着喝了起来。喝完一瓶又要一瓶，一路喝着走到断桥，在湖边的石凳上坐下来，点起一支烟,思绪被烟雾拉得长长的。

第三次去也是春天,没有马上进西泠,而是坐在湖边的石凳上远远望着它,在婆娑的垂柳间,隐约看到塔尖和屋檐。这时候,张琦发来短信,托我在西湖找一些枯荷给他带回去,他要做新房的装饰。我抬头一看断桥的下面只有粼粼的波光和夕阳的艳影,现在是春天,枯荷自然是没有了,可小荷还没有长出水面呢。我似乎什么也带不回去了。我坐在湖边想能不能带回去枯荷已经不重要了,现在什么都没有,倒是想找找第一次来西泠的感觉。说实话,第二次虽然算仔细看了西泠,但感觉不如第一次好。

这时灵感似乎从第一次之后厚厚十年中透出了一丝光,竟然忘了四周的人声和渐渐大起来的雨,小心翼翼地抓住时光的一梢,轻轻地把它牵了出来。于是,拿手机短信记下了两首旧体诗,一首五言,一首七言,就是题记里的两首,给张琦发了过去。发完之后,又仔仔细细、一字一句小声念了几遍,永久存起来。这一次去西泠似乎是对第一次的回忆,想找到第一次来的那种朦胧的意外感,慢慢走着,累了就找个地方小坐一会儿。在后门的碑廊里品味刻在碑上的字,很快夕阳就接近湖面了。印社后面的月亮门外,人们行色匆匆,我拿起相机以月亮门为取景框,画面中间是一个圆,加上外侧相机本身的长方取景框,像是装裱好的一幅团扇小品,别有情趣,回宾馆在电脑上一看,果然意外,团扇的画面里斜上方是几条随风柔摆的垂柳,背景是水天一色的青白,一个穿着红色裤子、带着墨镜的金发女人在打手机,一穿着迷彩服的工人模样的男人骑着一辆老式加重自行车从金发女人身边经过,远处的一对恋人在夕阳里映成剪影,小小地衬在柳梢的后面。一瞬间,镜头定格了世间不同的人生。如果没有月亮门的独特取景效果,外面的世界可能就是模糊和散乱的。

第四次去西泠是深秋和初冬交接时节。新疆已经下雪,杭州却是深秋景色的尾声,西泠外的荷花已经开完了,高高的茎秆上大大的荷叶在秋风里傻傻地摇来摇去,叶子的边缘开始有一点卷起的枯黄。这次去杭州一共住了四天,宾馆就在滨湖路上,每天都租自行车自己去,一共去了四趟,主要是仔仔细细地看博物馆里的古印。印章实物与旁边的印稿是最好的无声教材,却比很多老师讲得还好。端着相机按展览的年代分类顺序逐个拍了资料,这是我去西泠最平静、最悠闲的一次,一天一趟,体味的就是那种天天都能去西泠的闲适和奢侈。

在我眼里,西湖是西湖,西泠是西泠。

这里已然是中国印学博物馆,是天下第一印社,是印人的麦加。

(谭会东,中国国土资源作家协会会员,现供职于新疆生产建设兵团国土资源局。)

花开小三峡

■刘梅花

朱岔峡

朱岔，藏语的意思是两条水相汇的地方。汉语念起来，也有一种别致的味道，说不出来，但内心有一种绚烂的意境。很风情的两个字。

去朱岔峡的路上，看见了野牡丹，藕荷色，白色。想起那首有名的“花儿”《阿哥的白牡丹》。红牡丹红着红着就破哩，白牡丹白着白着就耀眼哩……

没见过这么妩媚的牡丹。青海“花儿”里少不了牡丹，以为是我常常见到的那种牡丹，原来并不是。青海和朱岔一步之遥，方言一样，唱的“花儿”一样，“花儿”里的牡丹也一样。

一点点野，这样的牡丹就格外风情起来。像山野的少女，含着笑，含着笑。雨点落下来，也低调，不张扬，没有雨声。慢慢地打湿野牡丹，是那种一低头的温柔。这雨中野牡丹，美得让人心里一惊，忘了光阴，只对着雨中的韶光，发呆。

这野牡丹，是老天让它开到“花儿”里的。有了这酽酽的牡丹，“花儿”里的爱情才枝枝蔓蔓缠绵相思起来。朱岔人也唱“花儿”，听的人，都有些微微醉。“花儿”里的光阴，清艳干净，是沧海桑田过后的那种淳朴。

路两边的山高呀，高呀，高到天空里去了，只留下一线蓝天。天窄，鹰愈加的高。峡谷绝壁之上长满了树木。你只能说树木，分不清山上哪一棵是松树，哪一棵是柏树，哪一棵是桦树。那种绿有了墨色，有了苍茫。山顶上流云有点醉，斜斜地走，游丝细软的小模样。

山上，都是树。如果还有别的，就是花草。野杜鹃，野牡丹，野玫瑰……这野风情，如大雪扑面的清新，惊艳绚烂。这野，是来自《诗经》的韵味，时光流转，依然看一眼就醉。

朱岔峡的雨，像是从唐朝赶来的，潮潮的黏人，泛着旧光阴的气息。落在花瓣上，艳艳的，有点冷。

本康丹霞

本康也是藏语，汉语的意思是十万众佛所在地。

佛住的地方，必然是福地。

山是朱红色的,有点绚烂,有点俏丽。这世间的光阴,层层摞摞堆积在山上。这朱红,就是光阴的颜色了。山里的气息,闻一闻,都是很久远很久远的味道。那风,像是从几个世纪前吹来,吹得那么疲倦。

雨还在落着,漫不经心的,软软的。比起这坚硬的丹霞岩石来,雨点,多么软,多么软。

有一座山,也是朱红的岩石做的。那颜色,干净纯粹,拒绝模糊,明朗朗的。远处看,近处看,都像一个干草垛,很大很大,摞得很精巧。

当地人叫小麦积山。

那山,就像干草一层一层摞起来,层次分明。谁的手摞起来的呢?麦积山上,有大大小小的洞,像鸟雀啄开的,像光阴磨开的,那么苍老,苍老得可以感觉出时光的斑驳来。

大的洞,可以拴牛圈羊。小的洞,住着各种鸟雀们。据说很久之前,洞里住着寒号鸟、蝙蝠。采药人采集到了很多的五灵脂。五灵脂就是寒号鸟的粪便,药书上说,集天地灵气,状若凝脂,是一味好药。

远看那些洞,扁的,椭圆的,圆的,各种形状。仿佛窥视这些洞,就能看到时光的那一端——那一端,是远古洪荒的蒙昧时期。这些洞,也是一种深红的花朵,开在这个麦草垛上。这花,就笼罩了一种说不清的气息,有点神秘,却很安静。

如果有时间,就慢慢地看岩石山。山后面还有树,翠绿翠绿的。时间在这儿很缓慢,很松弛。这丹霞地貌,是亿万年前形成的。人的一生,神仙的一生,在这亿万年前,都是一瞬而已,有什么可急躁的呢?慢慢地看。不知今夕是何年。

路上走着的人,都是慢悠悠的,仿佛走在时光深处,仿佛走在冰川时期。说着青海话,舌尖卷卷的,真的好听。那声音,也在时空里缓慢回落。

峡谷里的岩石山,在漫长的光阴里,风吹日晒,打磨成各种形状。像猪八戒,像猴子,像大象,像狐狸……

据说狐狸能修炼成精,能盗取月光里的精华。亿万年的岁月太漫长了,连石头的山,都修炼得有了万物形状。

缓步行走峡谷,我也忘了光阴。如果有仙草,它在哪里?我能否盗取一株?苍茫路途,何等遥远。因为孤芳自赏,所以拣尽寒枝,想要一枝仙草慰藉路途的寒凉。

这一生,能顿悟吗?看破红尘是人生怎样的一种苍凉?究竟,努力多久才能有清冽的生活?看看这亿万年的岩石,人生何等仓促。

本康丹霞。本康是一种佛教文化。据说修建完整的本康,无论是纸做的还是泥塑都须凑够十万个才能修一座本康。丹霞地貌,是大自然的盛情。这旷古的峡谷里,长风浩浩,十万花朵,次第绽放……

先明峡

小三峡的水,都是柔弱的,潺潺涓涓,很低调。可是,到了先明峡,水就飞翔了。多么奇妙啊。不管今夕是何年,水尽管飞——飞得没有了风尘气息,刚劲孤傲。

这里有亚洲之最的引大入秦工程先明峡倒虹吸,落差 107 米,如巨龙横亘于两座高山之间。那世俗的高楼，跟这飞翔的水比起来，真的不算什么。

所有的水都趴在地上奔跑。就算很大的河，顶多也是有些大气势罢了。可是，这水若是凌空飞起来，就野气了，霸道了。瀑布也是这样。只不过瀑布，是顺流而下，是穿了水珠的长衫，多么鼓荡的样子。飞，有点妖妖的，有点惊艳。

先明峡的水，是从平地一跃而飞起来，飞到高空里去。飞的是一股劲儿，拧着的劲儿。乘着火箭那样，有着杀伤力的美。和这样的飞翔比起来，连白云都有些颓败了。

多么美多么气势绚烂的水啊！

那些还没有飞起来的溪水，在河畔缓缓流淌。溪水是透明无色的吗？不，有一点点淡蓝，有一点点柔绿，是有情有义的味道。这水流着流着，就到天上去了，开始飞啊。

河畔，也有依依柔柳。柳枝垂在水里，我在左岸，它在右岸。相见，无法相牵。波光里的水草，也在招摇。我想，若是冬天，落了雪，我会踏着冰涉过这清澈的河，去看柳。冬天的柳，没有理由不美。

过于美的花，像罂粟花，总是有些巫气，有些毁灭得惊魂夺魄。过于美的水，美到极致，像是凝结了，不流动了，停在苍茫时空。

也许这样的水，是前生就遇见的，一直慢慢流着，今生又见。

金沙峡

奇山怪石，都在金沙峡。漫山遍野，都是树。金沙峡有大片大片的原始森林。

太古老的山，好像是世外，或许就有神仙住着。太老的树木，就有了灵气。金沙峡，因为古老，就有了仙人峰、仙人洞、仙人泉、痴心石、姊妹峰、仙人棋盘……

如果没有神仙，怎么有这么多的仙人传说？凡俗的人，自知一生无法永恒，就把内心的渴念，借传说来表达。这么美的山林，决然的清寂，就应该住着神仙啊。空山鸟鸣，应该有一朵莲花盛开。

最美的景致，是秋天。树叶变得金黄金黄，山上长满金子的树叶。那景致，你只要想一想，都明媚清凉的啊。

听歌手萨顶顶的《万物生》：从前冬天冷夏天雨呀水呀，秋天远处传来你的声音暖呀暖呀，你说那时屋后面有白茫茫雪呀，山谷里有金黄旗子在大风里飘扬……

山谷里有金黄旗子在大风里飘扬，是不是这一树一树的金黄叶子啊？这样的歌，让人心里升腾起一种难以言状的情感。满山的树叶，都化成忧伤，枝枝蔓蔓，多么冷艳清高。

这树叶，该是神仙的手点叶成金的吧？踏着落叶，飒飒地，不敢用力踩，脚步轻一点，再轻一点。多少年，多少月，才能修炼出这山林决然的清美？这山林，是有气息的，一种瑰丽的气场，没有一点点世尘的凡俗之气。

这一地奢侈的金黄啊……

山下看到一户人家，青石头的墙，泥巴土屋，矮矮的，烟熏火燎的，很古朴。笨笨的木头门，墙上的泥皮斑驳，很沧桑的样子。但是，院子里有两棵树，多么高大啊，简直看不见屋子了，只看见浓密的树冠。

有人说,这是合欢树。我是个没有见过世面的人,也不知道是不是合欢树。但是,我喜欢这样的树啊。巨大的树冠,抛下浓密的荫凉,一个小院,就这样给严严罩住了。

小院像一个花盆,这树,就茂盛地长在花盆里,多么惊艳。

我愿意,让这峡谷里的雨水打湿我的发梢。也愿意,流连在这样梦幻的时光里。这是安静的光阴啊,拒绝山外的聒噪。衣裳沾了露水,采摘一枝野牡丹,疏落的脚步,怕要走到《诗经》里去了吧……

(刘梅花,原名刘玫华。现为甘肃省作家协会会员,武威市作家协会副主席。有作品发表在《读者》、《青年文摘》、《散文》、《散文诗》等杂志。有作品入选《青年文摘原创精华版》、《读者》、《感动你一生的散文全集》等刊物。获2009年《飞天》全国征文散文一等奖、十八届文化杯全国孙犁散文奖、第三届甘肃黄河文学奖等奖项。出版散文集《阳光梅花》。)

马蹄莲马不停蹄地开放

■叶世斌

马蹄莲马不停蹄地开放

谁能阻止它？阻止马蹄莲
马不停蹄地开放，在春天卷起
马蹄的喧响？马蹄莲

马踏坎坷和壕堑，田垄
和山冈，一路狂奔！谁能阻止
它？阻止生命一泻千里的

爆发？马蹄莲再也停不
下来：能够跟上它的只有奔跑
本身。马蹄莲被奔跑放逐

为奔跑疯狂！马蹄莲啊
它跑得太快：一下子就跑过了
春天！一下子就没有了踪影

我们的预感就像时间的表现

桃花吹拂春天。它的凋谢
感动着我们。黄昏前，一个
女人的宿命桃花，在春天的
面部，害羞地红起来

她死于一次意外。城楼上
钟声引出时间。河水一次次
推开岸边的石头。风容忍着
整个世界，我们的不安

——而这预示着什么？一个
事物，两面实现。或隐晦于
未知之中，或明确于意料
之外。远远看去，从教堂

门口走来的那个人，像是
上帝。他的思想，体现在
帽子上，他的走脱像另一个
意外。雨水以眼泪的

方式滋润着大地，潦草的
伤痕。人群，依旧散落在
街头，钟声依旧住在时间里
——这是黄昏，让我们

短暂地逗留，友善中带着
敌意，可能的威胁。很多
时候我们的预感就像时间的
表现，黑一阵，白一阵

我甚至不知道天使在哪里小便

难道这就是我一直
想看到的？水。莲花。鹅毛
被洗过的一切。这世界一无
所有。没有泥土没有灰尘

我甚至不知道天使
在哪里小便。难道这就是

这么多年,我一直想看到的
包括芦花。月光。坚硬的

雪。这世界我们什么
也看不见。但我知道它确实
存在——惊世骇俗的照耀

这么多年,一直使我
羞愧难当的,不是我的肉体
是我将肉体,带进了这世界

蛰伏。但我必须选择这活着的死亡

一切都停止下来。欲望
昔日的激情回落,生命
变凉。比睡眠更强大的沉寂啊
我不想节省生命,但我必须

选择这活着的死亡!除了
冥想,我再也感觉不到这个
世界。对于这个残酷的世界
蛰伏,是我的另一层皮壳

我可以是龟或蛇虫,可以
是那个退让或拒绝的人,那种
低调的心灵或思想。现在谁也
无法调动我,把我召回

我死亡般的厌倦,等待
和寂寞!直到一天,一种
温暖把我惊醒,我仿佛出了趟
远门,在世界之外转了一圈

植物的根可能碰到死者的灵魂

雨水,植物的根深入土地
可能碰到死者的灵魂。一些人
留下爱情,财富,以及姓氏
家庭,被土地藏起,成为

死者——我们的先人
另一些人接过这些遗产,继续
在土地上生活。先人们隐身在
这些事情后面,看着我们

看得这么死,这么入神
而我们裹在这些事情里,比在
泥土里,比在某种幸福里藏得
更深。雨水冷淡。植物稀疏

生命在我们体内逐渐丧失
直到我们也成为死者,另一些
人的先人——我们与土地的
关系变得十分深奥,复杂

我身上的马粪味风吹不散

天长日久:马群在天空下
燃烧。其中,有一匹属于我
属于我的万水千山。我是那个
困厄的骑士。在世上

四处阻隔,八面关山
是那匹马带着我飞跃!我的
鞭子挥舞着马匹,我的头上
飞扬着马鬃,我身上的马粪味

风吹不散。我的世界
被带到很远。在那里,草木
像大风一样扇动,草地像云层
一样展开。这并不重要

重要的是我对这个世界的
摆脱。是一匹马对路程的
依赖。有一天,我的瘸腿马
来到路口。世界停下来

在那样的情况下，我的
马靴紧扣着马镫，我的马鞭
抽打着马汗。我相信即使一只
马腿，也会让世界跑动

起来！我至今被困在这个
世上，寸步难行。而我的马匹
它从来没带着我，奔驰而去
它从来都朝着我疾驰而来

那个人还在月光上行走

那个人在月光上行走
这时，天气冷淡。一只蟋蟀
在草丛里丝丝作响。几颗
露珠在草茎上颤抖

那个人在月光上行走
他在月光前面遇见一个人
那是他的前生。或者不是
他们点点头什么都没说

天气仍然冷淡。蟋蟀的
鸣叫，仍带着忧伤的节奏
带露珠的草茎像是被谁哭过
那个人还在月光上

行走。他在月光后面
遇见一个人。那是他的后世
或者不是。他们，点点头
仍然，什么都没说

石　佛

在深山密林。看日起。月落
花稀。叶稠。看流云飞渡。松涛
奔走。没有惦记没有烦忧。没有
蠢蠢欲动的欲望。没有源源
不断的贪求。我是山上的

一个神仙。是一块放下了的
石头。轻松的石头。平静的石头

在古刹大寺。听晨钟。暮鼓
鹊噪。莺歌。听猿猴啼唤。狼狗
嘶吼。只有慈悲只有虔诚。只有
念念不忘的信奉。只有喃喃
自语的觉悟。我是寺里的

一位僧侣。是一块有秉持的
石头。安详的石头。幸福的石头

（叶世斌，诗人，中国作家协会会员，中国国土资源作家协会会员，世界诗人协会会员，现居安徽。）

创 作 谈

关于“田园”和“家园”

■叶世斌

随着工业化进程和社会生活的变化，不少诗人曾一度回望过去，找寻那个已经失落的文明。诸多诗作通过努力抒写土地、树林、村庄等意象，表达了诗人向往心灵乐土、探究精神家园的美好愿望和美丽企图。这就必然地触碰到这样一个带有根本性的问题，即家园何在？我们努力抵达的是否就是我们的精神家园？以及，如何才能真正接近我们那个被理想笼罩的家园？

作为现代人，我们无疑都感受到了现代生活的压力。所谓工具理性的成功，造成人文精神的失落。在对物质的创造和争夺过程中，现代人严重受伤：挫折感，沦丧感，破碎感，悬空感等弥漫我们心灵的层面。海德格尔问道：“世界之夜，诗人何为？”诗人可能什么都不是，但至少是一群最敏感的人。当此之际，作为一种反弹，最敏感的诗人首先表现出捍卫人文精神，回望精神家园的企图和热情，并从中表现出一种生命追求和精神自觉，这是可以理解和值得称道的。

可是，大量诗歌事实表明：很多诗人从回归精神家园的愿望出发，其实探究的正是农业文明，农业文明的意象和情怀！在我之前，已有敏感的诗评家指出过这个问题。无疑地，农业文明更尊崇自然，接近自然，因而也更贴近人和人的本质。这很容易使我们错把田垄、村庄、鸡鹅鸭鸟等所指归的乡村田园认做精神归宿。事实上，上述这些仅仅是一些农业物象，是一种文明的外在形式，是正被势不可挡的工业文明无情淘汰着的一种生活方式。残酷地说，这些只具有一种民俗学方面的意义或者文物价值。

难道，土坯茅屋就一定能安顿我们的心灵？鸡鸣狗叫就一定能慰藉我们的灵魂？难道在那样一种生活状态里，我们就消弭了精神创伤？就不再痛苦，焦虑，烦恼，绝望？显然不是这样！田园不等于家园。正如工业文明远离我们的精神处所一样，农业文明未必就邻近我们的精神家园。因为精神始终是内在和自在的。而诗歌精神的提升仅仅靠诗歌意象的变化是不可能完成的。假如，我们的诗人所追求和唱颂的就是这些，那么我们显然是形而下的，肤浅的，甚至是落后的。

那么，究竟什么才是我们的精神家园呢？这当然不是我所能够回答得了的。但我理解：所谓精神家园应该是一种精神依据。这种依据足以使我们的生命变得充实，有力！所谓精神家园应该是一种思维向度。这种向度足以帮助我们对不良现实进行矫正和超脱。说到底，所谓精神家园其实是一种优美的精神境界和心灵状态，是一种生存信念和存在理想，是一种正如海德格尔所说的“存在的显现，真理的敞开”。对于一个诗人来讲，一切都是次要的，重要的是精神情感。无论我们呼吁传统的生活形态，还是批判现代的生活方式，都要首先建立起一种精神，一种神性的或者诗性的向往，一种人生的人文的理想。而我们的诗歌意象，也应如海德格尔所要求我们的那样,“几乎每一事物,都是他们在其中发现人性的东西与加进人性的东西的容器”。大概,这才是我们所追求的本意和精神家园的本质所在。

至于,如何抵达这样的理想?建设我们的精神家园?我更无法回答。因为这正是需要我用一生的抒写来解决的问题。但我仍然希望:让我们真诚地凝视生命,体悟生活,解读生存的真谛!让我们贴近土地,拥抱自然,亲近生命依存的环境!让我们聆听哲学,汲取文化,激发生命所必需的智慧!让我们建立操守,走出世俗,迈向高贵的生命理想!

我想假如这样,即使我们远离田亩,村庄,树林,即使我们身处钢铁和水泥的笼罩之下,“工业的玫瑰”同样可以映衬我们的心灵!心灵的阳光同样可以照亮我们的精神家园!不是吗?

诗　评

中年气象及其他

■何冰凌

我的同事、小说家许春樵通过电子邮件传来叶世斌的新作,并嘱我写一则短评。世斌也算是我的老友了,我毫不犹豫地应允下来。

当目光掠过这些诗句时,我被这首《蛰伏。但我必须选择这活着的死亡》深深打动:

“一切都停止下来。欲望/昔日的激情回落,生命/变凉。比睡眠更强大的沉寂啊/我不想节省生命,但我必须/选择这活着的死亡!除了/冥想,我再也感觉不到这个/世界。对于这个残酷的世界/蛰伏,是我的另一层皮壳/我可以是龟或蛇虫,可以/是那个退让或拒绝的人,那种/低调的心灵或思想。现在谁也/无法调动我,把我召回/我死亡般的厌倦,等待/和寂寞!直到一天,一种/温暖把我惊醒,我仿佛出了趟/远门,在世界之外转了一圈”。

我以为,这首诗是对诗人生存状态最客观真实的描摹。诗人冷峻地指出了生命的本质:生命在慢慢变凉。我们知道,所谓活着,不过是在寻找某种合适自己的饲养肉身的方式,而死亡,才是生命唯一的指向和宿命。诗人在这里选择了“蛰伏”,选择了“活着的死亡”,而非“死亡的活着”!在诗歌结尾,诗人被某种温暖唤醒。我坚信,这温暖来自诗歌的神谕。

即便读着这样带有体温的句子,我仍然无法想象蛰居皖东小城的诗人的生活。据我所知,他如一个潜心修佛的人,辞去一切社会事务,闭门谢客,专心写作。无论俗世百转千回,人事纷扰,始终不改的,是他对诗歌的初心,那无比虔诚、宗教徒一般的情怀,诗歌已然成为他内心最洁白的经卷。他把落在人世所有的蛛丝马迹轻轻拂去,像“出了趟远门”一样,“在世界之外转了一圈”,而后,孤单地返回。悲伤,却抑制着泪水。诗人对自身命运的思索,同时也可以视作个人的隐秘世界与公共世界之间经久不息的摆荡和交流。

这一组近作《石佛》呈现出极为开阔的中年气象,沉稳,迂缓,在自省和静观中展开对日常诗意的把握。诗人带着平常心,随性,自然,在貌似不经意间,发现潜藏在万事万物之中的诗性、智性和哲性。“马蹄莲再也停不/下来:能够跟上它的只有奔跑/本身。马蹄莲被奔跑放逐/为奔跑疯狂!马蹄莲啊//它跑得太快:一下子就跑过了/春天!一下子就没有了踪影”(《马蹄莲马不停蹄地开放》),马蹄莲带着“形式上的马蹄”,它一下子具有了精神意义上的“奔跑”,“能够跟上它的只有奔跑本身”。诗人紧接着揭示,这个停不下来的马蹄莲,原来是被奔跑所放逐,为奔跑而疯狂,它甚至一下子跑过了春天!马蹄莲实现了自己的超越,最后归彼大荒,消失得无影无踪。读这首诗的过程仿佛在剥一颗洋葱,我们总想窥见本质,可随着阅读的深入,我们手心里捧的,只有大大的两个字:虚无。诗人对这个世界要做的,只是说出和呈现,他从不负责解释。

在另一首诗里,我看到诗人在自己栖身的诗歌里略带嘲讽的身影。他说:“我甚至不知道天使/在哪里小便。”我不禁想起上世纪末的一部有名的纪录片《北京的风很大》,片中的男子对每一个遇见的路人都要问一个问题:“您觉得北京的风大吗?”然后记录下路人各种奇怪的回答和表情。而此刻,诗人仿佛化身为纪录片中的提问者:你知道天使在哪里小便吗?是的,诗歌就是纪录片,而纪录片是以镜头写就的诗歌,我们不必怀疑提问的荒诞不经,因为在这个幻象丛生的俗世,我们都一起经历过关于幸福的全民提问,而诗人,也许还是待在诗歌里才更加安稳。

月光照拂着山冈。诗人走在中年的河道里,脚下微凉的流水告诉他,就以这样的姿势泅渡,他“是一块放下了的/石头。轻松的石头。平静的石头”,他已修身成佛。

(何冰凌,安徽大学文学院硕士研究生毕业,青年诗人,诗歌评论家,安徽文学院专业作家。)

杨树的诗

■杨　树

讨厌石头

我讨厌甚至痛恨那些石头
那些黑色的褐色的青色的家伙
它的沉重让我在梦中喘不过气来
我甚至讨厌又大又笨的词语
只能让人歪斜地倚在它的身上

那些坚硬的石头，硌疼过
我的记忆，让我的童年也坚硬无比
每次跟妈妈走在山前的小路
我都会紧紧拉着妈妈的手
怕脚下突然出现可恨的石头

每年，我都会和妈妈在山前的
那片地里往外清理石头，可石头
每年雨季又会从山上冲下来
那些可怜的苞米泡在洪水和妈妈的眼神里
那些石头就像妈妈体内的结石

这么多年了，我劝妈妈把地卖掉
到城市来住，可妈妈就是不肯
她已经习惯了反复弯腰的动作
如同给大地鞠躬。妈妈说她喜欢那些
石头，那些石头就像是她的孩子

开化的土地

你这无法抗拒的褶皱慢慢融化
湿润的皮肤源于生命的萌动
藏污纳垢的温床坍塌了
冰冷的强势一路走低，低于发福的河水

你的汗毛在滋滋地返青
郁闷被排除蒸发，在高处
凝聚新的郁闷。而此刻
山川河流一改庄严的姿态

你轻松了，不只是因为表面的负累
内在的凝结会使你昏昏欲睡
你渴望蠢蠢欲动、渴望被人践踏
木然的表情被封盖整整一个冬季

你喜欢被文身，文成春天的风景
你喜欢被播种，播种成五谷飘香
不经过一番洗礼，你怎能醒悟？
然后才能把自己彻底展开，从皮肤到心灵

家　园

想到家园
就想起了满脸褶皱的老父亲
蹲在屋檐下，吧嗒着旱烟
或者手抚着牛背
沉思像黄昏中缓缓的落日
那一刻，还没有看到洪水的痕迹

没有了树，洪水肆无忌惮地来了
家园没了，空荡荡的

就像曾经没存在过
面对洪水,家园毫无保留
只留下方正的地基像吃人的口

家园没了,老父亲再无房檐可蹲
只剩下一双胶鞋,一身布衣
没有了烟袋,只剩一张干裂的嘴
还有一双呆滞的眼神
这也许就是痛苦的全部

身后的汽笛和人群
也像洪水一样涌来
他们要扶正一棵棵树
和一颗颗心,还要扶正
那东倒西歪的家园

把记忆写下来

儿时的那片山林没了
成为我永远的一个梦

那片绿色的记忆里,缝着一串串鸟鸣
叮咚的一条小溪,在它身边歪歪斜斜地走过
两行带露的山花像一条多彩的绸带
阳光的斑点在树丛里点亮无数颗星星
我的童年在林子中穿过,身披春夏秋冬

现在,我的童年没了
那片土地也被扒光了衣衫,露着褐色的筋骨
风沙像潮头,吞噬着一片片的生机
一切都没有了,只有风打着旋
在那里一遍遍地叹息

我把记忆写下来,是怕连梦都没了

把自己交给荒野

一片荒野,一旦落户在绿毯之上
便不仅仅是一种意象、一幅水墨画
于是,便有了溪水埋在草丛中春日的私语
就有几片叶子在风的入口轻轻地鼓掌
还有一些飞鸟,在空中划过潦草的痕迹

当我出现在这幅画图里,一切都活了
我自己也成了一句春天的引子
一荣一枯,江山还是江山
只是我的双鬓,却留下它们一来一往的身影

在岁月面前,我们渺小得就是一粒灰尘
也许它从未留意过我的成长
当我把自己交给荒野——我相信
那才是我真正的存在,是我的老家

一棵枯树已站了很多年

一棵枯树在森林里已站了好多年
风剥走了它的衣衫
露出一条条干裂的筋骨
它站着,被叫做站干
躺下,则称为倒木
然而,即使岁月折下它向上的手掌
它也会用黝黑的躯干
去承接阳光和雨露
哪怕一阵风在树桠做巢
它也会欣赏自己的风骨

有一天,它的手臂也被寒风
吱吱地拉断,去填充谁家的灶膛
手臂断了,它还有头
它依然用头支撑一片蔚蓝
用肩去承载风言风语和雪的重量
风总是不停地在它耳边唠叨
快倒下吧,留下这一片阳光给草地
雨也给它个透心凉,让雨水变成泪水
可它还是倔强地站着
因为在它的内心正长出一片绿芽……

走不出去的山

这座山，父亲在里走过
爷爷在里走过，我爷爷的
爷爷也在这山里走过。他们
谁也没有走出过。他们自称是
山里人，和山血脉相连
山风穿过骨骼，溪水
洗涤过他们的辛酸，就连枯枝败叶
——这岁月的弃儿，也帮妈妈
升起炊烟，升起生活的轨迹
我那时还小，不懂生活
不懂生活还需要上山下山

这个山太大太长了，以至于
父辈们都不知道外面世界
和山里有什么不同。也从没有想过
走出去，他们是大山的儿子
是大山动植物当中的一种，他们把
虔诚典当给森林，把汗水预付给土地
日出而作，日落而息，繁衍着
一种看不见的精神，大山的脾气
遗传成他们倔强性格，让他们
觉得生来就是如此，从来没有
觉得有什么不对，或与众不同

白桦树

村头那片白桦树，和我
一起出生，少年走过村头
它们就站在那里。它们有一双双
年轻的眼睛
我也有一双眼睛，好奇的目光
被妈妈拽着，一颠一颠打量
那时，我就想，这些树为什么
站在那里，那么密？那么执着？

我再回家乡的时候，它们都老了
身上都长起了老年斑，皮肤
都翻成沟壑一样，那些褶皱里
藏着这么多年的风雨，还有我来去的消息
每当我路过的时候
它们都探过头，好像与我比高
它们也弓起腰，送我上路
让我走出它们的视野，成为它们的眼睛

送一粒种子起程

我怀揣着一粒种子
是我温暖了一冬的种子
我要让它去经历风雨
和土壤的孕育阳光的照耀

把一粒种子种下
也种下我的体温和希望
想让它独立生存 生长
秋天还成熟到原来的模样

那时你已经长高 长大
且子孙满堂
也许你会派你的子孙
再来拯救我的希望

送一粒种子起程
用阳光 手和土壤
还有一瓢桃花潭水
以及汪伦的情怀

（杨树，原名杨晓华，中国作家协会会员，鲁迅文学院第十五届中青年作家高研班学员。）

北方日记

■刘将成

马蹄向北草原向南

皇城根下。圆心、半径、弧……
这些与房价有关的事物
都与我无关
太阳从东边升起西边落下
月光总是让人浮想联翩
长在脚下的草，长在天边的草
少了一匹马的践踏
荒凉就会从脚背蔓延到天边
坐在湖北的人站在北京的人手握同样的光阴
马蹄向北草原向南，内心总比风辽阔

在西四北头条尾随一只蚂蚁

我决定尾随一只蚂蚁，在西四北头条
消磨午休的一段时光
顺便打探一些前朝的故事

我无法知道这只蚂蚁的身世
但有一点是明了的——
正午的阳光下我和它都是独行客

蚂蚁的速度很慢，腿迈出的频率却很高
我以散步的方式奔命
不知它是不是以奔命的方式在散步

在一棵古槐树下，它爬上树干径直溜进了树洞。我猜想这树洞一定连着元明清
谁能钻进去谁就能看见前朝宫殿的灯火

在西四北二条我看见一些匠人

走进西四北二条，我看见一些匠人在给胡同
铺地砖。每一块砖看上去都年代久远
饱经沧桑。匠人们的每一个动作
都在消耗他们的元气，都是用一把刀
往脸上刻时光流逝的印记。除了一件黄马甲
他们每一个人的脸和身躯都比这胡同更陈旧
一招一式，非清即明，非明即元
看来他们铁定了心要让我迷失在前朝的路上

在雪地上倒着前进

清晨，地大附中的校园里落满了一层新雪
宁静的道路显露出处女地一般原始的洁净
一双南方的脚踏在北方的雪地上
走过几步。转身。倒退
我清晰地看见自己余温未尽的脚印指向过去
而身体正走向前方。一个不经意的转身
让“倒退”和“前进”两个满怀仇恨的词
在周末的雪地上变得温暖、祥和，毫无敌意

周　末

一个山东人，一个湖北人，他们在学院路
一个叫“家乡菜”的餐馆里
用筷子夹住同一个异乡，用二锅头

锁住舌尖上的方言
他们把山东的红高粱和湖北的稻谷还有小县城的趣事
放在炭火上炙烤。他们亮出长江、黄河的浪花放进火锅
他们把一个冬天的周末涮得汗流浃背

我不知道690路公交车的起点和终点

每天早晨，我都坐690路公交车上班
从语言大学上车，在西四路口北下车
10公里路程，总是与萍水相逢的人
擦肩而过。在堵车的时候看风景
看形形色色的人。偶尔也给老人让座
但没有人给我让过座，这很让人振奋
看来在别人眼里我还不够老。五个月了
我依然不知道690路公交车的起点和终点
甚至没有打探一下的欲望。因为这座城市
不是我的起点，也不是我的终点
它像灯芯上的火苗，只要我愿意
一口气就可以把它从自己的内心吹灭

第三次写到一只流浪猫

我曾经说过：一定会第三次写到你
没想到这么快，会在你出走后的第三个月
校园里的二月兰开了，玉兰花也开了……
大多数树都长出了新叶，只有筒子楼
窗外的国槐还固执地枯着
春风有一天无一天地吹。从冬天到春天
三个月也算不得物是人非
筒子楼里有人走了，又有人来了
筒子楼不是谁的江山
它只是流水中的一块歇脚石
能不能在一朵浪花上站稳脚跟是一件生死攸关的事
有人临波而立，有人落花流水
顺流而下逆水而上都是一种境界
写到你，就像写到一朵开合自如的莲花

一棵国槐的枝条伸进了窗子

一棵国槐的枝条伸进窗子，轻易就打翻了一个夏天
残局交给秋风。在秋风抵达之前先将自己敲成碎片
隐匿在破碎的青花中。风吹，树叶动；风不吹，心动

遥远的江汉平原

三月的油菜花，五月的秧田
六月丰盈的江河湖泊……
这些都是神赐予江汉平原的福祉
在这片土地上蜗居得太久
张嘴闭嘴，吃鱼吐刺，天经地义
从来不曾被这片土地打动过
如今远在千里之外的北方
听人对故乡说出“鱼米之乡”这个溢美之词
想到白米饭泡鱼汤的同时
水渠纵横的田野从来没有像现在一样清晰
在少水的北方，避重就轻
我学会了携一口池塘入梦
用蛙卧莲叶，蜻蜓点水，鱼翔浅底自慰

仿佛牵着一条隔世的牛

一只牛皮钱包，空的。每天
我把它放在贴近体温的荷包里

一条牛被掏空了肉和骨头
皮打理得看不见一条鞭痕

多少年我才明白：钱包不适合放钱
更适合安放两个交织的灵魂

怀揣一只空钱包走在北京的街头
仿佛牵着一条隔世的牛

一条牛向生活交出了它的全部
我却无法向钱包里放进一片草场

一条蚯蚓和一片树叶最后的时间

我看见时间在蠕动
在一条垂死的蚯蚓扭曲的身体上

属于一条蚯蚓的时间像一块星火尚存的炭
属于一片树叶的时间总是在一阵风中戛然而止

阳光很好,清风时有时无
一条蚯蚓的恐惧和绝望并不影响秋天山间的好风景

天高云淡,落叶轻盈
一座山永恒的意义在于把生与死都收于心间

春　雪

首先是天气预报
之后是半天阴,半天雨
一场雪把铺垫延伸到夜深人静的地大附中

一场雪试图用恢宏埋葬一个春天
夜色朦胧,春天
顺手把一树桃花送入雪的怀抱

桃花弄雪
一个伫立在窗后的人
怎么看都像一个偷窥者

夜色把我嵌入一块落荒的石头

秋天来了,云往高处退一步
蓝天变得辽阔起来。越来越弱的蝉声
落在我的发梢上,很快又被风带走
湖水辽阔,岸柳泛黄,我的目光像一只鱼漂
在涟漪上起伏。整个下午我都坐在岸边的
一块石头上虚构一条春天的鱼
直到夜色把我嵌入一块落荒的石头
被黑暗一起搬走

黄昏,反复翻动一本字典

无所事事,随手翻动一本字典
那些认识的和不认识的字都擦肩而过
这种感觉很像一个孤独的人在马路上散步
熟悉的,陌生的;美丽的,丑陋的
把垃圾丢进桶里的,随地吐痰的……都入眼
反复翻动一本字典,反复翻动一个黄昏
每一个字都疲惫,每一个字都睡意正浓
趁着初降的黑暗我搂着一本字典睡去
让熟悉的字入梦,生僻的字被别人彻夜书写

石头说

你总是用一把锈刀子
架在我的脖子上
逼我交出刀刃上的那一束寒光

耗尽我的一生
那一束光也没照亮你的穷途末路
落下一个把柄
羞于见人

(刘将成,1963年生于湖北监利,中国国土资源作家协会驻会作家。作品见于《诗歌月刊》、《诗潮》、《中国诗歌》等。)

诗博会

风的翅膀太宽阔(外二首)

■李王强

一只鹰,就是悬在半空的一滴浓墨
纸张,终究会被撕裂!

牧羊人,头枕着白云。他的睡眠很深
像他的疲惫一样。风的翅膀太宽阔
他的梦很窄。一寸一寸地碎

走吧。马匹黑色的嘴唇喷着白色的雾气
草晃了晃,草就黄了。长风已经
掠过,掠过

天空掉在大地深处,他掉在命运里
现在,他是一滴泪!
他是一滴浑浊的泪!

他是一滴浑浊而疼痛的泪!
而鹰已飞走,天空那么空旷,那么苍茫!

栅栏,拦住村庄

栅栏。栅栏。栅——栏——
一排村庄的骨头,闪动盐粒。霜,在近旁,或者远方
乌鸦的阴影巨大,在大地上飞动,破碎的伤
在田畴之上,在蒿草之上。草莓的血
一滴一滴,红着季节。蝴蝶
打开的彩页,多么斑斓,可那爱的地址已经丢失
谁的目光上挂着雪?

陡峭的山崖,有嘴唇,与命运窃窃私语。
一只蜜蜂的清唱,正漫过山冈。

鸟巢摆动

草垛挪走。一个圆,还守着湿润的相思
响鞭,抽疼了过路的西风。

什么被折断?枝桠间,鸟巢摆动
家园摇摇欲坠!谁的掌心最温热,最辽阔?
谁的悲悯能高出一株炊烟?

一片叶子,宽过苍天!

(选自中国国土资源作家网)

看见(外一首)

■张桂林

看见春光逆水而行,登高一步
微微的喘息,溅起洁白的浪花
青草提着花香走向高处
桃蕾折返枝头,就像我回到了故乡

一只鸟,匆忙地飞离高枝

它的啼鸣是呼唤,还是卸掉的孤独
离开和返回,哪个行程更远
我看见花朵灯盏一样熄灭,果实落入了泥土

天高地远。散去的都是浮云
原谅怯懦和退让,与过往和解
我将老去,用轻和薄拯救自己

岁末年初

岁末的一场雪,在夜晚摊开
所有的过往像鸟一样,已暗藏踪迹
我也像雪下的草,隐姓埋名

这一年,我走得很慢
就这样也错过了落花流水
我把道路走得那么崎岖
吸食人间烟火,留下五味杂陈

刚发生的容易忘记
遥远的人和事越来越清晰
掘地三尺,接半亩薄田的地气
不再空谈旱地拔葱,不再练习穿墙术
把用旧了的词语一一还原
像种子一样种在春天

这人间的草木啊,蓄势待发
我要拆洗自己的骨骼
救出鸟语花香和马踏青山的蹄音

(选自中国国土资源作家网)

布谷鸟

■刘　炜

布谷鸟,飞得很低
在麦子与草木间
叫喊着,想把麦子提走
就像田野是它的银行,它喜欢
在银行的窗口,粗着嗓子喊
取款,取款,我爱初夏的天气
不冷不热的,散发着青草与紫云英的气息
桑树的叶子肥大,裤子
被露水侵袭,蚕在睡觉
准备作茧自缚,回忆丝绸的历史
有几只麻雀,在井沿上玩耍
这个季节,它们无需外出觅食
阳光直射,麦子
摸了一下布谷鸟的影子
村庄,是矮小的
像被麦子摇晃的岛屿,或者包裹的粽子
立夏过后,布谷鸟粗着嗓子喊了几声
村庄就开始农忙了,它的叫喊
让我在长身体的年代
少睡了好多好觉,它好像比
高音喇叭里的村长
还要深居简出,只闻其声不见其人
整个夏天布谷鸟配合
村庄的一轮弯月,把麦子揽到怀里
黄昏,我的父母坐在麦把上
休息,一言不发
心事全写在汗水与麦芒
化妆过的脸上

(选自中国国土资源作家网)

太　湖

■李　景

说　有一句话也就足够了
太多　反而耐不住寂寞
就像西子　冰凉的眼神
一个潮汐　浪花就凝固成砂

雾踮着脚就靠在两片睫毛之间
不规则的灵魂　溢出碗边

就像几尾电气缭绕的鱼 游在
明净透亮 一尘不染的思想中

偶尔 掠过一阵咳嗽的风
几点波的粼光 泛着玻璃细碎的火
鸟的叫喊开始燃烧 余音
犹如烟花最后的对白 闪隐……

灵山 佛 不甘后半夜的众叛亲离
独自将长长的影子 伸进水里
然后盯着鼋头渚 一动不动
一动不动 等那个落水人上钩……

说 思念是种在云朵里的藤
就…… 就一滴雨
就把根 深深地 扎进大地
从此 割舍不下

（选自中国国土资源作家网）

再一次与你相遇

■徐春林

在沉睡的夜梦中醒来
眼前还积攒着朦胧的月色
在一个灰色的长夜里，1 小时里拥抱，
2 个小时里使劲地蓝

你的诗句总是在“羊”的字眼中开头
又在“羊”的句号中结束
那种强有力的情感，就像是一把正在弹奏的琵琶
总是让人丧失迷途

经历一个寒冷的风霜长夜
树颤抖着，你也开始颤抖了起来
我离开的时候，心跟着抛弃在大海上
你想回头，让我亲吻你的温柔
天变得更明了，灵魂不得不消散得无影无踪

（选自中国国土资源作家网）

永远生活在春天里

■尹家衡

在这春暖花开的时节，
深念着远方的你，
送上最真挚的祝福：
身体健康、万事如意！

无情的岁月，
把我们催入古稀，
心理年龄却因人而异：
有人年轻，
却心如死水，
毫无涟漪；
有人虽老，
但老骥伏枥，
壮心不已！
五味杂陈的生活，
历练着每个人的承受能力。
笑对苦难，
战胜孤寂；
直面人生，
享受甜蜜。
愿你天天好心情，
永远生活在春天里！

（选自南京地质调查中心《踏遍青山》2013 年第二期）

过　去

■黄　鬼

姑母的嫁妆里
有一把油纸伞

那时的姑母时常穿件
淡蓝色的府绸布衫
回娘家时她的脚步轻盈
油纸伞撑在姑母的手中
那群书生和绅士
被统统赶进了黑暗

一盏马灯
挂在老宅子墙上
村外的路口
是谁建造一座牌坊
一位烈女的气节
使人仰慕
如今　碑文生锈　牌坊斜歪
路上的行人被触及得麻木
回家路上
有了一丝的酸楚

父亲年幼时
邻里遭遇一场匪事
风高夜低　疯狂的犬吠
父亲已离去　创伤由我继承
我爱听战乱　甚至遭年馑时
民生万象的情景
我固执地认为那些事件是我经历过的
它们是我捡来的
基本元素

（选自中国国土资源作家网）

乡情的根

■佟俊梅

麦苗抽穗的早晨
目光切割野菜的纯真

紫云英打扮着花季
常春藤缠绕着年轮
小扑豆笑迎牧童的短笛
炊烟直白
乡情的体温

烈酒燃烧在心胸的故土
晨曦里水墨点染
乡土的慰问

要撑多长的蒿啊
漫溯在我思乡的魂
紧紧缠绕在心头的
是那背井的痛
是那牢牢的根

（选自诗集《草尖上的眼睛》）

今夜，我与月亮对坐

■许忠芹

今夜，我不能亲身前往，
只好打开门，让月亮进来，
在晚风里，
抚摸月光。

夜是条没有边界的河，
空寂的烟水，
薄薄的夜色，
何处有船，可以渡我。

伸出手，扯片月光，
把自己折成一叶小舟，
载满期盼，
顺着梦的轨迹，出航。

情愫，张开翅膀，
让指尖划过夜空，
在青春的黑白键上，
跳转。

春去秋来的潮汐，
演绎，天荒地老的绝唱，
阴晴圆缺的星宿，
让沧海，变成桑田。

今夜，我采下一支红莲，
轻轻地，与月亮对坐，
将一瓣馨香，
留于掌心。

（选自中国国土资源作家网）

我懂大地的贫瘠

■肖云伟

作为农民必须接受农业这巨大的幻想之光
雨是破坏寂静的噪音，背景是海
阳光的暴行一直抽打我的脸——
先是酱紫色然后黝黑
我苏醒于播种时节，想起惦念我的爹娘
墓地抵达山岭，种子入侵大地的伤口
或者怀抱。父亲的庄园像他的年岁一样荒芜了
空荡荡的水缸张着嘴，似有悔悟
“是谁在流浪四方呢？
正如一口井的源头牵动村庄的脉络一样
回忆长出枝桠的同时也暴露出光芒”
我又尝试了一次播种
像屠夫那样剥开大地粗糙的肌肤

（选自中国国土资源作家网）

晌午的阳光在流动

■懒　懒

晌午的阳光
流下来
从头顶
流下来
覆盖面庞
再经过锁骨
双肩
前胸后背
臀
腿部
直至双脚
剩下的
剩在晃白的地面上
一滩污渍

（选自中国国土资源作家网）

刘能英诗词九首

七律·清明祭扫凤凰烈士陵园

蝶衣片片漫天飞，雨洗丰碑夕照微。
自有溪声常入耳，何愁山色不增晖。
香浮梅岭黄蜂乱，鱼戏莲塘绿鸭肥。
今我来思长揖揖，英魂可与月同归。

浣溪沙·游天星桥景区

何处山灵水亦灵，红依绿泛紫相迎，
迷宫仙境踏歌行。

石暗泉幽微蕨乱，风轻云淡夕阳晴，
榕藤桂影抱团生。

七律·感时

倚楼怅望海烟沉，岁在壬辰日有阴。
纵使关河无限阔，能容倭寇几分侵？
狂涛百卷登礁舰，怒火三煎保钓心。
十三亿人同一讨，檄文强发共和音。

南歌子·游台湾农民创业园感赋

叶底鸣鸠闹,庭前孕蝶穿。
蜂涂花粉在阑干。
阿里山风吹淡武湖烟。

细浪浮鳞片,浓阴扑柳绵。
蔷薇吐艳草莓鲜。
闲看玉颜酥手摘春天。

离亭燕·游武湖

江鹘野鸥争蕨,锦鲤银鱼藏叶。
快艇飞来仙浪急,犁散草床鸳蝶。
拾级上楼台,四顾波清光潋。

灯火画桥城阙。名利几时曾歇。
载酒武湖深处隐,柳岸轻舟摇曳。
迟暮好追欢,一钓一船明月。

潇湘夜雨·游龙湖古寨

岭表名邦,人文荟萃,昌黎德化潮州。
韩江儒雅韵悠悠。
风细细、垂杨漫舞,烟袅袅、芳草忘忧。
随缘至,千年古寨,太乙通流。

梨花吟馆,怡香书室,桂艇兰舟。
更长街迢递,曲径深幽。
时雨过、山林泛碧,渔筏息、湖水盈秋。
诗情动,飞云弄晚,题壁赋登楼。

注:昌黎指韩愈。梨花吟馆,怡香书室为韩江千年古寨著名私塾。太乙通流摘自“龙气透迤紫薇入首,湖光环绕太乙通流”的对联。

扬州慢·春过侗乡

峰立如屏,冰清似玉,新衙府驻平溪。
赏民居北侗,八字彩门奇。
听箫笛、青牛赤马,枇杷枸杞,吊脚楼依。
绿云团、轻烟南浦,疏雨东篱。

交朋赶会,对山歌、红日融泥。
看万卷书崖,千层叠石,一水来西。
十里亚鱼乡壤、年年熟、贡米香脾。
更多情坡柳,殷勤绾客长堤。

注:玉屏侗族自治县是贵州省辖县,政府驻平溪镇。亚鱼乡贡米香飘百里。是驰名中外的箫笛之乡。境内北侗民居风格为吊脚楼,八字彩门。主要民俗有赶坳、对山歌等。主要景点有万卷书崖等。

齐天乐·过八里沟

彩虹回首云轻逐,中原百泉飞瀑。
万壑沟连,千峰壁立,盘径虬枝藏沃。
花香草馥。得九寨清幽,泰山葱郁。
浅涧深潭,倒将秀色挂乔木。

鸳鸯戏水溅绿,露萤长照夜,野猪怀犊。
避暑消愁,登高作赋,不再临箫画竹。
松风荡谷。似缥缈天庭,送来神曲。
撩动诗思,断章佳句续。

七绝·茶

清明叶小色初匀,野寺尝新半启唇。
日暮寒来香欲尽,挑灯再品一壶春。

(选自中国国土资源作家网)

评论言说

有一种伟大叫平凡

——读《生命在大地上闪光》有感

■王　玮

韦寿增，一个响彻大江南北的名字，一个年仅31岁便倒在工作岗位上默默无闻的国土英雄。

关于他的事迹，各大媒体早有报道，我们单位也通过各种形式多次组织学习，应该说是非常熟悉了。然而，读了陈国栋等人合著的长篇报告文学《生命在大地上闪光》之后，我又一次被深深地折服和感动了。

《生命在大地上闪光》是一部令人捧起就欲罢不能的报告文学力作，作者通过扎实的采访，深入的挖掘，以饱含深情的笔触、生动鲜活的事例，图文并茂、全方位、立体化地讲述了一位普通的国土资源所所长的生命轨迹和感人事迹，虽平凡却震撼人心。跟随作者的笔触，我走进了广西壮族自治区靖西县安宁乡那片厚重深沉的红土地，那一座座山村，一条条河流，一道道沟坎，一片片密林以及领导的嘱托、同事的关心、亲人的期盼、乡亲们的赞许……一切的一切，仿佛我都亲身经历过，是那么的熟悉和亲切。

看到韦寿增那张身穿迷彩服的照片，黝黑的脸庞，浓密的眉毛，厚厚的嘴唇，让我想起了当兵时一位很要好的战友。我那位战友不仅长得跟韦寿增很像，而且也跟韦寿增一样是个认真勤劳节俭的人，为自己想得少，为别人想得多。由此，我也相信本书作者关于“相由心生”的说法：一眼瞧过去，就让人觉得这个人老实，值得信任。

当我读到韦寿增在边远落后的安宁乡已工作了11年，有人劝他在县国土系统岗位调整时向领导提提，争取能够进城或调到离城较近的乡镇，方便照顾家人，而韦寿增却只是笑笑说：“还没想过这个事，安宁也好，县城也好，在哪里都是搞国土资源工作……我听组织的安排。”顿时，脑海中浮现出一个质朴憨厚的农村阿哥的形象。在靖西高速公路项目征地工作中，韦寿增冒着凛冽的寒风，忍着病痛的折磨，忘我地坚持工作。有人劝他回驻地休息，他却摇摇头说：“我还得行，还是干完活再回去，不能让群众白跑一趟。”这些再寻常不过的话语，读来却是那么感人。虽未亲历，犹似亲闻。特别是读到韦寿增因劳累过度去世后，他的妻子赖曼芳用尽力气紧紧地抱着他，泣不成声地说：“你这是怎么啦？早上出来还好好的。走，回家！我们回家去，回家去……”我的鼻子一酸，眼角溢出了泪水。

韦寿增没有叱咤风云的事迹，没有波澜壮阔的经历，也没有彪炳千秋的丰功伟绩，他只是在平凡的岗位上做着平凡的工作。然而正是这“平凡”二字，颠覆了我对人生价值的看法。我从小就仰慕英雄，如“壮志饥餐胡虏肉，笑谈渴饮匈奴血”的岳飞，“人生自古谁无死？留取丹心照汗青”的文天祥，“我自横刀向天笑，去留肝胆两昆仑”的谭嗣同等。每次读他们的故事，总让我心潮澎湃，热血沸腾，认为英雄就应该像他们那样，武功盖世，藐视一切，挽狂澜于既倒，扶大厦于将倾。而读了韦寿增的事迹后，却让我在欷歔之余陷入了深深的思考。跟那些风云人物相比，他是那么的平凡和渺小，然而他的故事却被编成壮乡山歌在民众中传唱，他的事迹也很普通，却让千千万万的人为之动容，就连共和国的部长也感动地流下热泪。这是为什么呢？书中已给出了答案：把伟大的人生理想融入平凡的具体工作，做好每一项具体工作，哪怕只是螺钉螺帽的工作，也依然会推动整个国土资源事业前进的步伐。正所谓：露珠虽小，却可以折射出整个太阳的光辉。

作者还在采访手记中提到，生命的长度，对于我们每个人来说都是有限的，而生命的广度和深度，却会因为每个人生命过程中的所作所为而各有不同。我对此深有同感，记得海尔集团总裁张瑞敏有句名言：什么叫做不简单？能够把简单的事情天天做好，就是不简单；什么叫做不容易？大家公认的、非常容易的事情非常认真地做好它，就是不容易。而这两点韦寿增都做到了。他日复一日、年复一年认真执著地做好他分内的事，只知付出，不知索取，只去耕耘，不问收获。他以一个普通劳动者朴素的情感，深爱着脚下的那片土地和在那片土地上生活着的人民，他的爱就体现在那些平凡、点点滴滴的细节当中。他以 31 岁的短暂生命，书写了一个大大的“人”字，看似平凡，却顶天立地。

（王玮，中国国土资源作家协会会员，任职于高密市国土资源局，先后在《散文百家》、《黄河文学》等报刊上发表作品 200 余篇。）

把生命之火点亮

——读《生命在大地上闪光》

■王　星

今年的世界读书日那一天，我眼含热泪、连夜读完了由陈国栋、马亮和陈国章创作的长篇报告文学《生命在大地上闪光》，作者用饱含真情的笔触把为国土资源事业鞠躬尽瘁、牺牲生命的国土资源所长——韦寿增活化在了纸上，我透过白纸上黑色的文字，看到他在用生命交出合格的答卷，在大山深处执著地坚守，在大灾前充当群众生命的守护神，在困境中点亮信仰的明灯，在艰苦的日子里用生命丈量大地，用赤诚的丹心滋润村民的心田。

生命的伟大在于彰显平凡

每个人的生命都犹如一朵夏天的花朵，美丽、伟大，却有短暂的期限。衡量一个人的生命是否伟大，标准不一定是轰轰烈烈，有时也可以是彰显平凡。

韦寿增同志作为一名多年奋战在边陲乡镇的基层干部，生前没有惊心动魄的故事，没有豪气冲天的誓言，他有的只是忠于职守、认认真真、清廉本分和踏实能干。这种平凡，让他懂得在艰苦中守护，也懂得在感恩中付出，他的血液里奔腾着责任和道义；这种平凡让他懂得在喧嚣中放弃，也懂得在寂寞中坚守，他的心中充斥着信仰的尊严和力量。正因为如此，在韦寿增同志殉职以后，他留给我们一个坚定的背影、一个伟岸的身躯、一个不屈的脊梁。有韦寿增陪伴的日子里，他身边的人觉得他普通而平凡；在韦寿增离开的这段日子里，孕育在平凡中的伟大迸发出巨大的能量，源源不断地带给人们感动、勇气和鼓舞。

放下书本，我凝神静思，是什么力量在支撑着韦寿增彰显平凡而成就伟大？读完这本书，我懂了，他是在经历挫折、坎坷和灾难时，坚定信念、自强不息，才拥有不屈的灵魂，谱写出了生命的华章；他是在平凡中不断奋斗，努力创造出不平凡，才彰显平凡并成就伟大的。正所谓，信念之灯不灭，生命之树常青。人有了信念，就能产生强大的力量勇往直前，就能让我们在最伟大的平凡中看见那一道最靓丽的风景。

正如有位革命前辈说过的那样："任何伟大的事业都是由许许多多平凡的事情构成的。把每一件简单的事情做好就是不简单，把每一件平凡的事情做好就是不平凡。"韦寿增同志因为有了平凡中的执著与甘于清贫的无私奉献，他把每一件简单的事情用心、用情认真做好，在平凡的事情中让我们感受到了结果上和精神上的不平凡。

生命的高度在于放弃诱惑

大千世界，芸芸众生，无论是微观世界的生物，还是宏观世界的动物、植物，都在以独特的方式，丰富、创造着这个世界，装扮着生命中最美丽的场景，演绎着生命中最动听的乐章。我们可以说，生命是大地万物中的精灵，是浩瀚宇宙中的精华。同样的，人生在世，无论从事哪种职业，都不能离开名、利、情，渴望名誉，追求利益，萦怀情感，都属于人的正常行为，关键是要把握好"度"，适度为瑞，过度为灾。换句话说，每个人的生命都有一定的高度，外在的诱惑大，受到的影响也会大，不能及时放弃，这样的生命就没有高度；反过来，这样的生命就有高度。

大家都知道，猴子非常聪明，不易被猎人捕捉，但在非洲的热带丛林里，猎人却用一种奇特的狩猎方式捕捉它：他们把猴子爱吃的坚果放在固定好的小木盒里，在木盒上开一个小口，刚好能让猴子的前爪伸进去，猴子一旦抓住坚果，爪子就不能抽出，猴子不肯放下已经抓到的坚果，只能被猎人抓住。因此，猴子生命的高度就是一只小小的坚果。有人会说，猴子是低级动物，不能与人类相提并论，其实，我们的生活中也有很多人因为不能抵御名、利、情的诱惑，只能标低自己生命的高度，但韦寿增同志不是这样的人。

从书中我读到，一直坚守在大山深处11年的韦寿增同志是一个扎根基层、恪尽职守、清正廉洁的人，是一个为保护资源、保障发展、勇破两难的人，是一个有血有肉、有情有义、有爱有恨的人。他一生中没有得到过多少荣誉证书和奖章，也没有说过什么豪言壮语，每天所从事的都是国土资源部门最基础也是最不起眼的工作，但他却像一头勤奋而执著的老黄牛一样，在艰苦的日子里，在平凡的岗位上，始终毫无怨言、踏踏实实、默默无闻地苦干实干拼命干，把自己全部身心都投入到了不平凡的工作中。

2011年3月25日，在韦寿增同志牺牲一周年之际，国土资源部和广西壮族自治区党委在南宁召开大会，追授韦寿增同志为“全国模范国土资源所所长”和“自治区优秀共产党员”荣誉称号。国土资源部徐绍史部长、广西壮族自治区党委书记郭声琨对他的事迹给予了高度评价。徐绍史部长说：“在短短的11年里，韦寿增同志始终不渝地默默坚守着内心的操守和信仰，用朴实和大度奏响了一曲生命的伟大乐章，诠释了一名共产党员对党和人民的无限忠诚，国土资源事业也因他的执着和忠诚而闪耀着人性的光辉，他以实际行动树立起了一名国土资源干部的光辉形象，以无私奉献谱写了一曲新时期国土资源人的时代赞歌。”郭声琨书记说：“韦寿增同志在短暂的工作中，始终扎根边疆，在平凡的岗位上做出了不平凡的业绩，用实际行动诠释了共产党员的高尚情操，用无私奉献竖立了基层干部的时代丰碑，用年轻生命交出了感人至深的人生答卷，不愧为人民群众的好公仆、共产党员的好楷模、国土资源系统的好标兵。”

这是对韦寿增同志献身国土事业的高度褒扬和充分肯定，从这个意义上讲，韦寿增同志勇于放弃小名、小利和小情，舍身追求大名、大利和大情，他的一生没有为名所缰，为利所锁，为情所困，他的生命是最有高度的。

生命的意义在于勇担责任

俄国革命家、哲学家、作家和批评家车尔尼雪夫斯基说过一句名言：“生命，如果跟时代的责任联系在一起，你就会感到它永垂不朽了。”的确，茫茫宇宙，芸芸众生，每个人都很普通，也很平凡；不论你扮演着哪种角色，从事着哪份工作，只要是认真尽好了自己应该尽的那份责任，你这辈子就算没有白活。如果生命的长短是用时间计算的，那么，生命的意义就要用责任来衡量。

现实生活中，有的人会抱怨，自己从事的工作和面对的环境并非自己兴趣所在，缺乏尽职尽责的强劲动力，更谈不上实现生命的意义。大家都知道，一个人承担的责任越重，生命的意义就越大。责任感越强，做好工作的压力和动力就越大，就越能激励着你努力地改变方式，去寻找工作中的乐趣，把不太感兴趣的事情做得很好，从而使你生命的意义得以实现。

从书中我读到，韦寿增同志把伟大的人生理想融入平凡的具体工作中，每一项工作他都做得有声有色，如果没有对岗位的无限热爱，没有对事业的全心投入，这是不可能做到的。他担负维护国家利益的大责，跋山涉水，不辞辛劳，依法履职，重拳打击违法占地和非法采矿行为，牢牢守护耕地“红线”和国家矿产资源；他担负维护群众生命财产安全的大责，在弯曲坎坷的山路上辛勤跋涉，冒着生命危险穿梭在高山低谷，夜以继日地开展地质灾害隐患调查、监测和排查工作，为父老乡亲守护家园，保卫着这一方土地的平安。

韦寿增同志用实际行动告诉我们，只有勇于积极地为他人、为社会、为国家承担责任，他的生命才会有更大的意义。他正是凭着这种对国家利益、社会责任高度负责的优秀品质，给生命的意义赋予了深邃而丰富的内涵。正因为如此，他的光辉事迹没有随着时光的流逝被人们遗忘，一直沉淀在人们的记忆深处，牢牢铭刻在人们的心坎上，并高高竖起了一座不朽的精神丰碑。

掩卷长思，是《生命在大地上闪光》这本书让我的生命之火点燃得更亮，我要珍爱自己的生命，在设法延长生命长度的同时，扩展自己心胸的宽度、能力的厚度、境界的高度和思想的深度，像韦寿增同志那样，在有限的生命里为国家尽忠、为民族效力、为社会造福，为国土资源管理事业贡献出自己所有的力量。

（王星，中国国土资源作家协会会员，任职于河南省国土资源厅调控和监测处，作品见于《解放军报》、《郑州日报》等。）

纯美的人生　真挚的感动

——《生命在大地上闪光》读后感

■吴善虎

“人固有一死，或重于泰山，或轻于鸿毛。”这句流传至今的古代格言，再一次被一个人验证了，用十一年坚持如一日的执着坚守、无私担当验证了。他就是《生命在大地上闪光》这本书的主人公，一名普通的共产党员，一位年轻的少数民族干部，广西壮族自治区靖西县安宁乡国土资源所原所长——韦寿增。

2012 年 11 月 29 日，习近平总书记在参观大型展览《复兴之路》时说，“实现中华民族伟大复兴，就是中华民族近代以来最伟大的梦想”。自此，每一个中国人内心深处梦想的火把被点燃了。中国梦，是每一个中国人的梦，是需要十几亿中华儿女共同完成的梦。同心同德、合力共筑“中国梦”，不能仅仅停留在口号上，更重要的是要落实到行动中去。但，具体到每一个岗位上的每一个人，到底应该怎样做？

读完《生命在大地上闪光》一书，我豁然开朗。这本书，就是一部“教材”，因为它通俗易懂；书中的主人公韦寿增，就是标杆，因为他真实淳朴。一个人的生命，唯有淳朴，才最真实，因为真实才最让人感动，才得以如刺破黑暗的亮光，给人以无穷无尽的力量。

榜样必须真实。真实的榜样才有示范力量。装满资料的文件袋，锈迹斑斑的文件柜，残旧不堪的破旧老屋，父老乡亲的盈眶热泪，口耳相传的壮乡山歌……这真实的一切，胜过任何语言。一件一件，一桩一桩，消释了一切疑虑。真实的榜样在给人以无声力量的同时，也实实在在地留下了两把尺子，一把用来丈量土地，一把用来丈量人生。开卷读之，崇敬之情便油然而生。

真实需要细节。捕捉细节才能“丰满”形象。无论是倾斜摩托车让母亲上车，还是带着女儿到岔路口等待晚归的妻子，都足以证明主人公的感情是细腻的，充满了对家人暖暖的爱意；无论是那没能报销的 20 元交通费，还是面对利益诱惑时的严词拒绝，无不表明主人公心中有架天平，一头是人生的信仰，一头是国家的利益。正是靠这些细节，一个从无惊天动地伟业，但又值得所有人尊敬学习的人物形象跃然纸上。

细节引发共鸣。从已经历了 70 多年风雨的土屋出发，跟着主人公那辆坏了多次也修了多次的摩托车,顺着崎岖蜿蜒的山路,从征地现场、地质隐患点、采矿区、界碑处,到崭新的篮球场、孤寡老人的家,再到厕所门都没来得及安装的新屋、面包车狭小的后座、卫生院的病床……随着采访的记者,沿着韦寿增生前感人的足迹一路走过,竟如他本人带着重新走了他的人生路。卷已合,却仍历历在目。

共鸣赢得感动。读一本好书,就是当面听一场鼓舞士气、提振精神、凝聚力量的报告会。韦寿增同志先进事迹报告会结束后,短短 3 个小时里,就有了数千条火热滚烫的网友感言,30 多万个相关网页。静下来,一口气读完这本书,虽少了报告会现场雷鸣般的掌声,但我同样是热泪盈眶。我相信,许许多多熟悉或陌生的普通人,都被这位国土资源战线上的"平凡者"深深地打动了。他短暂而又光辉的一生,将牢牢地刻在千千万万人的心坎里。

《生命在大地上闪光》,全书透着率真、质朴。一是缘于主人公的赤诚,熠熠生辉的人性使然;二是缘于作者细腻的笔触,强烈的社会责任感使然。两者缺其一,人物就少了立体感,书就少了厚重感。

在体制转轨、社会转型、思想多样、利益多元的今天,不少人在埋怨诚信缺失、道德滑坡的同时,能否把手放在心脏的位置,反问自己一句:"我的一生应该怎么度过?"读罢《生命在大地上闪光》,或许你会找到答案……

(吴善虎,任职于山东煤田地质局。)